転校生《てんこうせい》はおんみょうじ！

咲間咲良《さくまさくら》・作

riri《りり》・絵

JN197856

アルファポリスきずな文庫

もくじ

登《とう》場《じょう》人《じん》物《ぶつ》
花菜《はな》
この物語《ものがたり》の主人公《しゅじんこう》。小学五年生《しょうがくごねんせい》の女《おんな》の子《こ》。不思議《ふしぎ》なものが視《み》えてしまう体質《たいしつ》だけど、みんなには秘密《ひみつ》。
アキト
花菜《はな》を助《たす》けてくれた転校生《てんこうせい》のおんみょうじ。ちょっぴり意地悪《いじわる》だけど、いざという時《とき》は頼《たよ》りになる。

赤《あか》ニャン
いつもアキトといっしょにいる猫《ねこ》……だけど実《じつ》は赤鬼《あかおに》。いろんなものに変身《へんしん》できる。からあげが大好物《だいこうぶつ》！
友美《ともみ》
花菜《はな》の大切《たいせつ》な友《とも》だち。運動《うんどう》が得意《とくい》で、いつも明《あか》るくて元《げん》気《き》いっぱい。
莉乃《りの》
花菜《はな》と同《おな》じ学校《がっこう》に通《かよ》うモデルの女《おんな》の子《こ》。ワガママだけど根《ね》は優《やさ》しい。アキトのことを狙《ねら》っている。
阿部先生《あべせんせい》
花菜《はな》のクラスの担任《たんにん》の先生《せんせい》。優《やさ》しくて物《もの》知《し》り。花菜《はな》たちを暖《あたた》かく見守《みまも》っている。

プロローグ　おんみょうじ？　不思議《ふしぎ》な猫《ねこ》と男《おとこ》の子《こ》

（どうして……なんでわたしばっかりこんな目《め》に遭《あ》うの!?）

小学五年生《しょうがくごねんせい》の森崎花菜《もりさきはな》は息《いき》を切《き》らして走《はし》っていた。

昨日《きのう》は入学式《にゅうがくしき》。新一年生《しんいちねんせい》たちが手《て》をつないで楽《たの》しそうに歩《ある》いていく横《よこ》を「ごめんね、真似《まね》しないでね」と心《こころ》の中《なか》で謝《あやま》りながら次々《つぎつぎ》と追《お》い抜《ぬ》いていく。

「――すみませんどいてください！……すみません、通《とお》して、ごめんなさい……」

すれ違《ちが》う大人《おとな》の中《なか》には、にらんだり、無視《むし》したり、ヘッドホンをしていて声《こえ》に気《き》づかずぶつかってくる人《ひと》もいる。その度《たび》にぺこぺこと謝《あやま》りながら、隙間《すきま》を縫《ぬ》うように進《すす》んでいく。

花菜《はな》だってこんなことしたくない。元々《もともと》、外《そと》を走《はし》り回《まわ》るよりゆっくり本《ほん》を読《よ》んでいる方《ほう》が好《す》きなタイプだ。

でも悠長《ゆうちょう》なことは言《い》っていられない。いまは命《いのち》がけの鬼《おに》ごっこをしているのだ。

（まだ来《き》てないよね）

ちらっと後《うし》ろを確認《かくにん》する。朝《あさ》の登校時間《とうこうじかん》なのでたくさんの人《ひと》が歩《ある》いているが、アレはまだ追《お》いかけてきてないようだ。でも油断《ゆだん》はできない。だってアレは人間《にんげん》じゃないから。

――今朝《けさ》のことだ。新学期《しんがっき》に合《あ》わせて買《か》ってもらったピンク色《いろ》のスニーカーを履《は》いて家《いえ》を出《で》たとき、背後《はいご》から声《こえ》をかけられた。

「おはよう花菜《はな》ちゃん！　一緒《いっしょ》に学校行《がっこうい》かない？」

とびっきり明《あか》るい声《こえ》がした。クラスの友《とも》だちかもしれない。

「うん！　一緒《いっしょ》に――」

振《ふ》り向《む》きかけたところで、首《くび》の後《うし》ろ側《がわ》がぞっと冷《つめ》たくなるのを感《かん》じた。花菜《はな》はいつも髪《かみ》の毛《け》をひとつにまとめてシュシュで結《むす》んでいるのだが、『変《へん》なもの』が近《ちか》くにいると首《くび》の後《うし》ろが寒《さむ》くなる感覚《かんかく》があった。

これは、予感《よかん》。良《よ》くないことが起《お》きる合図《あいず》だ。

振《ふ》り向《む》いてはいけない、と本能《ほんのう》が言《い》っている。

「ねえ、どうしてこっちを見《み》てくれないの？」

声《こえ》が近《ちか》い。真後《まうし》ろだ。心臓《しんぞう》が変《へん》な音《おと》を立《た》てて、じわりと冷《ひ》や汗《あせ》が出《で》てきた。

『はーなーちゃん？』

声《こえ》が変《か》わった。男《おとこ》か女《おんな》か、子《こ》どもか大人《おとな》か、分《わ》からない。

『ねぇ花菜《はな》ちゃん。あなたが家《いえ》から出《で》てくるのを待《ま》っていたの。鬼《おに》ごっこしましょう。鬼《おに》はワタシ。学校《がっこう》まで逃《に》げきったら花菜《はな》ちゃんの勝《か》ち。もし途中《とちゅう》でワタシに捕《つか》まったら花菜《はな》ちゃんの負《ま》け。そのときは頭《あたま》からバリバリ食《た》べてあげるねぇ……よーい、どん』

――そうやって、こちらの事情《じじょう》なんかお構《かま》いなしに、いきなり始《はじ》まった追《お》いかけっこ。

せっかく五年生《ごねんせい》になったのに食《た》べられちゃうなんて悲《かな》しすぎる。花菜《はな》はピンク色《いろ》のスニー

カーに力《ちから》を込《こ》めて懸命《けんめい》に走《はし》り続《つづ》けていた。

「すみません、通《とお》ります……あっ！」

立《た》ちふさがる人《ひと》たちをかき分《わ》けて進《すす》んだ直後《ちょくご》、つま先《さき》にブレーキをかけて止《と》まった。

横断歩道《おうだんほどう》の信号《しんごう》は赤《あか》。ここを渡《わた》ったら学校《がっこう》はすぐなのに、大《おお》きな道路《どうろ》を車《くるま》が猛《もう》スピードで行《い》き交《か》っている。のんびりしていたら追《お》いつかれちゃうかもしれない。

(落《お》ち着《つ》いて。まだ来《き》てない、だいじょうぶ、だいじょうぶ……だよね)

後《うし》ろを確認《かくにん》し、青《あお》になったらすぐ走《はし》れるよう息《いき》を整《ととの》えた。家《いえ》を出《で》てからずっと走《はし》ってきたので喉《のど》はカラカラ、体《からだ》はへとへと、全身《ぜんしん》の血《ち》が沸騰《ふっとう》したように熱《あつ》い。

足元《あしもと》を見《み》ると新品《しんぴん》のスニーカーは泥《どろ》がはねてひどく汚《よご》れていた。泣《な》きたくなる。

(ねえ、なんでわたしばっかりこんなに目《め》に遭《あ》うの？……お祖母《ばあ》ちゃん)

思《おも》い返《かえ》せば、小《ちい》さなころから「ちょっと変《へん》だな」と思《おも》うことがたくさんあった。

天井《てんじょう》の染《し》みに目玉《めだま》が浮《う》かんでパチパチ瞬《まばた》きしていたり、木《き》の枝《えだ》から髪《かみ》の毛《け》がだらりと垂《た》れ下《さ》がっていたり、押《お》し入《い》れの扉《とびら》が勝手《かって》に開《ひら》いて近《ちか》くにあったお菓子《かし》を引《ひ》き寄《よ》せたり。どれも花菜《はな》以外《いがい》の人《ひと》には見《み》えない。

そういう『変《へん》なもの』にはできるだけ近《ちか》づかないよう、目《め》を合《あ》わせないようにしてきた。

大好《だいす》きなお祖母《ばあ》ちゃんがそう教《おし》えてくれたのだ。

でも、お祖母《ばあ》ちゃんは半年前《はんとしまえ》に天国《てんごく》へ行《い》ってしまった。

亡《な》くなる前《まえ》にお母《かあ》さんたちとお見舞《みま》いに行《い》ったとき、病気《びょうき》のせいでやせ細《ほそ》っていたお祖母《ばあ》ちゃんはやさしい笑《え》みを浮《う》かべて花菜《はな》の頭《あたま》を撫《な》でてくれた。

「ごめんね、花菜《はな》ちゃん。もう『守《まも》って』あげられそうにないの。これからとても大変《たいへん》だと思《おも》うけど、お祖母《ばあ》ちゃんは天国《てんごく》で見守《みまも》っているからね。……ああ、この町《まち》に『おんみょうじ』がいたら良《よ》かったのに」

おんみょうじって？　と問《と》いかけると「花菜《はな》ちゃんを守《まも》ってくれる人《ひと》」とほほ笑《え》んだ。

詳《くわ》しく聞《き》きたかったが面会時間《めんかいじかん》の終わりが迫《せま》っていたため帰《かえ》るしかなかった。「また来《く》るね」と手《て》を振《ふ》って病室《びょうしつ》を出《で》た——その夜《よる》、お祖母《ばあ》ちゃんは息《いき》を引《ひ》き取《と》った。

数日後《すうじつご》、人生《じんせい》で初《はじ》めて火葬場《かそうば》に行《い》ったときのことだ。恐《おそ》ろしい体験《たいけん》をした。

お父《とう》さんやお母《かあ》さん、おじさんやおばさんたちが集《あつ》まり、お祖母《ばあ》ちゃんを入《い》れた棺桶《かんおけ》を大《おお》きな窯《かま》のようなところに入《い》れた。お骨《こつ》になるまで時間《じかん》がかかるので控室《ひかえしつ》で待《ま》つことになったが、花菜《はな》は急《きゅう》にトイレに行《い》きたくなって一人《ひとり》で部屋《へや》を出《で》た。

薄暗《うすぐら》い廊下《ろうか》をぽつりぽつりと歩《ある》く。控室《ひかえしつ》からは時々《ときどき》泣《な》き声《ごえ》が聞《き》こえたけど、花菜《はな》はまだ一度《いちど》も泣《な》いていなかった。大好《だいす》きなお祖母《ばあ》ちゃんがいなくなったことが信《しん》じられなくて、不思議《ふしぎ》と涙《なみだ》は出《で》てこなかった。まるで夢《ゆめ》を見《み》ているみたいだった。

「あれ、おかしいな」

トイレを探《さが》していたはずが、いつの間《ま》にか知《し》らない部屋《へや》の中《なか》にいた。窓《まど》がひとつだけの狭《せま》い部屋《へや》だ。目《め》の前《まえ》に棺桶《かんおけ》がある。忘《わす》れ物《もの》みたいにぽつんと。お祖母《ばあ》ちゃんのとは違《ちが》い、そこまで大《おお》きくない。花菜《はな》が入《はい》ればぴったり隠《かく》れられそうな子《こ》ども用《よう》の棺桶《かんおけ》だ。

『だーしーてー』

どん、どん、音《おと》にあわせて棺桶《かんおけ》の蓋《ふた》が歪《ゆが》むのが分《わ》かった。中《なか》にだれかいる。間違《まちが》って閉《と》じ込《こ》められちゃったのかな。花菜《はな》は心配《しんぱい》になって近《ちか》づいた。

「どうしたんですか？」

棺桶《かんおけ》にそっと触《ふ》れた瞬間《しゅんかん》、首《くび》の後《うし》ろがぞわぞわっと粟立《あわだ》った。

『だーしーてー……そこにいるんでしょー……』

どんどんどんどんどんどん……

ぴっちり閉《し》められた棺桶《かんおけ》の中《なか》から黒《くろ》い液体《えきたい》が染《し》み出《だ》していた。まるで絵具《えのぐ》を垂《た》らしたように全体《ぜんたい》に広《ひろ》がり、黒《くろ》く、濃《こ》く、染《そ》まっていく。

おかしい。今日火葬場《きょうかそうば》に来《き》ているのは花菜《はな》たちだけだ。火葬場《かそうば》は山《やま》の上《うえ》にあるので、近所《きんじょ》の子《こ》どもが迷《まよ》い込《こ》んだとは考《かんが》えられない。それにこの染《し》みはなんだろう。こんなにあったら中《なか》は水浸《みずびた》しのはずなのに、どうして中《なか》の人《ひと》は声《こえ》を出《だ》せるんだろう。

この中《なか》にいるのは……なに？

『だーせぇー!!』

どんっ、と強《つよ》く棺桶《かんおけ》が揺《ゆ》れた。

「ご、ごめんなさい、いま開《あ》けるからっ！」

急《せ》かされるまま蓋《ふた》に手《て》をかけた——そのときだ。やさしく肩《かた》を叩《たた》かれた。

『開《あ》けてはダメよ。それは良《よ》くないものだから』

「えっ？　その声《こえ》！」

びっくりして振《ふ》り返《かえ》るとお祖母《ばあ》ちゃんがにこにこと笑《わら》っていた。

「お祖母《ばあ》ちゃん！」

抱《だ》きつこうとした途端《とたん》、目《め》の前《まえ》が暗《くら》くなった。

『ちっ、あと少《すこ》しで成《な》り代《か》われたのに』

悔《くや》しそうな舌打《したう》ちが聞《き》こえたと思《おも》ったら……花菜《はな》はパチっと目《め》が覚《さ》めた。いつの間《ま》にか控室《ひかえしつ》の椅子《いす》にもたれて眠《ねむ》っていたらしい。隣《となり》にいたお母《かあ》さんが「疲《つか》れちゃったのね」と肩《かた》を撫《な》でてくれたけど、お祖母《ばあ》ちゃんの遺影《いえい》を目《め》にした途端《とたん》にぶわっと涙《なみだ》があふれてきた。同《おな》じ笑《わら》い方《かた》をしていた。最後《さいご》の最後《さいご》まで、自分《じぶん》を助《たす》けてくれたのだ。

(でも――あれからだ。『変《へん》なもの』が前《まえ》よりも濃《こ》く見《み》えるようになって、声《こえ》も、はっきり聞《き》こえるようになった。それまではお祖母《ばあ》ちゃんが守《まも》っていてくれたの?)

お祖母《ばあ》ちゃんのことを思《おも》い出《だ》すといまでも目蓋《まぶた》が熱《あつ》くなる。もっと一緒《いっしょ》にいたかった。もっとたくさんお話《はな》ししたかった。

(最後《さいご》に言《い》ってた『おんみょうじ』ってなんだったんだろう)

『変《へん》なもの』のことを知《し》っているのはお祖母《ばあ》ちゃんだけ。他《ほか》の家族《かぞく》はだれも信《しん》じてくれなかった。もっとちゃんと話《はなし》を聞《き》けば良《よ》かった。そうしたら。

『みーつけた』

「はっ!」

我《われ》に返《かえ》って、後《うし》ろを見《み》た。一《ひと》つ手前《てまえ》の信号《しんごう》を這《は》ってくる黒《くろ》い影《かげ》。次《つぎ》の瞬間《しゅんかん》には列《れつ》の一番《いちばん》後《うし》ろに、その次《つぎ》の瞬間《しゅんかん》にはスマートフォンを眺《なが》めている女性《じょせい》のスカートの後《うし》ろからぬっと顔《かお》を出《だ》した。

（うそ、こんな早《はや》く、なんで）

瞬間移動《しゅんかんいどう》している。白《しろ》い目《め》がぎょろりと大《おお》きくて、口《くち》が耳《みみ》まで裂《さ》けているおかっぱ頭《あたま》の女《おんな》の子《こ》。目《め》が合《あ》うとにたりと笑《わら》い、泥《どろ》みたいに黒《くろ》い手《て》を伸《の》ばしてくる。

『花菜《はな》ちゃんつーかまえ……』

「いやっ！」

手首《てくび》を掴《つか》まれる寸前《すんぜん》でぱっと真横《まよこ》に跳《と》んだ。そのまま学校《がっこう》とは真逆《まぎゃく》の方向《ほうこう》へ走《はし》る。周《まわ》りの大人《おとな》たちは変《へん》なものでも見《み》るように眉《まゆ》を寄《よ》せていた。

（まだついてくる）

無我夢中《むがむちゅう》で走《はし》っているうちに通学路《つうがくろ》をはずれた公園《こうえん》に入《はい》った。咲倉町公園《さくらまちこうえん》は滑《すべ》り台《だい》やブランコやジャングルジム、砂場《すなば》や鉄棒《てつぼう》があるので花菜《はな》もよく遊《あそ》びに来《く》るところだ。でもいまは素通《すどお》りして奥《おく》へ進《すす》む。

花壇《かだん》を抜《ぬ》けると急《きゅう》に暗《くら》くなった。複雑《ふくざつ》に絡《から》み合《あ》った木《き》の枝《えだ》が太陽《たいよう》の光《ひかり》を遮《さえぎ》っているからだ。牢屋《ろうや》に閉《と》じ込《こ》められたみたいで不安《ふあん》になる。

ガサササ……

木《き》の茂《しげ》みから黒《くろ》い塊《かたまり》が飛《と》び出《だ》してきた。

「きゃっ！……なんだ、猫《ねこ》ちゃんか」

足元《あしもと》で丸《まる》くなっているのは大《おお》きな猫《ねこ》だった。赤茶色《あかちゃいろ》の毛並《けな》みで、顔《かお》だけ白《しろ》い。大《おお》きな目《め》でじっと花菜《はな》を見上《みあ》げている。

「驚《おどろ》かせてごめんね、急《いそ》いでて……ん？」

ふと、耳《みみ》と耳《みみ》の間《あいだ》に三角《さんかく》の突起《とっき》のようなものがあることに気《き》がついた。

（なんだろう、触《さわ》ってみようかな。なにかがくっついて取《と》れないのかもしれない）

手《て》を伸《の》ばしても逃《に》げる素振《そぶ》りはない。耳《みみ》の辺《あた》りをやさしく撫《な》でると気持《きも》ち良《よ》さそうに目《め》を細《ほそ》めた。指先《ゆびさき》でそっと突起部分《とっきぶぶん》に触《ふ》れてみると、ピンッとヒゲが立《た》った。

『こら、オレ様《さま》のツノに触《さわ》るにゃ』

「ツノなの？　ごめんね――……ね、ね、猫《ねこ》が喋《しゃべ》ったぁあ!!」

慌《あわ》てて手《て》を離《はな》すと猫《ねこ》はゆっくりと尻尾《しっぽ》を揺《ゆ》らした。尾《お》は二《ふた》つに分《わ》かれ、それぞれ別《べつ》の動《うご》きをしている。この子《こ》も普通《ふつう》じゃない。変《へん》だ。みんなみんな普通《ふつう》じゃない。――自分《じぶん》も。

「……もういや！」

花菜《はな》は再《ふたた》び走《はし》り出《だ》した。

どこをどう走《はし》り回《まわ》ったのか分《わ》からない。公園《こうえん》はこんなに広《ひろ》かっただろうか。

（おかしい、だれもいない。いつもならご近所《きんじょ》の人《ひと》たちが散歩《さんぽ》しているのに。もしかしてわたし、逃《に》げているつもりで誘《さそ》い込《こ》まれてた……？）

「いたっ」

ぐっと下《した》に引《ひ》っ張《ぱ》られた。足元《あしもと》を見《み》ると木《き》の根《ね》っこが足首《あしくび》に絡《から》みついている。茶色《ちゃいろ》く干《ひ》からびた細《ほそ》い根《ね》だ。

足《あし》を振《ふ》ると根《ね》っこはすぐに外《はず》れた。

これでよし、と再《ふたた》び歩《ある》き出《だ》す。今度《こんど》はさらに強《つよ》く引《ひ》っ張《ぱ》られた。「あっ」とバランスを崩《くず》して膝《ひざ》をついてしまう。

「今度《こんど》はなに……まただ」

根《ね》っこが絡《から》みついている。さっきよりきつく。

「なんで、どうして」

ぼこぼこ、土《つち》の中《なか》から次々《つぎつぎ》と根《ね》っこが飛《と》び出《だ》してくる。スニーカーごと足首《あしくび》に絡《から》みついて、ふくらはぎの方《ほう》までのぼってくる。

「うそ、やだ、やだ!!」

必死《ひっし》に足《あし》をばたつかせた。でも根《ね》っこは生《い》き物《もの》みたいな動《うご》きで腰《こし》や肩《かた》に巻《ま》きついてくる。

くるしい、動《うご》けない……

『ひどいと思《おも》わない？　これまでさんざん楽《たの》しんできたくせに、花《はな》を咲《さ》かせられなくなった途端《とたん》に切《き》るなんてあんまりだわ』

（この声《こえ》、わたしを追《お》いかけてきた声《こえ》と同《おな》じ……）

薄目《うすめ》を開《ひら》くと大《おお》きな桜《さくら》の木《き》が見《み》えた。他《ほか》の木《き》は枝《えだ》にたくさんの花《はな》をつけているのに、正面《しょうめん》の木《き》は一輪《いちりん》か二輪《にりん》咲《さ》いているだけ。つぼみは少《すく》なくて、幹《みき》はシワシワ。

『桜《さくら》の木《き》だって年《とし》を取《と》るのよ。でも人間《にんげん》は年寄《としよ》りを切《き》ったりしないでしょう、あんまりだわ。だから考《かんが》えたの。もう一度《いちど》花《はな》を咲《さ》かせるためにはどうしたらいいか……そうしたら名案《めいあん》が浮《う》かんだの、若《わか》い人間《にんげん》を食《た》べて栄養《えいよう》をとればいいんだって。花菜《はな》ちゃんはとっても美味《おい》しそうね』

「い、や……たす、けて……」

『だいじょうぶ、ほんのちょっと痛《いた》いだけよ。頭《あたま》を食《た》べたらなにも感《かん》じなくなるわ』

ギリリ、と首《くび》を絞《し》められる。このままじゃ本当《ほんとう》に死《し》んじゃう。そんなのイヤだ。

「お……ねがい、だれか！　だれか助《たす》けてーっ!!」

意識《いしき》が遠《とお》のく中《なか》で必死《ひっし》に喉《のど》を震《ふる》わせた。

——そのとき、

『にゃにゃーん！』

目《め》の前《まえ》を影《かげ》が舞《ま》った。首《くび》を絞《し》めていた根《ね》っこが散《ち》り散《ぢ》りになる。

「〰〰きゅうきゅうにょりつりょう！」

落雷《らくらい》のような鋭《するど》い声《こえ》。

『ぎゃあああああ!!』

ぽろっと根《ね》っこが外《はず》れた。どさっ、と地面《じめん》に投《な》げ出《だ》された花菜《はな》はなにがなんだか分《わ》からないまま顔《かお》を上《あ》げる。

ひらり、と薄紅色《うすべにいろ》のものが鼻先《はなさき》を横切《よこぎ》っていく。花《はな》びらだ。あんなに暗《くら》かった公園《こうえん》が満《まん》開《かい》の花《はな》びらをつけた明《あか》るい桜並木《さくらなみき》になっている。太陽《たいよう》の光《ひかり》がさんさんと降《ふ》り注《そそ》いでとってもキレイだ。

「根《ね》っこ……、ない」

体《からだ》に巻《ま》きついた根《ね》っこはどこにもない。先《さき》ほどの桜《さくら》の木《き》はと言《い》うと、何事《なにごと》もなかったように枝《えだ》を広《ひろ》げて沈黙《ちんもく》していた。ところどころ枝《えだ》を切《き》り落《お》とされて断面《だんめん》が見《み》えている。

「おい。へいきか」

声《こえ》がした。すぐ隣《となり》に黒《くろ》いランドセルを背負《せお》った男《おとこ》の子《こ》が立《た》っている。前髪《まえがみ》が長《なが》くて、目《め》鼻立《はなた》ちがすっきりしている。知《し》らない子《こ》だ。

「え、あの」

「ケガないかって聞《き》いたんだ」

「うん……だいじょうぶ」

こくこくとうなずいた。知《し》らない人《ひと》を前《まえ》にすると胸《むね》がいっぱいで声《こえ》が出《で》てこない。人見《ひとみ》知《し》りなのだとお兄《にい》ちゃんに笑《わら》われたけど。

(この子《こ》は、だれだろう)

立《た》ち上《あ》がると彼《かれ》の背丈《せたけ》は花菜《はな》と同《おな》じくらいか少《すこ》し高《たか》いくらいだった。

「あ、あの」

心臓《しんぞう》は血液《けつえき》を送《おく》り出《だ》す役目《やくめ》をしていると授業《じゅぎょう》で習《なら》ったけど、それとは違《ちが》うものが流《なが》れているみたいだ。だって、こんなに、ドキドキしてる。

知《し》らない人《ひと》に話《はな》しかけるのは苦手《にがて》だけど、聞《き》いてみたい。この子《こ》のこと。

(よ、よし)

ごくんと唾《つば》を飲《の》む。

「あのっ、あな、あなたが助《たす》けてくれたの？」

ちゃんと言《い》えた。でも花菜《はな》が声《こえ》をかけるのと同時《どうじ》に、『んにゃーん』と声《こえ》がして小太《こぶし》りの猫《ねこ》が駆《か》け寄《よ》ってきた。さっきの喋《しゃべ》る猫《ねこ》だ。男《おとこ》の子《こ》の足元《あしもと》で立《た》ち止《ど》まると口《くち》にくわえた紙《かみ》のようなものを差《さ》し出《だ》す。

『みろ、鬼《おに》の手形《てがた》だ。しょうもねぇ小物《こもの》だったぜ。老木《ろうぼく》の鬼《おに》ってやつかな』

「ふぅん。意外《いがい》と大《たい》したことなかったな」

花菜《はな》は「えっ」と息《いき》を呑《の》む。自分《じぶん》だけしか聞《き》こえないと思《おも》っていた猫《ねこ》の声《こえ》が、男《おとこ》の子《こ》にも聞《き》こえている？　そんなはず、ないのに。

『よく言《い》うぜ。オレ様《さま》の鼻《はな》がなければ邪気《じゃき》をたどることもできなかったくせに』

猫《ねこ》は後《うし》ろ足《あし》で首《くび》を掻《か》き、大《おお》きなあくびをする。男《おとこ》の子《こ》はじろりとにらんだ。

「なにがオレ様《さま》の鼻《はな》、だ。『鼻《はな》が乾《かわ》いてて分《わ》からねぇ～』って公園中走《こうえんじゅうはし》り回《まわ》っていたのはどこのどいつだ」

『おっ、なんだ、文句《もんく》あんのか』

「おおありだ、バカ猫《ねこ》」

ケンカしている。間違《まちが》いない、この男《おとこ》の子《こ》も猫《ねこ》の言葉《ことば》が分《わ》かるんだ。

「――あ、あの!!」

勇気《ゆうき》を振《ふ》りしぼって、さっきより大《おお》きな声《こえ》を出《だ》した。一人《ひとり》と一匹《いっぴき》がくるりと振《ふ》り向《む》く。

「まだいたのか。なんか用《よう》か？」

「ええと、その」

どきどきどきどき……心臓《しんぞう》がはげしく音《おと》を立《た》てている。でも、不安《ふあん》とも恐怖《きょうふ》とも違《ちが》う。

この気持《きも》ちはなんだろう。……知《し》りたい。目《め》の前《まえ》にいる男《おとこ》の子《こ》と猫《ねこ》のことを。

「あなたは、だれ？　どうしてわたしを助《たす》けてくれたの？」

「なりゆきだ」

肩《かた》に乗《の》った猫《ねこ》を撫《な》でながら、男《おとこ》の子《こ》はぶっきらぼうに答《こた》える。

「イヤな気配《けはい》がしたから居場所《いばしょ》を探《さが》していたらおまえがいただけ。おれは『おんみょうじ』だから」

「おんみょうじ……？」

花菜《はな》は目《め》を瞬《しばた》かせる。もしかしてお祖母《ばあ》ちゃんが言《い》っていた……

突然《とつぜん》、ゴォッと強《つよ》い風《かぜ》が吹《ふ》いた。

「きゃっ」

とっさに目《め》を閉《と》じて縮《ちぢ》こまる。風《かぜ》はすぐにやんで辺《あた》りは静《しず》かになった。しかし目《め》を開《あ》けたときには、男《おとこ》の子《こ》も猫《ねこ》も消《き》えていた。

「どこ行《い》っちゃったんだろう」

一人《ひとり》と一匹《いっぴき》がいた場所《ばしょ》には薄紅色《うすべにいろ》の花《はな》びらがこんもりと積《つ》もっている。まるで桜《さくら》の花《はな》びらが見《み》せた幻《まぼろし》のように。

(でも、夢《ゆめ》じゃない)

花菜《はな》は土埃《つちぼこり》で黒《くろ》くなった自分《じぶん》の手《て》のひらを見《み》つめた。根《ね》っこを外《はず》そうと必死《ひっし》になった証《あかし》だ。

(わたし、助《たす》けてもらったのに、お礼《れい》言《い》ってない——『おんみょうじ』、さん)

胸《むね》の奥《おく》がぎゅっと痛《いた》くなる。もう一回《いっかい》会《あ》えないかな、と考《かんが》えてしまう。一回《いっかい》だけでいいから。

第一章《だいいっしょう》　トモダチ本《ぼん》

――キーンコーンカーンコーン……学校《がっこう》のチャイムが鳴《な》っている。

「きゃあああ！」

遅刻寸前《ちこくすんぜん》、花菜《はな》は五年一組《ごねんいちくみ》の教室《きょうしつ》に飛《と》び込《こ》んだ。

「花菜《はな》ちゃん、ギリギリセーフ！」

手《て》を振《ふ》っているのは親友《しんゆう》の宮本友美《みやもとともみ》だ。花菜《はな》の席《せき》は窓際《まどぎわ》の一番後《いちばんうし》ろ。その前《まえ》が友美《ともみ》だ。

席《せき》につくと「遅刻《ちこく》ギリギリなんて珍《めずら》しいね。あたしはしょっちゅうだけど」と歯《は》を見《み》せた。

「う、うん、色々《いろいろ》あってね」

朝《あさ》から『変《へん》なもの』に追《お》いかけられ、木《き》の根《ね》っこでぐるぐる巻《ま》きにされ、喋《しゃべ》る猫《ねこ》と不思議《ふしぎ》な男《おとこ》の子《こ》に助《たす》けられたなんて……なにから説明《せつめい》したらいいのか分《わ》からない。本《ほん》の読《よ》みすぎだよ、と笑《わら》われるかもしれない。

「そうだ、大大大《だいだいだい》ニュース！　さっき職員室《しょくいんしつ》に行《い》った子《こ》が言《い》ってたんだけど、うちのクラスに転校生《てんこうせい》が来《く》るらしいよ」

「転校生《てんこうせい》？」

「うん。男《おとこ》の子《こ》だって！」

男《おとこ》の子《こ》と言《い》えば、さっきの出来事《できごと》を思《おも》い出《だ》す。

怖《こわ》かったけど、男《おとこ》の子《こ》の顔《かお》を思《おも》い浮《う》かべると胸《むね》がきゅんと疼《うず》く。

「おはようございます、皆《みな》さん席《せき》に着《つ》いてください」

担任《たんにん》の先生《せんせい》が教室《きょうしつ》に入《はい》ってきた。阿部晴吾《あべせいご》先生《せんせい》は二十代後半《にじゅうだいこうはん》、紺色《こんいろ》のスーツがよく似《に》合《あ》う、やさしい笑顔《えがお》で人気《にんき》の先生《せんせい》だ。

みんな着席《ちゃくせき》して静《しず》かになったのを確認《かくにん》してから静《しず》かに喋《しゃべ》りはじめる。

「今日《きょう》は新《あたら》しいお友《とも》だちを紹介《しょうかい》します。どうぞ入《はい》ってください」

促《うなが》されて教室《きょうしつ》に現《あらわ》れたのは――

「モモクリマチから引《ひ》っ越《こ》してきた黒住《くろずみ》アキトくんです。皆《みな》さん仲良《なかよ》くしてあげてくださいね」

例《れい》の男《おとこ》の子《こ》だった。

「あぁっ！　今朝《けさ》の喋《しゃべ》る猫《ねこ》の！」

ガタッと立《た》ち上《あ》がるとみんな一斉《いっせい》に振《ふ》り向《む》いた。阿部先生《あべせんせい》が不思議《ふしぎ》そうに首《くび》を傾《かし》げる。

「森崎《もりさき》さん、喋《しゃべ》る猫《ねこ》がどうかしましたか？」

「あ、いえ、なんでもないです……」

顔《かお》がかぁああと熱《あつ》くなる。国語《こくご》の朗読《ろうどく》でさえこんな大声《おおごえ》を出《だ》したことないのに、つい。

「きひひ、森崎《もりさき》のヤツおかしなこと言《い》ったぞー」

「喋《しゃべ》る猫《ねこ》ってなんですかー？」

周《まわ》りの男子《だんし》たちが冷《ひ》やかしてくる。花菜《はな》は恥《は》ずかしさでいっぱいだった。穴《あな》があったら入《はい》りたい。

「こら男子《だんし》だまれ。花菜《はな》ちゃん、だいじょうぶ？」

友美《ともみ》が気《き》を遣《つか》ってくれる。

「ありがと……でも、ダメかも」

「へいきへいき、みんな気《き》にしてないよ。それより黒住《くろずみ》くんカッコイイよね」

普段《ふだん》は男《おとこ》の子《こ》の顔《かお》なんて気《き》にしない友美《ともみ》が興味《きょうみ》をもつのは珍《めずら》しいことだった。

たしかに、黒板《こくばん》の前《まえ》に立《た》っているだけなのにスポットライトを浴《あ》びているように目《め》を引《ひ》く。目《め》がくりっと大《おお》きくて、手《て》や足《あし》が長《なが》い。ステッチの入《はい》った黒《くろ》いシャツに黒《くろ》いジーパンをあわせているのも大人《おとな》っぽい。

「じゃあ黒住《くろずみ》くんの席《せき》は一番後《いちばんうし》ろ、森崎《もりさき》さんの隣《となり》です。さっき元気《げんき》に挨拶《あいさつ》してくれた子ですよ」

「はい」

アキトが近《ちか》づいてくる。

気《き》まずい花菜《はな》は顔《かお》を伏《ふ》せて机《つくえ》の模様《もよう》を見《み》ていたが、アキトが立《た》ち止《ど》まった気配《けはい》がして視《し》線《せん》を上《あ》げた。じぃっと自分《じぶん》を見《み》ている。

(なに？　どうしてそんなに見《み》るの？　やっぱり変《へん》なこと言《い》ったから？)

アキトは無言《むごん》のまま隣《となり》の席《せき》に腰《こし》を下《お》ろした。正面《しょうめん》から見《み》てもカッコイイけど、横《よこ》から見《み》ると睫毛《まつげ》がとても長《なが》い。お人形《にんぎょう》みたいだ。

ぼーっと眺《なが》めていると頭上《ずじょう》で笑《わら》い声《ごえ》がした。

『けっけっけ、モテる男《おとこ》はつらいねぇ』

どきっ、と思《おも》って天井《てんじょう》を見《み》ると長《なが》い尻尾《しっぽ》が二本《にほん》、垂《た》れ下《さ》がっていた。赤茶色《あかちゃいろ》の猫《ねこ》が重《じゅう》力《りょく》を無視《むし》して逆《さか》さまにへばりついている。

「ねっ……猫《ねこ》が逆《さか》さづりになってるーっ！」

花菜《はな》の叫《さけ》び声《ごえ》でみんな一斉《いっせい》に天井《てんじょう》を見《み》た。

「猫《ねこ》？」

「逆《さか》さづり？」

「なにもないよ？」

みんなには見《み》えないらしく、不審《ふしん》そうな眼差《まなざ》しが花菜《はな》に集中《しゅうちゅう》した。

（どうしよう、また変《へん》なこと言《い》っちゃった……）

大失敗《だいしっぱい》、さらに大失敗《だいしっぱい》。これではただの「おかしな子《こ》」ではないか。空気《くうき》みたいに消《き》えてしまいたい。

「先生《せんせい》、ちょっといいですか」

さっと手《て》を挙《あ》げたのはアキトだ。この子《こ》ちょっと変《へん》なので席《せき》を替えてくださいと言《い》うのでは、とドキドキしていると人差《ひとさ》し指《ゆび》で天井《てんじょう》を示《しめ》した。

「ぼくも天井《てんじょう》に猫《ねこ》……の染《し》みが見《み》えるんですけど、そういう怪談話《かいだんばなし》がありませんか？」

「怪談《かいだん》ですか？」

阿部先生《あべせんせい》は天井《てんじょう》を見《み》ながら顎《あご》に手《て》を当《あ》てて考《かんが》え込《こ》む。

「いいえ、聞《き》いたことはありませんね。どうして？」

「おれ、怖《こわ》い話《はなし》を聞《き》くのが好《す》きなんです。もし知《し》っていたら教《おし》えてください。みんなも――もちろん森崎《もりさき》さんも」

そう言《い》って笑《わら》いかけてくれた。もしかして、かばってくれたのだろうか。おかしな子だと思《おも》われないようにウソまでついて。

(やさしいんだ、黒住《くろずみ》くんって)

天井《てんじょう》を見《み》ると猫《ねこ》は消《き》えていた。見間違《みまちが》いだったのかもしれない。

ほっとして筆箱《ふでばこ》をとろうとするとシャープペンが転《ころ》がり落《お》ちてしまった。足元《あしもと》に落《お》ちたところをアキトが拾《ひろ》ってくれる。

「ほら」

「ありが――はぅっ」

ハッと息《いき》を呑《の》んだ。アキトの肩《かた》にさっきの猫《ねこ》が乗《の》ってニヤニヤしている。

驚《おどろ》きのあまり口《くち》をぱくぱくさせていると手《て》のひらにシャープペンの先《さき》をぐっと押《お》しつけられた。眉間《みけん》に皺《しわ》を寄《よ》せて小声《こごえ》で話《はな》しかけてくる。

「あんまり手間《てま》かけさせるな、バーカ」

(バカ!?)

呆気《あっけ》にとられている間《あいだ》にアキトは前《まえ》に向《む》き直《なお》り、何事《なにごと》もなかったようにツンとすましている。猫《ねこ》はケタケタと笑《わら》い声《ごえ》を上《あ》げた。

『けけけ、こいつびっくりして言葉《ことば》もでないみたいだぞ』

なにも面《めん》と向《む》かってバカって言《い》わなくてもいいのに。

(前言撤回《ぜんげんてっかい》！　やさしいと思《おも》って損《そん》した！)

黒住《くろずみ》アキトは性格《せいかく》が悪《わる》い。それも、すっごく。

「はい、みなさん聞《き》いてください」

阿部先生《あべせんせい》がパンパンと手《て》を叩《たた》いた。

「五年生《ごねんせい》になったので新《あら》たに係《かかり》を決《き》めたいと思《おも》います。自分《じぶん》がなりたい係《かかり》を呼《よ》んだら挙手《きょしゅ》してください。係《かかり》になれるのは二人《ふたり》。立候補《りっこうほ》が多《おお》かった場合《ばあい》はじゃんけんです」

きれいな字《じ》で黒板《こくばん》に係《かかり》を書《か》いていく。図書係《としょがかり》、という文字《もじ》を見《み》て胸《むね》がときめいた。

(図書係《としょがかり》、ずっとやりたかったんだよね)

おすすめの本《ほん》を紹介《しょうかい》したり、入荷《にゅうか》したばかりの本《ほん》を読《よ》んで感想《かんそう》を書《か》いたり、返却《へんきゃく》が遅《おく》れている人《ひと》に催促《さいそく》する係《かかり》だ。本《ほん》が好《す》きで図書室《としょしつ》によく出入《でい》りしている花菜《はな》はずっとやりたいと思《おも》っていた。

でも去年《きょねん》もその前《まえ》の年《とし》もできなかった。なぜなら……

「花菜《はな》ちゃん、また今年《ことし》も生《い》き物係《ものがかり》やろうね」

振《ふ》り向《む》いた友美《ともみ》がうれしそうに歯《は》を見《み》せる。

「あ……でも」

「楽《たの》しみだなぁ」

花菜《はな》の意見《いけん》など聞《き》きもせず、友美《ともみ》はくるりと前《まえ》を向《む》いてしまう。

いつもそう、勝手《かって》に決《き》めてしまう。でもイヤだと言《い》えない。友《とも》だちが少《すく》ない花菜《はな》にとって、親友《しんゆう》の友美《ともみ》に嫌《きら》われるのはとても怖《こわ》いことだから。

「決《き》まりましたか？　では自分《じぶん》のやりたい係《かかり》が呼《よ》ばれたら手《て》を挙《あ》げてくださいね。まずはクラス係《がかり》――」

順番《じゅんばん》に係《かかり》が呼《よ》ばれ、立候補《りっこうほ》がなかった係《かかり》は後回《あとまわ》しにされる。

いよいよ順番《じゅんばん》がきた。

「では次《つぎ》、図書係《としょがかり》をやりたい人《ひと》は手《て》を挙《あ》げてください」

しん、と教室内《きょうしつない》が静《しず》まり返《かえ》る。いつもなら数人《すうにん》が手《て》を挙《あ》げるのに、今回《こんかい》は先《さき》に別《べつ》の係《かかり》に決《き》まっていた。

ここで手《て》を挙《あ》げたら図書係《としょがかり》になれる。でも友美《ともみ》がどんな反応《はんのう》をするか……

花菜《はな》は迷《まよ》っていた。自分《じぶん》がやりたい図書係《としょがかり》か、友美《ともみ》と同《おな》じ生《い》き物係《ものがかり》か。

「はい、おれやりたいです」

アキトがひょいっと手《て》を挙《あ》げた。ちらっと花菜《はな》に目線《めせん》を送《おく》ってくる。いいのか、と聞《き》かれた気《き》がした。

「わたし――わたしもやりたいですっ！」

弾《はじ》かれるように手《て》を挙《あ》げる。結局《けっきょく》手《て》を挙《あ》げたのは二人《ふたり》だけだ。

「では森崎《もりさき》さんと黒住《くろずみ》くん、図書係《としょがかり》よろしくお願《ねが》いします。はい拍手《はくしゅ》」

パチパチと響《ひび》き渡《わた》る拍手《はくしゅ》。前《まえ》の席《せき》からは聞《き》こえない。友美《ともみ》は信《しん》じられないような顔《かお》で花《は》菜《な》をにらんでいた。とても怒《おこ》ってる。ひやりと冷《つめ》たいものが背中《せなか》を走《はし》った。

「ごめんね、でも一度《いちど》でいいからやってみたくて」

係決《かかりき》めが終《お》わってすぐに謝《あやま》ったが友美《ともみ》は目《め》を合《あ》わせてくれない。

「ひどいよ。花菜《はな》ちゃんとの生《い》き物係《ものがかり》すごく楽《たの》しみにしてたのに！」

「ごめんね。でももう何度《なんど》も」

「裏切《うらぎ》り者《もの》！　もう花菜《はな》ちゃんとは口《くち》きかない！」

さっと立《た》ち上《あ》がると廊下《ろうか》に出《で》て行《い》ってしまう。さすがの花菜《はな》もカチンときた。

（いつも自分《じぶん》のやりたいことばっかり。わたしは友美《ともみ》ちゃんの付属品《ふぞくひん》じゃないのに）

ムカムカ、モヤモヤ。どうして自分《じぶん》だけが我慢《がまん》しなくてはいけないのか。

授業前《じゅぎょうまえ》に友美《ともみ》が戻《もど》ってきても花菜《はな》は目《め》を合《あ》わせず自分《じぶん》の席《せき》で本《ほん》を読《よ》んでいるふりをした。視線《しせん》を感《かん》じて胃《い》がきゅっと縮《ちぢ》こまるような感覚《かんかく》がある。

（わたしは謝《あやま》らないよ。何度《なんど》もごめんって言《い》ったもん。でも、友美《ともみ》ちゃんがさっきはごめんねって言《い》ったらすぐに許《ゆる》してあげる――）

そのつもりだったのに、友美《ともみ》は何《なに》も言《い》わずに自分《じぶん》の席《せき》に腰《こし》を下《お》ろす。

「ふんだ。花菜《はな》ちゃんとは絶交《ぜっこう》だからね」

ガタン、と椅子《いす》を引《ひ》く音《おと》がやけに大《おお》きくて、わざと意地悪《いじわる》されているのだと思《おも》った。

（もう知《し》らない、友美《ともみ》ちゃんのばか！）

そのあとは授業中《じゅぎょうちゅう》もお昼休《ひるやす》みも休憩時間《きゅうけいじかん》もずっと無視《むし》。花菜《はな》と友美《ともみ》は一言《ひとこと》も話《はな》さないまま時間《じかん》だけが過《す》ぎていった。

花菜《はな》はなんとか仲直《なかなお》りしたくてちらちらと友美《ともみ》の様子《ようす》をうかがっていたが、声《こえ》をかけて拒絶《きょぜつ》されるのが怖《こわ》くて話《はな》しかけられずにいた。すぐ目《め》と鼻《はな》の先《さき》にいるのに、友美《ともみ》の存在《そんざい》を遠《とお》くに感《かん》じる。

さみしい、こんなつもりじゃなかったのに。目《め》の前《まえ》が暗《くら》くなっていく。


暗《くら》い気持《きも》ちを抱《かか》えたまま放課後《ほうかご》になった。

いつもなら「かーえろ！」と誘《さそ》ってくれる友美《ともみ》は他《ほか》の子《こ》と先《さき》に帰《かえ》ってしまった。

自分以外《じぶんいがい》の子《こ》と楽《たの》しそうに喋《しゃべ》りながら帰《かえ》る後《うし》ろ姿《すがた》を見《み》ていた花菜《はな》は、胸《むね》が押《お》しつぶされそうな思《おも》いで図書室《としょしつ》へやってきた。司書《ししょ》の先生《せんせい》は不在《ふざい》のようだ。

「はぁー……なんで友美《ともみ》ちゃんとケンカしちゃったんだろう」

ひとつに結《むす》んだ髪《かみ》をほどき、可愛《かわい》いシュシュを手《て》に取《と》って眺《なが》めてみる。友美《ともみ》は幼稚園《ようちえん》のころからの親友《しんゆう》で、このシュシュも友美《ともみ》がプレゼントしてくれたものだ。五年前《ごねんまえ》の入学式《にゅうがくしき》の前日《ぜんじつ》、美容室《びようしつ》で男《おとこ》の子《こ》みたいに短《みじか》く髪《かみ》を切《き》られてしまった花菜《はな》に「髪《かみ》の毛《け》が伸《の》びたら使《つか》って。花菜《はな》ちゃんに絶対似合《ぜったいにあ》うから」と贈《おく》ってくれたのだ。

髪《かみ》が伸《の》びるまで大事《だいじ》に保管《ほかん》し、やっと結《むす》べる長《なが》さになったときは一番《いちばん》に友美《ともみ》に見《み》せに行《い》った。「やっぱり似合《にあ》う！　ばっちり！」と笑《わら》ってくれたことを昨日《きのう》のことのように思《おも》い出《だ》す。

肩《かた》より下《した》まで伸《の》びたいまでも大切《たいせつ》に使《つか》っている。恥《は》ずかしがりやの花菜《はな》もきゅっと結《むす》んだ髪《かみ》を鏡《かがみ》で確認《かくにん》すると「うん可愛《かわい》い」と自分《じぶん》を褒《ほ》めたくなってしまうくらいだ。

そんな大親友《だいしんゆう》と大《おお》げんかしてしまった。

（仲直《なかなお》りしたいなぁ）

友美《ともみ》がいないだけでこんなに辛《つら》いとは思《おも》わなかった。

「本返《ほんかえ》したら友美《ともみ》ちゃんのお家《うち》に謝《あやま》りにいこう。……でも許《ゆる》してくれるかなぁ」

ひとまずクラスで借《か》りた本《ほん》を返却《へんきゃく》することにした。時々《ときどき》お手伝《てつだ》いしているので本《ほん》の返《かえ》し方《かた》は知《し》っている。背表紙《せびょうし》に返却日《へんきゃくび》を書《か》いて元《もと》あった場所《ばしょ》に戻《もど》せばいいのだ。

「えーと『メダカの飼《か》い方《かた》』は生物《せいぶつ》の棚《たな》だよね、『可愛《かわい》いお洋服《ようふく》』は文化《ぶんか》の棚《たな》、『世界《せかい》の歴《れき》史《し》』は歴史《れきし》の棚《たな》。『友《とも》だちと仲直《なかなお》りする本《ほん》』ってないかなぁ……」

本《ほん》に書《か》かれた通《とお》りに行動《こうどう》すればケンカしていた友《とも》だちともあっという間《ま》に仲直《なかなお》り！　そんな魔法《まほう》みたいな本《ほん》があったらいいなぁと思《おも》った。

そのときだ。

『お嬢《じょう》ちゃん、ともだちがほしいのかい？』

どこからか声《こえ》がした。

「だれ？」

とっさに周囲《しゅうい》を見《み》まわすがだれもいない。気《き》のせいだと思《おも》って再《ふたた》び本《ほん》に手《て》を伸《の》ばす。

『お嬢《じょう》ちゃん、ワタシのこえがきこえているんだろう』

また声《こえ》がした。どきっとして手《て》を止《と》める。

「だれ？　どこにいるの!?」

抱《かか》えていた本《ほん》を机《つくえ》の上《うえ》に置《お》き、本棚《ほんだな》の間《あいだ》を見《み》て回《まわ》るが声《こえ》の主《ぬし》は見当《みあ》たらない。図書室《としょしつ》の中《なか》は静《しず》まり返《かえ》っている。首《くび》の後《うし》ろがぞわぞわと粟立《あわだ》った。

（またあの感覚《かんかく》だ）

今朝《けさ》の『変《へん》なもの』と同《おな》じだ。学校《がっこう》の外《そと》だけじゃなく校内《こうない》にもいるなんて。

（なんでいつもこうなの？　わたしばっかり怖《こわ》い思《おも》いして……）

こんなとき友美《ともみ》がいたら、と考《かんが》えてしまった。

人《ひと》と話《はな》すことが苦手《にがて》な花菜《はな》にもやさしく接《せっ》してくれる、大切《たいせつ》な友《とも》だち。太陽《たいよう》のような笑《え》顔《がお》を見《み》ていると『変《へん》なもの』のことも忘《わす》れられた。

こんなことなら、無理して図書係《としょがかり》に立候補《りっこうほ》なんかするんじゃなかった、友美《ともみ》と同《おな》じ生《い》き物係《ものがかり》になっていればいまごろはケンカしないで一緒《いっしょ》に帰《かえ》っていたはずなのに。

「友美《ともみ》ちゃん――」

ガタン！　バタン！

奥《おく》の方《ほう》で大《おお》きな物音《ものおと》がした。

「いやっ」

とっさに机《つくえ》の下《した》にもぐりこんで膝《ひざ》を抱《かか》える。

「もうやだ、怖《こわ》いのはヤダよ、ひとりはイヤ……」

がくがくと震《ふる》える花菜《はな》の耳《みみ》に、やさしい声《こえ》が語《かた》りかけてきた。

『お嬢《じょう》ちゃん、ひとりぼっちなんだねぇ』

「また声《こえ》――ううん、なにも聞《き》こえない聞《き》こえない、あーあーあー」

耳《みみ》をふさいでも声《こえ》は聞《き》こえてくる。耳《みみ》ではなく頭《あたま》の中《なか》でキンキンと響《ひび》いている。

『ともだちがいないのは、さみしいねぇ。ワタシもずっとひとりぼっちだよ。あぁだれかワタシとともだちになってくれないかなぁ』

あまりにも悲《かな》しそうな声《こえ》なので「かわいそう」だと思《おも》った。そして「自分《じぶん》と同《おな》じ」だとも。

「あなたも……さみしいの？」

目線《めせん》を上《あ》げ、おそるおそる周囲《しゅうい》を見回《みまわ》す。夕日《ゆうひ》が差《さ》し込《こ》む図書室《としょしつ》にはだれもいないのに声《こえ》は一層強《いっそうつよ》く聞《き》こえてくる。

『ああ、さみしいよ。むかしここにとじこめられてからずっとひとり。もうそろそろさくらがきれいにさくころだろう。もういちどみたいなぁ。ともだちがいっしょにいればもっとうれしい』

同《おな》じだ。いまの自分《じぶん》と。

「どこにいるの」

花菜《はな》はふらりと立《た》ち上《あ》がった。まるで引《ひ》き寄《よ》せられるように奥《おく》に進《すす》み、分厚《ぶあつ》い図鑑《ずかん》がずらりと並《なら》んだ棚《たな》の前《まえ》で立《た》ち止《ど》まる。

『てをのばしてごらん。した、もっとみぎ、いきすぎ、ひだりにもどって。そうだよ。そのおくのほんさ』

きれいに並《なら》んだ本《ほん》をまとめて取《と》りのぞくと奥《おく》に一冊《いっさつ》の本《ほん》が横倒《よこだお》しになっていた。手前《てまえ》の本《ほん》をどかさなければ決《けっ》して気《き》づかなかっただろう。

「こんなところに本《ほん》が隠《かく》れていたなんて」

花菜《はな》は奥《おく》に倒《たお》れていた本《ほん》を手《て》に取《と》った。黒《くろ》くて、とても薄《うす》い本《ほん》だ。手《て》に取《と》るとかび臭《くさ》いにおいが鼻《はな》につく。

『ああ、ようやくみつけてくれたね。でもまだだ。あとすこし。ふだをはいでおくれ』

「この白《しろ》い札《ふだ》のこと？　なにか書《か》いてあるよ。意味《いみ》があるんじゃないの」

表紙《ひょうし》には白《しろ》い札《ふだ》が貼《は》られているが、そこに書《か》かれた文字《もじ》はすっかり薄《うす》くなって読《よ》み取《と》れない。

花菜《はな》が札《ふだ》の端《はし》をつまむと穏《おだ》やかだった口調《くちょう》が一変《いっぺん》した。

『いいからはやくしろ。はやく、はやく、はやく、はやくはやくはやくはやく……‼』

声《こえ》はどんどん強《つよ》くなる。

『もたもたするんじゃないよ。こうなったら』

「なに！　指《ゆび》が勝手《かって》に！」

右手《みぎて》がひとりでに動《うご》き出《だ》した。白《しろ》い札《ふだ》の端《はし》を掴《つか》んで、無理《むり》やり剥《は》いでいく。

「まって、なにこれ、なんなの？」

くくく、と低《ひく》い笑《わら》い声《ごえ》がもれた。

『バカな子《こ》だねぇ。あんしんしな、すぐにアンタをたべてやるからね』

だまされた、と思《おも》ったときにはもう遅《おそ》い。半分以上《はんぶんいじょう》剥《は》がれた札《ふだ》はあと少《すこ》し力《ちから》を込《こ》めれば完全《かんぜん》にとれてしまう。

「やだ、だれか、だれか止《と》めて！」

ぎゅっと目《め》をつぶったその瞬間《しゅんかん》、

「そこまでだ」

手《て》の感触《かんしょく》が戻《もど》ってきた。ハッと目《め》を開《ひら》くと花菜《はなな》の手《て》をだれかが押《お》さえつけている。

(黒住《くろずみ》くん！)

アキトだ。鋭《するど》い目《め》つきで本《ほん》をにらんでいる。

「どうして、黒住《くろずみ》く……」

「話《はなし》はあとだ。封印《ふういん》しなおす、絶対《ぜったい》に手《て》を離《はな》すな」

どきっ、とした。険《けわ》しい眼差《まなざ》しとは裏腹《うらはら》に重《かさ》ねられた手《て》は温《あたた》かい。

「深呼吸《しんこきゅう》。指先《ゆびさき》に意識《いしき》を集中《しゅうちゅう》しろ」

「う、うん」

アキトは花菜《はな》の手《て》を押《お》さえた状態《じょうたい》で札《ふだ》をなでていく。元《もと》の形《かたち》に戻《もど》そうとしているのだ。

何度《なんど》も繰《く》り返《かえ》すうちに手《て》のひらが熱《あつ》くなってきた。自分《じぶん》の手《て》じゃないみたいだ。剥《は》がれていた札《ふだ》が徐々《じょじょ》に戻《もど》っていく。

声《こえ》の主《ぬし》が苦《くる》しげにうめいた。

『ぐう……きさまァ、おんみょうじのはしくれか、ゆるさん、タダじゃおかない――』

札《ふだ》がぴたりと貼《は》りついた。あんなにうるさかった声《こえ》はまったく聞《き》こえなくなる。

「……ふう、なんとかなったな」

大《おお》きく息《いき》を吐《は》いたアキトはパッと手《て》を離《はな》した。

花菜《はな》の手《て》はまだ熱《ねつ》をもってジンジンしている。

(いま、なにが起《お》きたの)

アキトはお祖母《ばあ》ちゃんが言《い》っていた『おんみょうじ』なのだろうか。

『お、見《み》つけたか！』

すぐ近《ちか》くで声《こえ》がした。あの猫《ねこ》の声《こえ》だ。でも姿《すがた》が見《み》えない。

『かっかっか、オレ様《さま》のにらんだ通《とお》り、邪気《じゃき》をまとった本《ほん》があったようだな。オレ様《さま》の鼻《はな》をごまかすなんてさすがと言《い》っておこう。……ところでそろそろ引《ひ》っこ抜《ぬ》いてくれねぇか』

上《うえ》の方《ほう》の棚《たな》で、本《ほん》とその上《うえ》の棚板《たないた》の間《あいだ》に挟《はさ》まれてフリフリと動《うご》くお尻《しり》を見《み》つけた花菜《はな》は「きゃあ！」と悲鳴《ひめい》を上《あ》げた。

「なんで？　どうやったらこんなことになるの!?」

『この辺《あた》りで気配《けはい》がしたから首《くび》を突《つ》っ込《こ》んだら抜《ぬ》けなくなったんだよ。これでもやっと声《こえ》出《だ》せるまでになったんだぜ』

「もしかしてさっきの物音《ものおと》……。待《ま》ってて、体《からだ》の周《まわ》りにある本《ほん》をどかすから」

黒《くろ》い本《ほん》はひとまず近《ちか》くの本棚《ほんだな》に置《お》き、猫《ねこ》を救出《きゅうしゅつ》することにした。

「そんなやつ放《ほう》っておけよ」

アキトは腕組《うでぐ》みして本棚《ほんだな》にもたれかかっている。冷《つめ》たい態度《たいど》だ。

「でも助《たす》けを求《もと》めてるのに無視《むし》できないよ。黒住《くろずみ》くんは猫《ねこ》ちゃんのこと心配《しんぱい》じゃないの？」

アキトは呆《あき》れたように肩《かた》をすくめる。

「心配《しんぱい》しなくても、こいつは普通《ふつう》の猫《ねこ》じゃなくておれの式鬼《しき》だ」

「し、き？」

「使《つか》い魔《ま》だよ。あんまり役《やく》に立《た》ってないけど」

『あん？　いつだれがテメェの式鬼《しき》になったんだ？』

抗議《こうぎ》を示《しめ》すようにお尻《しり》が揺《ゆ》れた。

『オレ様《さま》が忠誠《ちゅうせい》を誓《ちか》ったのはオヤジさんだけだ。半人前《はんにんまえ》のアキトなんかにだーれが』

「だ・ま・れ」

背中《せなか》をこしょこしょと撫《な》でると猫《ねこ》がもだえた。

『あっやめろ、そこはっ、あぅっ、くしゅぐったぃい！』

「暴《あば》れないで、本《ほん》が……きゃあっ」

派手《はで》に暴《あば》れたせいで本《ほん》がバサバサと降《ふ》ってくる。しかしその反動《はんどう》で猫《ねこ》の体《からだ》が引《ひ》っこ抜《ぬ》けた。

脱出成功《だっしゅつせいこう》だ。

『ふぃー、大変《たいへん》な目《め》に遭《あ》ったぜ』

ピーンとお尻《しり》を上《あ》げて体《からだ》を伸《の》ばす猫《ねこ》。無事《ぶじ》に抜《ぬ》け出《だ》せたのは良《よ》かったが、落《お》ちた本《ほん》たちが気《き》の毒《どく》だった。花菜《はな》はひざをついて一冊一冊《いっさついっさつ》丁寧《ていねい》に拾《ひろ》い上《あ》げる。

（もう、暴《あば》れないでって言《い》ったのに……ん、あれ？）

さっきの黒《くろ》い本《ほん》がない。床《ゆか》に散《ち》らばった本《ほん》を本棚《ほんだな》に並《なら》べ直《なお》しても、黒《くろ》い本《ほん》だけ見《み》つからなかった。

「黒住《くろずみ》くん、どうしよう、さっきの本《ほん》が消《き》えちゃった」

花菜《はな》の言葉《ことば》を聞《き》いてアキトの目《め》つきが険《けわ》しくなった。

「赤《あか》ニャン、どうだ。気配《けはい》は」

『うーむ。完全《かんぜん》に消《き》えているな。封印《ふういん》が成功《せいこう》したのか、はたまた気配《けはい》を消《け》しているのか分《わ》からねぇが……』

「意図的《いとてき》に気配《けはい》を消《け》していたら厄介《やっかい》だ。もっと集中《しゅうちゅう》して……うっ」

本棚《ほんだな》にもたれてずるずると座《すわ》り込《こ》んだ。ずいぶんと顔色《かおいろ》が悪《わる》い。

「どうしたの、具合《ぐあい》悪《わる》いの？　保健室《ほけんしつ》行《い》く？」

「……いい。少《すこ》し休《やす》めば治《なお》る」

花菜《はな》の申《もう》し出《で》を拒絶《きょぜつ》し、ふらふらと歩《ある》き出《だ》した。椅子《いす》に座《すわ》って机《つくえ》に突《つ》っ伏《ぷ》すと追《お》いかけていった猫《ねこ》も側《そば》で丸《まる》くなった。

（本当《ほんとう》にだいじょうぶかな）

心配《しんぱい》そうな花菜《はな》を気遣《きづか》うように猫《ねこ》がふわんと尻尾《しっぽ》を揺《ゆ》らす。

『いつものことだ。オレ様《さま》という有能《ゆうのう》な赤鬼《あかおに》がサポートしてやってもすぐにぶっ倒《たお》れちまうのさ』

「赤鬼《あかおに》……？」

『そ。このツノがチャームポイントさ』

猫《ねこ》の額《ひたい》には三角形《さんかくけい》の尖《とが》ったものが二本《にほん》、やはりツノだったのだ。

「すごい、赤鬼《あかおに》なんて初《はじ》めて見《み》た……」

感激《かんげき》していると猫《ねこ》は満更《まんざら》でもなさそうにヒゲを上《あ》げる。

『そうだろ、レアだろ。もっと褒《ほ》めたたえてもいいんだぜ』

「褒《ほ》めたたえ……えっと……カッコイイです。立派《りっぱ》です。あとは、そ、尊敬《そんけい》します！」

『むふふ、尊敬《そんけい》か！　いい響《ひび》きだ！』

猫《ねこ》はうれしそうに尻尾《しっぽ》を揺《ゆ》らす。

『素直《すなお》な小娘《こむすめ》には特別《とくべつ》に『赤《あか》ニャン』と呼《よ》ばせてしんぜよう』

「ありがとう赤《あか》ニャン」

『うむ。悪《わる》くない気分《きぶん》だ』

「おい、いい加減《かげん》にしろ赤鬼《あかおに》」

得意《とくい》げな赤《あか》ニャンをアキトが押《お》さえつけた。先《さき》ほどより顔色《かおいろ》が良《よ》くなっている。

「なんのために図書室《としょしつ》を見張《みは》らせたと思《おも》ってるんだよ。どっかのバカが封印《ふういん》をといてしまうところだったじゃないか」

バカ、と強調《きょうちょう》するのでムッとした。わざとじゃないのに。

「わたしバカじゃなくて森崎花菜《もりさきはな》って名前《なまえ》だもん。封印《ふういん》？　をといてしまいそうになったのはごめんなさい。だけど先生《せんせい》はそんな危《あぶ》ない本《ほん》があるなんて言《い》ってなかったよ」

「当然《とうぜん》だ。大人《おとな》は鈍《にぶ》いからなにも感《かん》じないんだよ。子《こ》どもの中《なか》でも『かんじゅせい』のつよいヤツにはごくまれに普通《ふつう》は見《み》えないものを見《み》る力《ちから》が宿《やど》るらしい。多分《たぶん》おまえもそうなんだろう」

花菜《はな》は首《くび》を傾《かし》げる。

「『かんじゅせい』ってなに？　難《むずか》しいこと言《い》われても分《わ》からないよ」

「お人好《ひとよ》しってことだよ」

ふん、と鼻《はな》を鳴《な》らすのでまたバカにしているってことは理解《りかい》できた。

「好《す》きで見《み》えているわけじゃないもん。それに、わたしがお人好《ひとよ》しなら黒住《くろずみ》くんはなんなの。朝《あさ》だってなにをしたの？」

「おれは『おんみょうじ』だ。今朝《けさ》のあれは調伏《ちょうぶく》。つまり鬼退治《おにたいじ》だな」

「鬼《おに》……」

昔話《むかしばなし》の絵本で見《み》た恐《おそ》ろしい風貌《ふうぼう》の『鬼《おに》』を思《おも》い出《だ》して寒気《さむけ》がした。もしかしたら火葬《かそう》場《ば》にあった黒《くろ》い棺桶《かんおけ》も鬼《おに》が化《ば》けたものだったのかもしれない。もしお祖母《ばあ》ちゃんが助《たす》けてくれなかったら、いまごろどうなっていただろう。

「あ、でも待《ま》って。赤《あか》ニャンも鬼《おに》……なんだよね？」

「赤《あか》ニャンとアイツらは違《ちが》う。今朝《けさ》の桜《さくら》の木《き》も、黒《くろ》い本《ほん》も、人間《にんげん》に災《わざわ》いをもたらす存《そん》在《ざい》──恐《おそ》ろしい鬼《おに》だ。下手《へた》したら命《いのち》を落《お》とす」

「死《し》んじゃうってこと？」

「ああ。命《いのち》が惜《お》しければ余計《よけい》なことはせずに……」

廊下《ろうか》でバタバタと足音《あしおと》がした。司書《ししょ》の先生《せんせい》が戻《もど》ってきたのかもしれない。

「とにかく、これ以上首《いじょうくび》を突《つ》っ込《こ》むな。黒《くろ》い本《ほん》はおれが探《さが》して処分《しょぶん》しておく」

それだけ言《い》うと赤《あか》ニャンを抱《だ》きかかえて図書室《としょしつ》を出《で》て行《い》ってしまった。花菜《はな》は焦《あせ》る。なにか悪《わる》いことでも言《い》ってしまっただろうか。

「ちょっと黒住《くろずみ》くん！」

急《いそ》いで廊下《ろうか》に出《で》たが、アキトの姿《すがた》はどこにもない。

（わたしなにか悪《わる》いこと言《い》っちゃったかな……明日《あした》、謝《あやま》ろう）

そう心《こころ》に決《き》めて、教室《きょうしつ》に残《のこ》していたランドセルを取《と》りに走《はし》った。

――その数分後《すうふんご》。図書室《としょしつ》の扉《とびら》が開《ひら》いた。

「花菜《はな》ちゃんいるー？」

顔《かお》を出《だ》したのは友美《ともみ》だ。ケンカしたことを謝《あやま》ろうと思《おも》い、下校途中《げこうとちゅう》で引《ひ》き返《かえ》してきたのだった。

「いない。もう帰《かえ》っちゃったのかな」

室内《しつない》を歩《ある》き回《まわ》るがだれもいない。しょんぼりと項垂《うなだ》れた。

「仕方《しかた》ない、明日《あす》の朝《あさ》いちばんにごめんねって言《い》おう。うん、そうしよう。仲直《なかなお》りしたいもん。……仲直《なかなお》りできるよね、うん、できる」

ランドセルを背負《せお》い直《なお》して帰《かえ》ろうとしたとき、どこからともなく声《こえ》がした。

『お嬢《じょう》ちゃん、ともだちがほしいかい？』

「ん？　だれか呼《よ》んだ？」

きょろきょろと周《まわ》りを見渡《みわた》しながら本棚《ほんだな》の中《なか》を進《すす》んでいく。

『こっちだよ。あしもとをみてごらん』

本棚《ほんだな》の下《した》に隠《かく》れていた黒《くろ》い本《ほん》を拾《ひろ》い上《あ》げた。花菜《はな》とアキトが二人《ふたり》で貼《は》り直《なお》した札《ふだ》は角《かど》が剥《は》がれてびろんと丸《まる》まっている。

「なんでシール貼《は》ってあるんだろ？　だれかのイタズラかな？　とってあげよ」

本《ほん》を引《ひ》き寄《よ》せると、丸《まる》まった部分《ぶぶん》を指《ゆび》でつまんでびりっと剥《は》いでしまった。

次《つぎ》の瞬間《しゅんかん》、

『あはははははは!!』

黒《くろ》い煙《けむり》が噴《ふ》き出《だ》して友美《ともみ》の体《からだ》を呑《の》み込《こ》む。悲鳴《ひめい》を上《あ》げる間《ま》もなかった。

『自由《じゆう》だ、あははははは、自由《じゆう》だ、あはははあはははははは』

室内《しつない》には不気味《ぶきみ》な笑《わら》い声《ごえ》が響《ひび》き渡《わた》っていた。


「ただいまー」

家《いえ》に飛《と》び込《こ》んだ花菜《はな》はスニーカーを脱ぎ捨ててリビングに駆《か》け込《こ》んだ。台所《だいどころ》にいたお母《かあ》さんが恐《おそ》ろしい形相《ぎょうそう》で振《ふ》り返《かえ》る。

「こら！　物《もの》を大切《たいせつ》にしなさいっていつも言《い》っているでしょう。きちんと靴《くつ》をそろえなさい。うがいと手洗《てあら》いも！」

いまにも頭《あたま》からツノが生《は》えてきそうだ。「鬼《おに》みたい」と思《おも》いながらランドセルをおろし、もう一度《いちど》玄関《げんかん》に戻《もど》って靴《くつ》をそろえた。

言《い》われた通《とお》りにうがいと手洗《てあら》いを終《お》えてリビングに戻《もど》ると、ソファーでゲームをしていた達樹《たつき》お兄《にい》ちゃんがニヤニヤ笑《わら》っていた。花菜《はな》の二歳年上《にさいとしうえ》でこの春《はる》に中学生《ちゅうがくせい》になった。顔《かお》も性格《せいかく》も変《か》わってないのに制服《せいふく》を着《き》ていると別人《べつじん》みたいだ。

「おす。どこのカイジュウが帰《かえ》ってきたかと思《おも》ったぜ」

「失礼《しつれい》な、カイジュウじゃないもん！」

「じゃなんだよ。妖怪《ようかい》？　おばけ？　床《ゆか》が抜《ぬ》けるかと思《おも》ったぜー」

妖怪《ようかい》、と言《い》われてピンときた。お兄《にい》ちゃんなら知《し》っているかもしれない。

「ねぇお兄《にい》ちゃん、『かんじゅせい』ってなに？」

「……は？」

ぽかんと口《くち》を開《あ》ける。

「かんじゅせいだよ。お兄《にい》ちゃん中学生《ちゅうがくせい》だから知《し》っているでしょう？」

「うっ……」

お兄《にい》ちゃんは耳《みみ》たぶを二《に》、三回《さんかい》さわったあと秘密兵器《ひみつへいき》のスマートフォンを取《と》り出《だ》した。中学生《ちゅうがくせい》になってお母《かあ》さんから解禁《かいきん》されたのだ。隣《となり》から覗《のぞ》き込《こ》むと『感受性《かんじゅせい》』という漢字《かんじ》が見《み》える。

「感受性《かんじゅせい》――外側《そとがわ》からの刺激《しげき》を感《かん》じとって心《こころ》に受《う》けとめる能力《のうりょく》……かぁ、ふーむ」

また耳《みみ》を触《さわ》っている。考《かんが》えごとをして困《こま》っているときのお兄《にい》ちゃんの癖《くせ》だ。

「つまり……あれだよ」

「あれって？」

「だから、いいヤツってことだよ」

「いいやつ？」

「だれかが困《こま》っていたり、悩《なや》んでいたりすると、助《たす》けてやりたい、相談《そうだん》に乗《の》ってやりたいって思《おも》うだろ？　そういうときの気持《きも》ちを感受性《かんじゅせい》っていうんだよ、たぶん」

「んんー？」

頭《あたま》がこんがらがってきた。

いい子《こ》だから鬼《おに》が見《み》える？　そんなバカな。

「あ、そうだ、秘密兵器《ひみつへいき》ちょっと借《か》りてもいい？　調《しら》べたいことがあるの」

「一回百円《いっかいひゃくえん》な」

「けち。お母《かあ》さんに言《い》いつけるよ」

「ちっ、仕方《しかた》ねぇな今回《こんかい》だけだぞ」

花菜《はな》はお兄《にい》ちゃんのスマートフォンを借《か》りて、自分《じぶん》で『おんみょうじ』と打《う》ち込《こ》んでみた。『陰陽師《おんみょうじ》』と出《で》てくる。画数《かくすう》が多《おお》くてすごく難《むずか》しい漢字《かんじ》だ。

検索結果《けんさくけっか》によると、陰陽師《おんみょうじ》というのは大昔《おおむかし》に実在《じつざい》した人《ひと》たちで、亀《かめ》の甲羅《こうら》や星《ほし》を見《み》て人《ひと》や国《くに》の未来《みらい》を占《うらな》う仕事《しごと》をしていたらしい。

上《うえ》の方《ほう》に表示《ひょうじ》されていた動画《どうが》には神主《かんぬし》さんが着《き》るような白《しろ》い狩衣姿《かりぎぬすがた》で黒《くろ》い烏帽子《えぼし》をかぶった男《おとこ》の人《ひと》が登場《とうじょう》し、白《しろ》い札《ふだ》を手《て》にしてぶつぶつと呪文《じゅもん》を唱《とな》えて、恐《おそ》ろしい鬼《おに》や悪霊《あくりょう》を退治《たいじ》している。アキトと同《おな》じだ。

「へぇ、『おんみょうじ』ってすごい人《ひと》なんだね。お兄《にい》ちゃんは会《あ》ったことある？」

ゲームを再開《さいかい》していたお兄《にい》ちゃんは「はぁ？」と肩《かた》を揺《ゆ》らした。

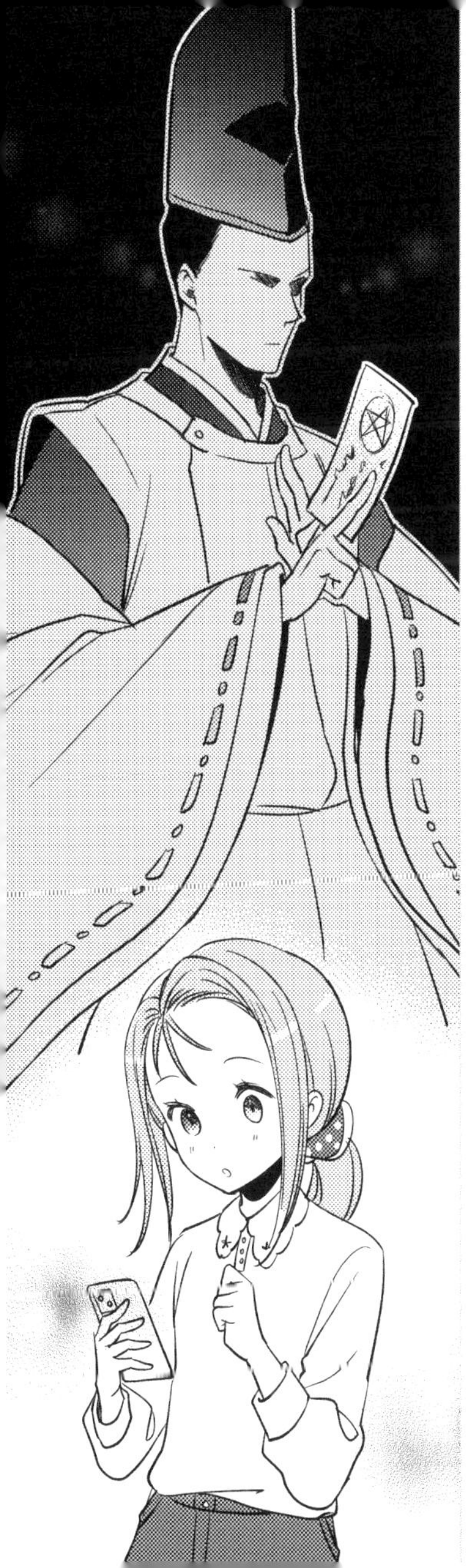

「あるわけねぇじゃん。鬼《おに》とか悪霊《あくりょう》とか退治《たいじ》するんだろ？　ないない。ファンタジー。あやしげな占《うらな》い師《し》が自称《じしょう》するくらいじゃねぇの？」

「……そ、か」

――お兄《にい》ちゃんは知《し》らない。花菜《はな》が命《いのち》がけの鬼《おに》ごっこをしていたことも、不気味《ぶきみ》な本《ほん》に話《はな》しかけられたことも。たぶん説明《せつめい》しても「夢《ゆめ》でも見《み》たんだろ」と笑《わら》われてしまうだろう。

花菜《はな》が普通《ふつう》は見《み》えないものが見《み》えることを知《し》っていたのは、天国《てんごく》に行《い》ってしまったお祖《ば》母《あ》ちゃんだけだった。アキトと出会《であ》うまでは。

「もういいや、ありがと」

花菜《はな》は台所《だいどころ》へ行《い》って冷蔵庫《れいぞうこ》からオレンジジュースのパックを取《と》り出《だ》した。知《し》らないことや難《むずか》しいことをたくさん覚《おぼ》えたせいで頭《あたま》が痛《いた》い。とても疲《つか》れた。

甘酸《あまず》っぱいジュースを飲《の》んでいると今日《きょう》の出来事《できごと》がよみがえってきた。

(黒住《くろずみ》くんは『おんみょうじ』で、わたしが封印《ふういん》を解《と》いてしまいそうになった悪《わる》いもの――鬼《おに》を閉《と》じこめてくれたの？)

なんだか急《きゅう》にドキドキしてきた。アキトに触《ふ》れられた部分《ぶぶん》がやけに熱《あつ》い。

(いままで男《おとこ》の子《こ》と手《て》をつないでもなんとも思《おも》わなかったのに、なんでこんなにじんじんするんだろう。虫《むし》にでも刺《さ》されたのかな)

明日《あした》の朝《あさ》、話《はな》しかけてみようか。なんて言《い》えばいいだろう。「おはよう」は普通《ふつう》すぎるし「体《からだ》はへいき？」だと迷惑《めいわく》がられるかな、「おんみょうじってすごいね」いきなりそんなこと言《い》ったら驚《おどろ》くかな。そうだ、今朝《けさ》のお礼《れい》も言《い》えてない。

「花菜《はな》どうしたの？　顔《かお》が赤《あか》いわよ」

お母《かあ》さんが心配《しんぱい》そうに顔《かお》をのぞき込《こ》んできた。おでこに手《て》を当《あ》てる。

「少《すこ》し熱《ねつ》っぽいわね。すぐに寝《ね》なさい」

「えっ、でもこれから友美《ともみ》ちゃんの家《いえ》にいかないと」

「だーめ。うつしたら大変《たいへん》でしょう。熱《ねつ》がなければ明日《あした》会《あ》えるから」

「……はーい」

仕方《しかた》なく自分《じぶん》の部屋《へや》に向《む》かうことにした。

「どうせ知恵熱《ちえねつ》だろ。難《むずか》しいこと考《かんが》えるからだ」

げらげら笑《わら》うので思《おも》いっきりにらみつけてやった。お兄《にい》ちゃんのバカ。


熱《ねつ》なんてないと思《おも》っていたけど、色々《いろいろ》なことがあって疲《つか》れていたせいか布団《ふとん》に入《はい》るとすぐに眠《ねむ》ってしまった。

目《め》が覚《さ》めると太陽《たいよう》が昇《のぼ》っていて、目覚《めざ》まし時計《とけい》の針《はり》は七時半《ななじはん》を指《さ》している。

「はっ——遅刻《ちこく》ぅ!!」

盛大《せいだい》に寝坊《ねぼう》してしまった。パパッと着替《きが》えて階段《かいだん》を駆《か》け下《お》りると台所《だいどころ》にいたお母《かあ》さんは「やっと起《お》きたの」と呆《あき》れ顔《がお》で近《ちか》づいてきた。

「もう！　なんで起《お》こしてくれなかったの!?」

「何度《なんど》も声《こえ》かけたのに花菜《はな》が起《お》きなかったのよ。どれどれ」

熱がないかおでこに手《て》を当《あ》てる。

「熱《ねつ》は……なさそうね。おにぎり用意《ようい》したから早《はや》く食《た》べなさい」

お母《かあ》さんが用意《ようい》してくれたおにぎりを牛乳《ぎゅうにゅう》で流《なが》し込《こ》み、ぼさぼさの髪《かみ》を撫《な》でつけながら家《いえ》を飛《と》び出《だ》した。走《はし》りながら手櫛《てぐし》でシュシュを結《むす》ぶ。

(早起《はやお》きして玄関《げんかん》で黒住《くろずみ》くんを待《ま》とうと思《おも》ったのに。これも鬼《おに》の仕業《しわざ》なの?)

なんとかチャイムが鳴《な》る前《まえ》に到着《とうちゃく》した。こんなはずじゃなかったのに、とがっかりしながら五年一組《ごねんいちくみ》の教室《きょうしつ》に入《はい》った。

「おはよー……あれ、どうしたの?」

いつもとは違《ちが》う変《へん》な雰囲気《ふんいき》だった。窓《まど》の方《ほう》にクラスのみんなが集《あつ》まって床《ゆか》を見《み》ている。

なにがあったのかと不思議《ふしぎ》に思《おも》い、近《ちか》くの女《おんな》の子《こ》に声《こえ》をかけた。

「どうしたの?」

「あ、花菜《はな》ちゃん。ひどいんだよ、見《み》てこれ」

女《おんな》の子《こ》は涙目《なみだめ》になりながら床《ゆか》を指《ゆび》さした。

(あっメダカが……)

床《ゆか》には粉々《こなごな》に砕《くだ》けた水槽《すいそう》のガラスが飛《と》び散《ち》っていた。水《みず》たまりのような跡《あと》もある。

十四《じゅっぴき》ほどいたメダカはぜんぶ床《ゆか》の上《うえ》に散《ち》らばって動《うご》かない。三年生《さんねんせい》のころに近所《きんじょ》の農家《のうか》さんから卵《たまご》をもらい、クラスのみんなで大切《たいせつ》に育《そだ》ててきたメダカたちがむざんに死《し》んでいる。中《なか》には尻尾《しっぽ》がちぎれたり、頭《あたま》がなかったりするメダカもいる。

「なんで……こんなこと」

「分《わ》かんない。朝《あさ》きたらメダカの水槽《すいそう》がひっくり返《かえ》されて、こうなってたの。いま先生《せんせい》呼《よ》びに行《い》ってる。ひどいよね」

水槽《すいそう》ごと床《ゆか》に落《お》とすなんて、だれがこんなひどいことをしたのだろう。

教室《きょうしつ》の中《なか》は大騒《おおさわ》ぎだ。

「昨日最後《きのうさいご》に帰《かえ》ったヤツがなにか知《し》ってるかも」

「そんなのだれか分《わ》からないよ」

「猫《ねこ》が入《はい》り込《こ》んだんじゃない？」

「でも猫《ねこ》が水槽動《すいそうご》かせるかなぁ」

悲《かな》しいのはみんなも同《おな》じで、自然《しぜん》と犯人探《はんにんさが》しがはじまった。

「あたし最後《さいご》に帰《かえ》った子知《こし》ってるー」

勢《いきお》いよく手《て》を挙《あ》げたのは友美《ともみ》だ。

みんなは口《くち》を閉《と》じて友美《ともみ》に注目《ちゅうもく》した。花菜《はな》も同《おな》じだ。注目《ちゅうもく》されるのがうれしいのか友美《ともみ》はぐるりとクラスの中《なか》を見《み》まわす。

「どーしよっかな、言《い》っちゃっていいかな」

「いいから早《はや》く！」

「もしかして友美《ともみ》ちゃんが犯人《はんにん》？」

などと責《せ》められた友美《ともみ》は両手《りょうて》をあげてお手上《てあ》げのポーズ。

「まぁまぁ落《お》ち着《つ》いて」

友美《ともみ》は人差《ひとさ》し指《ゆび》を立《た》ててひとりひとりの顔《かお》を示《しめ》していく。最後《さいご》に止《と》まったのは。

「この子《こ》が犯人《はんにん》」

「…………え？」

指《ゆび》さされたのは花菜《はな》だった。

心臓《しんぞう》が飛《と》び出《だ》しそうになる。友美《ともみ》とはケンカ中《ちゅう》だけどまさか犯人《はんにん》にされるなんて。

「――違《ちが》うよ！　わたし知《し》らない。水槽《すいそう》ひっくり返《かえ》してなんか」

必死《ひっし》に首《くび》を振《ふ》る。

しかし友美《ともみ》はにこにこ笑《わら》いながら花菜《はな》のランドセルを指《ゆび》さした。

「あたし昨日《きのう》忘《わす》れものして学校《がっこう》に取《と》りに戻《もど》ったんだけど、まだランドセルがあったよ。最《さい》後《ご》まで残《のこ》っていた人《ひと》があやしいに決《き》まってる」

思《おも》わず「それは……」と口《くち》ごもった。

「ほら決《き》まりじゃん！」

友美《ともみ》が手《て》を叩《たた》く。すると別《べつ》の子《こ》が間《あいだ》に入《はい》ってきた。

「待《ま》って、それだけじゃ犯人《はんにん》とは言《い》えないよ。ねぇ花菜《はな》ちゃんが帰《かえ》るとき水槽《すいそう》はどうなってた？」

「分《わ》かんない……。急《いそ》いでいたから見《み》てなかった。でもわたしじゃない、ほんとだよ」

周《まわ》りのみんなが怖《こわ》い顔《かお》で見《み》ている。

「違《ちが》う。わたし、なにもしてない。なんで信《しん》じてくれないの⁉」

声《こえ》がかすれた。みんな自分《じぶん》がメダカを死《し》なせたと思《おも》っている。

友美《ともみ》がさらなる追《お》い打《う》ちをかけてきた。

「証拠《しょうこ》は？　花菜《はな》ちゃんがやっていないっていう証拠《しょうこ》はあるの？」

「証拠《しょうこ》なんて――」

――あるはずがない。絶望的《ぜつぼうてき》な気持《きも》ちで下《した》を向《む》いた。

「おれが証人《しょうにん》だ」

「え？」

パッと顔《かお》を上《あ》げる。みんなの視線《しせん》の先《さき》にいるのはアキトだ。

教室《きょうしつ》の入《い》り口《ぐち》にいたアキトはゆっくりと近《ちか》づいてきて友美《ともみ》と向《む》き合《あ》った。

「おれが証人《しょうにん》だ。昨日《きのう》図書室《としょしつ》で図書係《としょがかり》の仕事《しごと》を教《おし》えてもらってから、一緒《いっしょ》に帰《かえ》った。転校《てんこう》してきたばかりでこの町《まち》のことよく知《し》らないから案内《あんない》してもらったんだ」

ウソだ。花菜《はな》がランドセルを取《と》りに戻《もど》ったときアキトはすでに帰《かえ》ってしまっていた。

「で、でも花菜《はな》ちゃんが教室《きょうしつ》に来《き》たところは見《み》てないんでしょう。だったら証拠《しょうこ》にならないじゃん」

友美《ともみ》が鼻息荒《はないきあら》く詰《つ》め寄《よ》るとアキトは「だからなんだよ」と笑《わら》った。

「それだけ大《おお》きな水槽《すいそう》だ。森崎《もりさき》がひっくり返《かえ》すとしたら、思《おも》いっきり手前《てまえ》に引《ひ》くしかない。当然《とうぜん》、上履《うわば》きや靴下《くつした》はびしょ濡《ぬ》れだ。でも昨日《きのう》森崎《もりさき》と会《あ》ったときは全《まった》く濡《ぬ》れていなかったし、上履《うわば》きだってほら、きれいなままだ。水《みず》は自然《しぜん》に乾《かわ》くとしても、水槽《すいそう》の側面《そくめん》についていた藻《も》は多少残《たしょうのこ》るはずなのに」

アキトの指先《ゆびさき》に導《みちび》かれるように、みんなが花菜《はな》の上履《うわば》きに注目《ちゅうもく》した。

「ほんとだ、まっしろ」

「オレのほうがよっぽど汚《きたな》いや」

こんなにじっくりと上履《うわば》きを見《み》られたことはいままでなかった。気恥《きは》ずかしかったが定《てい》期的《きてき》に持《も》ち帰《かえ》ってきれいに洗《あら》っているので目立《めだ》った汚《よご》れはない。

（お母《かあ》さんが『物《もの》を大切《たいせつ》にしなさい』って教《おし》えてくれて良《よ》かった。もし汚《よご》れていたら犯人《はんにん》にされていたかもしれない）

みんなが花菜《はな》の潔白《けっぱく》を信《しん》じてくれたところで「あっ猫《ねこ》だ！」とだれかが叫《さけ》んだ。見《み》れば窓《まど》の外《そと》に丸々《まるまる》とした猫《ねこ》が座《すわ》っている。

（赤《あか》ニャン！）

アキトが連《つ》れていた猫《ねこ》だ。式《し》鬼《き》とかなんとか。

注目《ちゅうもく》されていることに気《き》づいた赤《あか》ニャンは「にゃーお」と鳴《な》いて優雅《ゆうが》に手《て》すりを歩《ある》いていく。

「なんだやっぱり猫《ねこ》か。結構《けっこう》おっきいね」

「猫《ねこ》って狭《せま》いところ好《す》きだから、窓《まど》と水槽《すいそう》の隙間《すきま》に無理《むり》やり入《はい》ろうとして倒《たお》したとか？」

「でもメダカたち食《た》べちゃうなんてひどーい」

みんなが赤《あか》ニャンに夢中《むちゅう》になっている間《あいだ》にアキトはくるりと回《まわ》れ右《みぎ》、早足《はやあし》に去《さ》っていく。

花菜《はな》は急《いそ》いで追《お》いかけた。

「どこにいくの？　黒住《くろずみ》くんの教室《きょうしつ》はここなのに」

「保健室《ほけんしつ》で寝《さぼ》る」

サボりは良《よ》くない。

『なんて言《い》いつつホントは邪気《じゃき》に当《あ》てられてしんどいんだぜ』

いつの間《ま》にか赤《あか》ニャンが花菜《はな》の肩《かた》に乗《の》っていた。

「じゃきって？」

『クラスの中《なか》に漂《ただよ》っていたイヤ～な感《かん》じの空気《くうき》さ。こいつはそういうのに敏感《びんかん》なんだ。まともに受《う》けたもんだからぶっ倒《たお》れそうでやんの。けけ、未熟者《みじゅくもの》め』

「だまれ」

怖《こわ》い顔《かお》をするけどアキトの顔《かお》は青白《あおじろ》く、いまにも倒《たお》れそうだ。

自分《じぶん》のせいだ。花菜《はな》は申《もう》し訳《わけ》ない気持《きも》ちでいっぱいになった。

「ごめんなさい……」

「べつにおまえのせいじゃない」

「でも助《たす》けてくれたよね。ありがとう、黒住《くろずみ》くん、赤《あか》ニャン。昨日《きのう》も」

「ふん」

照《て》れくさいのかアキトは視線《しせん》を合《あ》わせようとしない。

「でもどうしてウソついてくれたの？　一緒《いっしょ》に帰《かえ》ったなんて」

「パニックになって昨日《きのう》のことをべらべら話《はな》したら困《こま》ると思《おも》ったからだ」

「他《ほか》の人《ひと》には言《い》っちゃいけないの？」

「あたりまえだろ。もしかしてだれかに言《い》ったのか？」

目《め》を吊《つ》り上《あ》げたので慌《あわ》てて首《くび》を横《よこ》に振《ふ》る。

「ううん、まだ言《い》ってない」

お兄《にい》ちゃんに『おんみょうじ』のことを聞《き》いたけどアキトのことを話《はな》したわけではない。

だからセーフだ。

「言《い》っておくけど水槽《すいそう》をひっくり返《かえ》したのは赤《あか》ニャンじゃない。人間《にんげん》だ。ただ、水《みず》が入《はい》った重《おも》たい水槽《すいそう》をひっくり返《かえ》すのは普通《ふつう》の小学生《しょうがくせい》には難《むずか》しい。となれば犯人《はんにん》は鬼《おに》だろう。クラスのだれかに取《と》り憑《つ》いているんだ」

犯人《はんにん》は鬼《おに》、と聞《き》いて胸《むね》の奥《おく》がひやりと冷《つめ》たくなる。

「まさか……クラスのだれかが鬼《おに》に食《た》べられちゃったの？」

「いや、もしそうなら邪気《じゃき》ですぐ分《わ》かる。鬼《おに》が出《だ》す邪気《じゃき》はとんでもなく強烈《きょうれつ》なんだ。いまは一時的《いちじてき》に操《あやつ》られているだけだと思《おも》う」

ホッとしたが問題《もんだい》は解決《かいけつ》していない。

「そんなふうには見《み》えなかったよ。みんないつも通《どお》りで……ツノもなかったし」

「うまく隠《かく》しているんだ。きっと真犯人《しんはんにん》の上履《うわば》きにはなにかしらの痕跡《こんせき》があると思《おも》うけど……おまえは余計《よけい》なことするなよ」

そう言《い》って立《た》ち去《さ》ってしまった。

(もう、全然《ぜんぜん》名前《なまえ》呼《よ》んでくれないんだから。わたしの名前《なまえ》は森崎花菜《もりさきはな》だって言《い》ってるのに)

でもアキトは自分《じぶん》を助《たす》けてくれた。本当《ほんとう》はやさしいに違《ちが》いない。

あとを追《お》いたかったが、チャイムが鳴《な》っている。

「戻《もど》らないと」

急《いそ》いで一組《いちくみ》に戻《もど》ると阿部先生《あべせんせい》が来《き》ていた。死《し》んでしまったメダカたちを丁寧《ていねい》に拾《ひろ》い上《あ》げている。クラスのみんなはモップや雑巾《ぞうきん》で周《まわ》りを拭《ふ》いていた。

「森崎《もりさき》さん、すみませんが新聞紙《しんぶんし》を広《ひろ》げてもらえませんか？」

「あ、はい」

新聞紙《しんぶんし》を広《ひろ》げると先生《せんせい》はメダカたちを寝《ね》かせた。昨日《きのう》まで元気《げんき》に泳《およ》いでいたのに、こんなふうに死《し》んでしまってかわいそうだ。

「この子《こ》たち、焼却炉《しょうきゃくろ》で燃《も》やしちゃうんですよね。校庭《こうてい》に埋《う》めてあげちゃダメですか」

阿部先生《あべせんせい》は「森崎《もりさき》さんはやさしい子《こ》ですね」と目《め》を細《ほそ》めた。

「そうしてあげたいですが野良猫《のらねこ》がきて食《た》べてしまうかもしれません。それに、炎《ほのお》には魂《たましい》を清《きよ》める力《ちから》があるんです。悲《かな》しい死《し》に方《かた》をした生《い》きものが鬼《おに》になってしまわないようにね」

「――鬼《おに》!?　先生《せんせい》も見《み》たことがあるんですか？」

阿部先生《あべせんせい》は一瞬《いっしゅん》きょとんとしたあと、ふふ、と笑《わら》い声《ごえ》を漏《も》らした。

「ああ、笑《わら》ってすみません。鬼《おに》というのは昔《むかし》の言《い》い伝《つた》えです。だれかを恨《うら》んだり強《つよ》い未練《みれん》があったりすると邪気《じゃき》がたまって鬼《おに》に化《ば》けてしまうと言《い》われているんです。もちろん迷信《めいしん》ですよ、先生《せんせい》はこれまで一度《いちど》も鬼《おに》を見《み》たことがありませんから」

「一度《いちど》も、ですか」

大人《おとな》はなにも感《かん》じない。アキトの言《い》った通《とお》りだ。

「昔《むかし》の人《ひと》たちは悪《わる》いことがあると目《め》に見《み》えない鬼《おに》が暴《あば》れていると信《しん》じていたんです。森崎《もりさき》さんはお正月《しょうがつ》がおわったころ竹《たけ》をくみ上《あ》げて燃《も》やす『どんど焼《や》き』を知《し》っていますか？」

「はい、テレビで見《み》たことがあります。ダルマやお正月飾《しょうがつかざ》りを持《も》って行《い》くんですよね」

「その通《とお》り。どんど焼《や》きは火《ひ》で清《きよ》めることで悪《わる》いものを追《お》い払《はら》う古《ふる》くからの儀式《ぎしき》なんです。地域《ちいき》によっては鬼火焚《おにびた》きとも呼《よ》ばれています。ですから火《ひ》で焼《や》くのは残酷《ざんこく》なように思《おも》うかも知《し》れませんが、メダカたちが鬼《おに》にならないようにしてあげましょう。分《わ》かってください」

「……はい」

すっかりきれいになったところで「皆《みな》さんありがとう。朝礼《ちょうれい》はこれでおわりです。せっけんで手《て》を洗《あら》ってから次《つぎ》の授業《じゅぎょう》の準備《じゅんび》をしてください」と言《い》って教室《きょうしつ》を出《で》て行《い》った。

自分《じぶん》の席《せき》に座《すわ》った花菜《はな》は考《かんが》える。

（やっぱり普通《ふつう》の人《ひと》には鬼《おに》が見《み》えないんだ。先生《せんせい》にも。わたしと黒住《くろずみ》くんだけが見《み》える）

アキトは『おんみょうじ』として恐《おそ》ろしい鬼《おに》たちと戦《たたか》ってきたのだ。

（すごいな、わたしも力《ちから》になりたいな。——そうだ、上履《うわば》き！　確認《かくにん》してみよう！）

アキトに言《い》われたことを思《おも》い出《だ》し、休《やす》み時間中《じかんちゅう》に歩《ある》き回《まわ》る生徒《せいと》たちの上履《うわば》きにじっと目《め》を凝《こ》らした。

ふと、おかしな模様《もよう》を見《み》つける。

(あの上履《うわば》き、不思議《ふしぎ》なシミがある。緑色《みどりいろ》の点々《てんてん》は水槽《すいそう》についていた藻《も》かな)

下《した》から上《うえ》へと目線《めせん》を移動《いどう》させた花菜《はな》はあっと叫《さけ》びかけた。無理《むり》に口《くち》を押《お》さえたせいで「ぐえっ」と変《へん》な声《こえ》が出《で》てしまう。

(友美《ともみ》ちゃん!)

汚《よご》れた上履《うわば》きを隠《かく》すように椅子《いす》に座《すわ》っている友美《ともみ》。窓《まど》から差《さ》し込《こ》む日差《ひざ》しが髪《かみ》に反射《はんしゃ》して、二本《にほん》のツノがきらっと光《ひか》ったように見《み》えた。

(まさか……友美《ともみ》ちゃん……ウソだよね)

思《おも》いきって声《こえ》をかけてみることにした。

「あの、友美《ともみ》、ちゃん」

おっかなびっくり、近《ちか》づく。友美《ともみ》は花菜《はな》を見《み》てにっこりと微笑《ほほえ》んだ。

「ああ花菜《はな》ちゃん。さっきは疑《うたが》ってごめんね!」

「ううん、へいきだよ」

いつも通《どお》りだ。ツノも見《み》えない。やはり気《き》のせいだったのか。

「友美《ともみ》ちゃん、昨日《きのう》はごめんね」

「……昨日《きのう》？　なんのこと？」

おかしい。ケンカしたことを覚《おぼ》えてない。

「ねぇそんなことより、早《はや》くお昼《ひる》にならないかな」

「え、でも、まだ一時間目《いちじかんめ》はじまってないよ？」

「ちっ、随分《ずいぶん》ともったいぶるなぁ……ワタシはお腹《なか》が空《す》いたんだよ……すごく……すごく……いますぐ肉《にく》にしゃぶりつきたいくらい」

ぶつぶつぶつ……背中《せなか》を丸《まる》めてなにか呟《つぶや》いている。

「友美《ともみ》ちゃん……？」

顔《かお》を覗《のぞ》き込《こ》もうとすると、ぎょろりと目《め》を開《ひら》いて花菜《はな》を見《み》た。

「ああ……お嬢《じょう》ちゃん、なんて美味《おい》しそうなんだろう……。お願《ねが》いだから指《ゆび》を一本《いっぽん》食《た》べさせてくれないかい？　小指《こゆび》でいいんだ。なぁ、お友《とも》だちだろう？」

花菜《はな》はあやうく悲鳴《ひめい》を上《あ》げそうになった。友美《ともみ》の瞳《ひとみ》は夕焼《ゆうや》けのように真《ま》っ赤《か》で、血走《ちばし》っている。

(変《へん》だ。いつもの友美《ともみ》ちゃんじゃない)

不安《ふあん》になっていると、後《うし》ろからぽんと肩《かた》を叩《たた》かれた。振《ふ》り向《む》くとクラスの女《おんな》の子《こ》たちが神妙《しんみょう》な面持《おもも》ちで立《た》っている。

「さっきはごめんね」

「花菜《はな》ちゃんが犯人《はんにん》のわけないじゃんって思《おも》ったけど何《なん》も言《い》えなくて、ごめんね」

申《もう》し訳《わけ》なさそうに謝《あやま》ってくる。花菜《はな》は「いいよいいよ」と笑顔《えがお》で応《こた》えたが、その隙《すき》に友《とも》美《み》が立《た》ち上《あ》がった。

「どけ、ガキども」

低《ひく》い声《こえ》で周《まわ》りを威嚇《いかく》しながら廊下《ろうか》へ出《で》て行《い》く。お婆《ばあ》さんみたいに背中《せなか》を丸《まる》めた後《うし》ろ姿《すがた》は普《ふ》段《だん》の友美《ともみ》とはまるで別人《べつじん》だ。

(鬼《おに》だ)

首《くび》の後《うし》ろがぞっと冷《つめ》たくなった。


休憩時間《きゅうけいじかん》、いてもたってもいられず図書室《としょしつ》に向《む》かった。黒《くろ》い本《ほん》を探《さが》すためだ。

(あの喋《しゃべ》り方《かた》……昨日《きのう》の本《ほん》だ。友美《ともみ》ちゃんはあの鬼《おに》に操《あやつ》られているんだ)

きっと自分《じぶん》のせいだ。アキトが封《ふう》じてくれたはずだが半分《はんぶん》ほどまで剥《は》いでしまったので
なにかの拍子《ひょうし》に取《と》れてしまったのかもしれない。

「やっぱり見《み》つからないなぁ、この辺《へん》にあったはずなのに」

しかしいくら探《さが》しても見《み》つからない。周《まわ》りの本《ほん》を手《て》あたり次第《しだいと》取り出《だ》して本棚《ほんだな》を空《から》っぽにしても例《れい》の本《ほん》は出《で》てこない。

「こっちだったかな？　どこに隠《かく》れちゃったんだろう」

と次《つぎ》なる本《ほん》に手《て》を伸《の》ばしたとき、

「こら、ダメでしょう」

本棚《ほんだな》の向《む》こう側《がわ》から目尻《めじり》を吊《つ》り上《あ》げた鬼《おに》のような顔《かお》が現《あらわ》れた。

「鬼《おに》いっ！」

びっくりして転《ころ》んでしまう。「あらあら」と姿《すがた》を見《み》せたのは司書《ししょ》の先生《せんせい》だ。

「驚《おどろ》かせてごめんなさいね。でも本《ほん》を散《ち》らかすから」

にこにこしている顔《かお》を見《み》てほっと一安心《ひとあんしん》。

(良《よ》かった、先生《せんせい》まで鬼《おに》になっちゃったかと思《おも》った)

花菜《はな》は足元《あしもと》に積《つ》み上《あ》げた本《ほん》の山《やま》に気《き》づき、「ごめんなさい」と謝《あやま》って本《ほん》を戻《もど》しはじめる。

司書《ししょ》の先生《せんせい》も手伝《てつだ》ってくれた。

「あの、先生《せんせい》、この辺《へん》にあった黒《くろ》い本《ほん》を知《し》りませんか？　探《さが》しているんですが」

「黒《くろ》い本《ほん》ですか？　どんな内容《ないよう》でしょう？」

「分《わ》からないんです。表《ひょう》に白《しろ》いお札《ふだ》が貼《は》ってあるんですけど」

「お札《ふだ》が貼《は》られた黒《くろ》い本《ほん》ですか……」

先生《せんせい》は床《ゆか》に散《ち》らばった本《ほん》を戻《もど》しながらぼんやりと考《かんが》えている。

「そういえば前任《ぜんにん》の先生《せんせい》から聞《き》いたことがあります。『友《とも》だち本《ほん》』の話《はなし》を」

「友《とも》だち本《ほん》？」

「ええ。とても古《ふる》い本《ほん》で、一度《いちど》も借《か》りられたことがないそうです。だから本《ほん》はさみしくて、自分《じぶん》を読《よ》んでくれる『友《とも》だち』を呼《よ》ぶんだとか。ただの噂話《うわさばなし》ですけどね」

先生《せんせい》もそれ以上《いじょう》のことは分《わ》からないらしく、結局本《けっきょくほん》は見《み》つからないまま図書室《としょしつ》をあとにした。花菜《はな》は廊下《ろうか》を歩《ある》きながら必死《ひっし》に考《かんが》える。

(さみしくて？　それで鬼《おに》になってしまったの？　もし友美《ともみ》ちゃんに取《と》り憑《つ》いていたら、どうすればいいの？)

アキトに会《あ》って相談《そうだん》したい。保健室《ほけんしつ》に行《い》こうか悩《なや》んでいると中庭《なかにわ》のニワトリ小屋《ごや》が目《め》に飛《と》び込《こ》んできた。

(友美《ともみ》ちゃん？)

背中《せなか》を丸《まる》めた友美《ともみ》がふらふらと小屋《こや》に入《はい》っていく。

なんだかイヤな予感《よかん》がして大急《おおいそ》ぎで階段《かいだん》を駆《か》け下《お》りた。間髪容《かんはつい》れずニワトリたちの悲鳴《ひめい》が響《ひび》き渡《わた》る。

「友美《ともみ》ちゃん！」

ニワトリ小屋《ごや》の中《なか》で友美《ともみ》が背中《せなか》を向《む》けて座《すわ》り込《こ》んでいた。鋭《するど》く尖《とが》ったツノが二本《にほん》、はっきりと見《み》えた。

「ああ……花菜《はな》ちゃん」

ぐるりと首《くび》を巡《めぐ》らせた友美《ともみ》は生《い》きたニワトリの脚《あし》を口《くち》にくわえ、足元《あしもと》には気絶《きぜつ》したらしいニワトリたちが倒《たお》れていた。よっぽど激《はげ》しく暴《あば》れまわったのか小屋《こや》の中《なか》には白《しろ》い羽《はね》が散《さん》乱《らん》している。

「とも……きゃっ！」

「邪魔《じゃま》するな！」

友美《ともみ》が飛《と》びかかってきた。避《さ》ける間《ま》もなく、芝生《しばふ》の上《うえ》に倒《たお》された。

『食事《しょくじ》のじゃま、する、な』

馬乗《うまの》りになった友美《ともみ》がぎりぎりと首《くび》を絞《し》めてきた。口《くち》から牙《きば》がのぞいている。

「おねがい、目《め》、さまして、友美《ともみ》ちゃん……」

じわりと涙《なみだ》があふれてきた。友美《ともみ》は親友《しんゆう》だ。毎日一緒《まいにちいっしょ》に登下校《とうげこう》して、いっぱいお喋《しゃべ》りして、中学生《ちゅうがくせい》になってもずっと大親友《だいしんゆう》だと約束《やくそく》した。それなのにどうして。

『にゃにゃーんっ』

だれかが友美《ともみ》にタックルして突《つ》き飛《と》ばした。自由《じゆう》になった花菜《はな》はぜえぜえと息《いき》をしながら自分《じぶん》を助《たす》けてくれた相手《あいて》を見《み》る。赤《あか》ニャンだ。

「森崎《もりさき》！」

遅《おく》れてアキトが駆《か》けてくる。花菜《はな》は夢中《むちゅう》で手《て》を伸《の》ばした。

「助《たす》けて黒住《くろずみ》くん、友美《ともみ》ちゃんが変《へん》なの」

アキトは花菜《はな》をかばうように前《まえ》に立《た》つ。

「まずいな、鬼《おに》と同化《どうか》しかかっている。このままじゃそいつも鬼《おに》になっちまうぞ」

「人間《にんげん》じゃなくなっちゃうの？　そんなのヤダ。友美《ともみ》ちゃん目《め》を覚《さ》まして！」

ゆらり、と友美《ともみ》の体《からだ》が揺《ゆ》れた。

『ぐるる……じゃまを、するな……おんみょうじ!!』

髪《かみ》を振《ふ》り乱《みだ》し、いままで見《み》たことのない恐《おそ》ろしい目《め》でにらんでいる。

がくがくと足《あし》が震《ふる》えた。怖《こわ》い。でも、友美《ともみ》を失《うしな》いたくない。

「おねがい友美《ともみ》ちゃんを助《たす》けて。わたしの大事《だいじ》な友《とも》だちなの！」

「分《わ》かってる」

アキトはポケットから白《しろ》い札《ふだ》を数枚《すうまい》取《と》り出《だ》した。表《おもて》に不思議《ふしぎ》な文字《もじ》が描《えが》かれている。

「臨《りん》・兵《ぴょう》・闘《とう》・者《しゃ》・皆《かい》・陣《じん》・烈《れつ》・在《ざい》・前《ぜん》」

横《よこ》に四本《よんほん》、縦《たて》に五本《ごほん》、すばやく指《ゆび》で空《くう》を切《き》って札《ふだ》を投《な》げる。札《ふだ》は友美《ともみ》の頭《あたま》にぺたんと貼《は》りついたがすぐに落《お》ちてしまう。鬼《おに》は笑《わら》い声《ごえ》を上《あ》げながら札《ふだ》を踏《ふ》みつけた。

『くくく、弱《よわ》いなぁ、おんみょうじ』

「くそっ！　やっぱりおれ一人《ひとり》じゃダメか！」

アキトが悔《くや》しそうに唇《くちびる》を噛《か》む。

『二人《ふたり》とも食《く》ってやる!!　まずは弱《よわ》そうなおまえから!!』

友美《ともみ》が花菜《はな》めがけてダッシュした。「くそっ！」とっさにアキトが割《わ》り込《こ》んできて花菜《はな》をかばう。

どん！

アキトは小石《こいし》みたいに吹《ふ》っ飛《と》ばされて芝生《しばふ》の上《うえ》を転《ころ》がっていく。チャンスとばかりに友《とも》美《み》が迫《せま》る。

赤《あか》ニャンがジャンプした。

『やめろにゃーんっ……ぼへっ!!』

あっと思《おも》ったときには赤《あか》ニャンは見《み》えない力《ちから》に弾《はじ》き飛《と》ばされていた。

『あははは！』

友美《ともみ》は目《め》にもとまらぬ速《はや》さでアキトに飛《と》びかかる。

『おんみょうじぃ、おまえの肉《にく》はさぞ美味《おい》しいだろうなぁ』

ぎらぎらと血走《ちばし》った目《め》。鋭《するど》く伸《の》びた歯《は》がガチンガチンとアキトの顔面《がんめん》に迫《せま》る。

「もうやめて友美《ともみ》ちゃん！」

花菜《はな》は必死《ひっし》に腕《うで》を伸《の》ばす。友美《ともみ》の腕《うで》にすがりつこうとするが見《み》えない力《ちから》で弾《はじ》き飛《と》ばされた。それでもまた立《た》ち上《あ》がる。いくら弾《はじ》き飛《と》ばされても。

「友美《ともみ》ちゃんを返《かえ》して！　大切《たいせつ》な友《とも》だちなの。中学生《ちゅうがくせい》になっても大人《おとな》になっても、ずっと友《とも》だちでいようって約束《やくそく》したの！　だから返《かえ》して！」

何度《なんど》も倒《たお》されたせいで服《ふく》は砂《すな》だらけ、髪《かみ》はぼさぼさだ。それでも諦《あきら》めたくない。

「友美《ともみ》ちゃん……友美《ともみ》ちゃん、覚《おぼ》えてる？」

一《いち》か八《ばち》か、髪《かみ》をほどいてシュシュをかかげる。

「これプレゼントにくれたよね。すごくうれしかった。お店《みせ》で何時間《なんじかん》も悩《なや》んで選《えら》んでくれたっておばさんから聞《き》いたよ。今度《こんど》はお揃《そろ》いのシュシュ買《か》おう。それで、一緒《いっしょ》につけて遊《あそ》びに行《い》こうよ、ね、修学旅行《しゅうがくりょこう》も卒業式《そつぎょうしき》もお揃《そろ》いで。だから帰《かえ》ってきて……わたしまだ友《とも》美《み》ちゃんにきちんとゴメンナサイできてないよ……」

涙《なみだ》がこぼれ落《お》ちたそのとき——友美《ともみ》の体《からだ》がふらりと揺《ゆ》れた。

「花菜《はな》、ちゃ……あたし……」

目《め》からあふれる涙《なみだ》。友美《ともみ》だ。

倒《たお》されていたアキトがよろよろと立《た》ち上《あ》がって叫《さけ》ぶ。

「鬼《おに》が抑《おさ》え込《こ》まれているいまがチャンスだ。おれと同時《どうじ》に呪文《じゅもん》をとなえろ、いいな」

「えっえっ」

戸惑《とまど》う花菜《はな》をよそにアキトは両足《りょうあし》を踏《ふ》ん張《ば》って腰《こし》を低《ひく》く落《お》とす。左手《ひだりて》の人差《ひとさ》し指《ゆび》に白《しろ》い札《ふだ》を一枚《いちまい》挟《はさ》んでいる。

「おれだけじゃ力《ちから》が足《た》りないんだよ。早《はや》く！　花菜《はな》！」

急《きゅう》に名前《なまえ》を呼《よ》ばれてどきっとする。

「よ、よく分《わ》かんないけど」

花菜《はな》も慌《あわ》てて札《ふだ》に触《ふ》れた。すぐ間近《まぢか》にはアキトの横顔《よこがお》がある。

「いいか。せーので呪文《じゅもん》をとなえるぞ。一回《いっかい》で覚《おぼ》えろよ。――あおまきがみあかまきがみきまきがみ　とうきょうとっきょきょかきょく　ぶぐばぐぶぐばぐみぶぐばぐあわせてぶぐばぐむぶぐばぐ　さくらさくさくらのやまのおうかさくさくらありちるさくらありろっこんしょうじょう　きゅうきゅうにょりつりょう――だ」

「青巻《あおま》き……え、ちょっと、なんで早口言葉《はやくちことば》なの!?」

「最後《さいご》のすげぇ大事《だいじ》な言葉《ことば》を噛《か》まないようにするためだよ。いいか、たっぷり息《いき》を吸《す》え！　いくぞ！　せーの！」

「わわわ！」

混乱《こんらん》しながらお腹《なか》いっぱいに空気《くうき》を吸《す》い込《こ》む。

「『青巻紙赤巻紙黄巻紙《あおまきがみあかまきがみきまきがみ》　東京特許許可局《とうきょうとっきょきょかきょく》　武具馬具武具馬具三武具馬具《ぶぐばぐぶぐばぐみぶぐばぐ》あわせて武具馬《ぶぐば》具《ぐ》六武具馬具《むぶぐばぐ》　桜咲《さくらさ》く桜《さくら》の山《やま》の桜花《おうか》咲《さ》く桜《さくら》あり散《ち》る桜《さくら》あり　六根清浄《ろっこんしょうじょう》　急急如律令《きゅうきゅうにょりつりょう》』！

言《い》えたぁ」

アキトの札《ふだ》がまぶしい光《ひかり》を放《はな》つ。それを友美《ともみ》の額《ひたい》にばしっと貼《は》りつけた途端《とたん》、目《め》が焼《や》けるような光《ひかり》が放《はな》たれた。花菜《はな》は両手《りょうて》で顔《かお》を覆《おお》う。

(どう、なったの)

恐《おそ》る恐《おそ》る手《て》を外《はず》すと光《ひかり》はとっくに収《おさ》まっていて、足元《あしもと》には友美《ともみ》が倒《たお》れていた。

「友美《ともみ》ちゃんしっかりして!」

抱《だ》き起《お》こすと少《すこ》しだけ目《め》を開《あ》けた。

「花菜《はな》、ちゃん……あたし」

「良《よ》かった……」

ほっとしたのと同時《どうじ》に涙《なみだ》があふれてきた。

「あたし、昨日《きのう》、花菜《はな》ちゃんに謝《あやま》りたくて図書室《としょしつ》に行《い》ったら、声《こえ》がして、なにがなんだか分《わ》からなくて……」

「わたしもごめんね。わたしやっぱり友美《ともみ》ちゃんがいないとイヤだよ」

ぎゅっと抱《だ》きしめると少《すこ》し遅《おく》れて友美《ともみ》も背中《せなか》に手《て》を回《まわ》してきた。

「あたしもごめんね、ありがとう」

「あっ、黒住《くろずみ》くんも本当《ほんとう》にありがとう——黒住《くろずみ》くん？」

アキトは足元《あしもと》を見《み》ていた。白《しろ》い札《ふだ》に手形《てがた》のような模様《もよう》が捺《お》してある。それを拾《ひろ》いあげると大切《たいせつ》そうにポケットにしまいこんだ。

「森崎《もりさき》さん！　一体《いったい》なにがあったんですか、さっきの光《ひかり》はなんですか」

慌《あわ》てたような声《こえ》がして、阿部《あべ》先生《せんせい》がすごい勢《いきお》いで走《はし》ってきた。

困《こま》った。なんて説明《せつめい》すればいいのだろう。

「じゃ、あとは任《まか》せた」

「ちょっと！」

アキトは赤《あか》ニャンを抱《だ》き上《あ》げてそそくさと走《はし》り去《さ》ってしまう。残《のこ》された花菜《はな》は案《あん》の定《じょう》、阿部《あべ》先生《せんせい》に質問《しつもん》攻《ぜ》めにされた。

「ええと、よく覚《おぼ》えてないんです。友美《ともみ》ちゃんとニワトリを見《み》に来《き》たらまぶしい光《ひかり》がパーって。宇宙人《うちゅうじん》にさらわれるのかと思《おも》って、怖《こわ》くて、友美《ともみ》ちゃんに抱《だ》きついていました」

ごまかすのはとっても大変《たいへん》だった。

阿部《あべ》先生《せんせい》は「宇宙人《うちゅうじん》？」と不思議《ふしぎ》そうに首《くび》を傾《かし》げていたが、友美《ともみ》が機転《きてん》をきかせて「お腹《なか》が痛《いた》いです」と言《い》ったので保健室《ほけんしつ》に行《い》っていいことになった。

「ねえ花菜《はな》ちゃん。黒住《くろずみ》くんってナニモノ？」

保健室《ほけんしつ》のベッドに入《はい》った友美《ともみ》が小《ちい》さな声《こえ》で尋《たず》ねてくる。花菜《はな》は少《すこ》し迷《まよ》ったが「内緒《ないしょ》にしてね」とウインクしてからこう耳打《みみう》ちした。

「黒住《くろずみ》くんはとってもいい人《ひと》。かんじゅせいって言《い》うの」

「なにそれ？」

友美《ともみ》は目《め》を丸《まる》くしている。口止《くちど》めされているのでいまは話《はな》せないけどいつか教《おし》えてあげよう。

（黒住《くろずみ》くんはとっても頼《たよ》りになる『おんみょうじ』なんだよって）

放課後《ほうかご》、花菜《はな》はふたたび図書室《としょしつ》へ向《む》かった。

「こんにちはー」

司書《ししょ》の先生《せんせい》に挨拶《あいさつ》して奥《おく》の棚《たな》へ向《む》かう。友美《ともみ》は図書室《としょしつ》で黒《くろ》い本《ほん》を見《み》つけてからの記憶《きおく》が曖昧《あいまい》だったが、図鑑《ずかん》の間《あいだ》に隠《かく》した気《き》がするというので探《さが》しに来《き》たのだ。

（あった！）

友美《ともみ》の言《い》った通《とお》り、分厚《ぶあつ》い植物《しょくぶつ》図鑑《ずかん》のページとページの間《あいだ》に挟《はさ》まれていた。

カビのむわっとした匂《にお》いを感《かん》じながら、そっとページをめくる。そこには、昔《むかし》こどもたちの間《あいだ》で流行《はや》った遊《あそ》びが描《えが》かれていた。缶蹴《かんけ》り、コマ回《まわ》し、メンコや縄跳《なわと》び、まだゲームもパソコンもなかったころに花菜《はな》と同《おな》じくらいの年の子《こ》どもたちが夢中《むちゅう》になった遊《あそ》び。

次《つぎ》から次《つぎ》へとページをめくっていると突然《とつぜん》声《こえ》がした。

「そんなものを見《み》てどうするんだ」

「また本《ほん》が喋《しゃべ》った！」

びっくりして後《あと》ずさりすると、

「違《ちが》う。こっちだ」

窓際《まどぎわ》にアキトが立《た》っていた。肩《かた》には赤《あか》ニャンがいる。

「なぁんだ。また鬼《おに》が出《で》たのかと思《おも》った」

「そんなわけないだろ。邪気《じゃき》を祓《はら》ったそいつはもうただの本《ほん》だ。いまさらなんの用《よう》がある？」

花菜《はな》はやさしく本《ほん》をなでた。

「わたしこの本《ほん》とお友《とも》だちになろうと思《おも》うの。今回《こんかい》のことでよく分《わ》かった。本《ほん》だってひとりぼっちはイヤなんだよ。わたしと同《おな》じように」

「ああそうかよ。とんだお人好《ひとよ》しだな」

呆《あき》れたように息《いき》を吐《は》くアキト。すると赤《あか》ニャンが顔《かお》を出《だ》して『これでも褒《ほ》め言葉《ことば》なんだぜ』と笑《わら》った。

「だ・ま・れ」

『にゃーん……っ』

乱暴《らんぼう》に払《はら》いのけられた赤《あか》ニャンが肩《かた》から転《ころ》がり落《お》ちていく。花菜《はな》が口《くち》を押《お》さえて笑《わら》っていると、図書室《としょしつ》の扉《とびら》がガラッと開《ひら》いて元気《げんき》な声《こえ》がした。

「花菜《はな》ちゃーん、帰《かえ》ろー」

友美《ともみ》だ。目《め》が合《あ》うとぶんぶんと手《て》を振《ふ》ってきた。

「うん、ちょっと待《ま》ってて。黒住《くろずみ》くん、色々《いろいろ》ありがとうね」

「アキトでいい。おれは花菜《はな》って呼《よ》ぶから、花菜《はな》も呼《よ》び捨《す》てでいい」

「……うん、分《わ》かった」

花菜《はな》って呼《よ》ばれると、なんだか胸《むね》がぽわぽわして変《へん》な感《かん》じだ。

「アキトくん、じゃあ、また明日《あした》ね。——先生《せんせい》、この本借《ほんか》りたいです！」

貸《か》し出《だ》しコーナーへ走《はし》って行《い》く。さみしい本《ほん》の最初《さいしょ》の友《とも》だちになるために。

第《だい》二《に》章《しょう》　ふわふわ飛《と》んじゃう！

「花菜《はな》ちゃん早《はや》くー」

「待《ま》ってよぉ」

さみしがりやの本《ほん》と友《とも》だちになってから二週間《にしゅうかん》。花菜《はな》は友美《ともみ》とかけっこしながら学校《がっこう》に向《む》かっていた。

寄《よ》り道《みち》したいと言《い》う友美《ともみ》が通学路《つうがくろ》から公園《こうえん》に飛《と》び込《こ》んだので仕方《しかた》なくついていく。

「わぁ、みてみて」

何百本《なんびゃくほん》という桜《さくら》が立《た》ち並《なら》ぶメインストリート。前《まえ》を走《はし》っていた友美《ともみ》が足《あし》を止《と》めた。

「桜《さくら》の花《はな》びらてんこもり。ぜーんぶ散《ち》っちゃったね」

お気《き》に入《い》りのスニーカーでピンク色《いろ》の山《やま》を蹴《け》ると一斉《いっせい》に花《はな》びらが舞《ま》い上《あ》がった。

「ほんとうだ、昨日《きのう》の雨《あめ》で落《お》ちちゃったのかな」

花菜《はな》はひざをついて花《はな》びらを何枚《なんまい》か拾《ひろ》い上《あ》げた。

淡《あわ》いピンクは最近結婚《さいきんけっこん》した親戚《しんせき》のお姉《あね》さんのウエディングドレスを思《おも》い出《だ》す。胸元《むなもと》から裾《すそ》にかけての桜色《さくらいろ》のグラデーションが白《しろ》い肌《はだ》に似合《にあ》っていてきれいだった。

(いつかわたしも、あんなふうなドレスを着《き》てみたいな。花《はな》びらが舞《ま》う中《なか》で大好《だいす》きな人《ひと》と腕《うで》を組《く》んで)

ぽっと頭《あたま》の中《なか》に浮《う》かんだのはアキトだった。

(──な、そんなわけない。だってアキトくん口《くち》も目《め》つきも悪《わる》いし、全然好《ぜんぜんす》きなタイプじゃないもん。そりゃあ、わたしと友美《ともみ》ちゃんを助《たす》けてくれたけど……ないない!)

ぷるぷると首《くび》を振《ふ》っていると、ふと、花《はな》びらに交《ま》じって白《しろ》っぽい石《いし》が落《お》ちていることに気《き》がついた。

取《と》り出《だ》してみると、とても薄《うす》くて小《ちい》さななにかの欠片《かけら》だった。雨《あめ》で汚《よご》れているが指先《ゆびさき》でこすると石鹸《せっけん》のように白《しろ》く輝《かがや》く。

(これ、どこかで見《み》た覚《おぼ》えがある気《き》がする。なんだっけ)

指先《ゆびさき》で摘《つ》まんで、「うーん」と首《くび》を傾《かし》げていると友美《ともみ》に腕《うで》を引《ひ》っ張《ぱ》られた。

「みて、あそこ。黒住《くろずみ》くんだよ」

「えっ!」

前方《ぜんぽう》を見《み》ると赤《あか》ニャンを肩《かた》に乗《の》せたアキトが背中《せなか》を向《む》けて歩《ある》いていた。風《かぜ》に煽《あお》られて舞《ま》い踊《おど》る花《はな》びらの中《なか》をゆっくり進《すす》んでいる。こちらに気《き》づく様子《ようす》はない。

「黒住《くろずみ》くんって、町外《まちはず》れのお屋敷《やしき》におばあさんと二人《ふたり》で住《す》んでるらしいよ。すっごく古《ふる》くて『お化《ば》け屋敷《やしき》』って呼《よ》ばれているところ」

「そうなの？　お父《とう》さんやお母《かあ》さんは？」

「知《し》らない。たしかモモクリマチから来《き》たんだよね。なんかうちのジーチャンが『モモクリマチはいま大変《たいへん》だからなぁ』って言《い》ってたよ。重《おも》い病気《びょうき》が流行《はや》っててフーサ？……町《まち》に入《はい》れないんだって」

アキトは家族《かぞく》と離《はな》れて咲倉町《さくらまち》にやってきたらしい。本当《ほんとう》ならとても心細《こころぼそ》いのではないか。もし花菜《はな》なら毎晩《まいばん》泣《な》いてしまう。

「声《こえ》かけてみようか、一緒《いっしょ》に学校《がっこう》いこって」

「えっ、でも迷惑《めいわく》じゃ」

ためらう花菜《はな》の手《て》を握《にぎ》って友美《ともみ》が走《はし》り出《だ》した。

「おーい黒住《くろずみ》くーん」

そのとき強風《きょうふう》がふたりを襲《おそ》った。あまりの強《つよ》さに体《からだ》がふわりと浮《う》かび上《あ》がりそうになる。

『とびたい』

声《こえ》がした。「だれ？」花菜《はな》は目《め》を瞬《またた》かせる。

『いきたい。あのそら。でも、こわい』

か細《ぼそ》い声《こえ》だけど、やけに反響《はんきょう》して聞《き》こえる。何人《なんにん》かが同時《どうじ》に同《おな》じことを喋《しゃべ》っているような感《かん》じだ。足先《あしさき》の感覚《かんかく》がなくなって空《そら》に吸《す》い上《あ》げられていく。

「花菜《はな》ちゃんつかまって！」

ぐっと手首《てくび》を引《ひ》っ張《ぱ》られた。あっと思《おも》ったときには風《かぜ》はやんでいて、髪《かみ》の毛《け》がぼさぼさになっていた。

「だいじょーぶ？　なんかポカーンとしていたけど」

「うん、へいき。ねぇ友美《ともみ》ちゃんも聞《き》こえた？」

「なにが？」

「声《こえ》。とびたいって言《い》ってた」

友美《ともみ》は「ぜんぜん？」と首《くび》をひねる。さっきまで手《て》に持《も》っていた白《しろ》いものもいまの風《かぜ》で飛《と》んでしまったようだ。

「それより黒住《くろずみ》くん先《さき》にいっちゃったみたいだね」

アキトたちの姿《すがた》はなく、風《かぜ》で舞《ま》い上《あ》がった花《はな》びらが日《ひ》の光《ひかり》を受《う》けて降《ふ》りそそいでいるだけだった。

（あの声《こえ》はなんだったんだろう。すごく切《せつ》ない感《かん》じで……気《き》になるなぁ）

休憩時間《きゅうけいじかん》、花菜《はな》は教室《きょうしつ》でぼんやりと考《かんが》えていた。相談《そうだん》しようにも隣《となり》の席《せき》は空《から》っぽだ。

アキトはしょっちゅう体調《たいちょう》を崩《くず》して保健室《ほけんしつ》にいっているので席《せき》にいないことが多《おお》い。

（保健室《ほけんしつ》まで押《お》しかけたらさすがに迷惑《めいわく》だよねぇ）

うんうん唸《うな》っているとポンポンと肩《かた》を叩《たた》かれた。友美《ともみ》がニッと歯《は》を見《み》せる。

「中庭《なかにわ》いかない？　いつものアレやろう！」

いつものアレ、というのはこのごろ五年一組《ごねんいちくみ》で流行《はや》っている遊《あそ》びのことだ。

「影《かげ》ふみ鬼《おに》であーそぼ！」

友美《ともみ》の掛《か》け声《ごえ》でみんなが集《あつ》まってくる。じゃんけんで鬼《おに》をひとり決《き》めて、決《き》められた範《けん》囲《い》の中《なか》で鬼《おに》に影《かげ》を踏《ふ》まれないよう逃《に》げ回《まわ》るのだ。

「あーまた負《ま》けちゃった」

友美《ともみ》が最初《さいしょ》にチョキを出《だ》すことはみんな知《し》っていた。花菜《はな》も「ごめんね」と心《こころ》の中《なか》で手《て》を合《あ》わせながらグーを出《だ》す。鬼《おに》になるとたくさん走《はし》り回《まわ》らなくてはいけないので体力《たいりょく》のない花菜《はな》にはつらい。その点友美《てんともみ》は元気《げんき》いっぱいだ。

「ようし、五分《ごふん》で全員《ぜんいん》つかまえてやるからね！」

今日《きょう》も腕《うで》まくりをすると張《は》りきって走《はし》り出《だ》した。花菜《はな》は大股《おおまた》で花壇《かだん》の横《よこ》を走《はし》り抜《ぬ》けた。

影《かげ》ふみ鬼《おに》の範囲《はんい》は中庭《なかにわ》の中《なか》だけ。建物《たてもの》の影《かげ》に入《はい》れば鬼《おに》は追《お》いかけてこられないが、隠《かく》れていいのは五秒間《ごびょうかん》。それも三回《さんかい》まで。鬼《おに》に捕《つか》まった人《ひと》は『牢屋《ろうや》』に閉《と》じ込《こ》められて動《うご》けない。制限時間内《せいげんじかんない》に全員《ぜんいん》を捕《つか》まえれば鬼《おに》の勝《か》ち、一人《ひとり》でも残《のこ》れば鬼《おに》の負《ま》けだ。

「影《かげ》ふんだ！」

早速一人捕《さっそくひとりつか》まって物置小屋《ものおきごや》の前《まえ》に立《た》たされる。そこが牢屋《ろうや》ということになっていた。

「つぎ！　花菜《はな》ちゃんいくよ！」

友美《ともみ》がものすごい勢《いきお》いで走《はし》ってくる。花菜《はな》は思《おも》わず植木《うえき》の影《かげ》に逃《に》げ込《こ》んでしまった。

「ふーんだ、五秒《ごびょう》だけだからね」

友美《ともみ》はターゲットを変《か》えて別《べつ》の子《こ》のところに走《はし》っていく。ほっとしたが五秒経《ごびょうた》ったら出《で》なくてはいけない。木《き》にしがみついて一《いち》、二《に》……と数《かぞ》えていると、

『をい、くすぐってぇよ』

目《め》の前《まえ》で声《こえ》がした。

「え!?……木《き》が喋《しゃべ》った？」

びっくりして目《め》を見開《みひら》くのと同時《どうじ》にボンッと白《しろ》い煙《けむり》が上《あ》がった。

『にゃにゃん！』

花菜《はな》の腕《うで》の中《なか》に赤《あか》ニャンがいる。いま花菜《はな》が隠《かく》れていた植木《うえき》は跡形《あとかた》もなく消《き》えていた。

「どういうこと!?　植木《うえき》が赤《あか》ニャンになっちゃった!!」

パニックに陥《おちい》る花菜《はな》に、

「声《こえ》でかい」

とアキトが後《うし》ろから近《ちか》づいてきた。手《て》には本《ほん》を持《も》っている。

「アキトくん具合良《ぐあいよ》くなったんだね。聞《き》いて、大変《たいへん》なの！　植木《うえき》から赤《あか》ニャンが出《で》てきたの！」

身振《みぶ》り手振《てぶ》りで必死《ひっし》に説明《せつめい》する花菜《はな》だったが、アキトは極《きわ》めて冷静《れいせい》だ。

「ああ、赤《あか》ニャンは人《ひと》でも物《もの》でも自由《じゆう》に化《ば》けられるんだよ。おれが授業《じゅぎょう》を受《う》けていたり保《ほ》健室《けんしつ》で休《やす》んでいたりする間《あいだ》、臨機応変《りんきおうへん》に姿《すがた》を変《か》えて異変《いへん》がないか周辺《しゅうへん》を偵察《ていさつ》しているんだ。普段《ふだん》は猫《ねこ》に化《ば》けていることが多《おお》いけどな」

「そうなの!?　なんだ、びっくりしちゃった……」

赤《あか》ニャンは『けけけっ！　驚《おどろ》いただろ！』と得意《とくい》げだ。

「うん、すごいよ。わたし全然気《ぜんぜんき》がつかなかったもん」

『そうだろそうだろ。――さて、もう少《すこ》し偵察《ていさつ》してくるかな～』

ポンッ！

白《しろ》い煙《けむり》が上《あ》がり、赤《あか》ニャンは赤《あか》い蝶《ちょう》に変身《へんしん》した。優雅《ゆうが》に羽《はね》を広《ひろ》げて飛《と》びあがる。

「わぁ……！」

歓声《かんせい》を上《あ》げる花菜《はな》に見《み》せつけるように大《おお》きく旋回《せんかい》する。

「あぶない！　前《まえ》！」

花菜《はな》が叫《さけ》ぶのも間《ま》に合《あ》わず、べしっ、と近《ちか》くの壁《かべ》に当《あ》たった。しかし幸《さいわ》い落下《らっか》することはなく、よろよろと上昇《じょうしょう》していく。そのまま青空《あおぞら》に溶《と》け込《こ》むように見《み》えなくなった。

「赤《あか》ニャン、だいじょうぶかな……」

「気《き》にするな、いつものことだ」

アキトは呆《あき》れ顔《がお》を浮《う》かべていた。

「あいつはすぐ調子《ちょうし》に乗《の》るんだ。しかもおっちょこちょい。この前図書室《まえとしょしつ》で本《ほん》に挟《はさ》まった

ときもパニックになって変身《へんしん》するのを忘《わす》れてた。冷静《れいせい》になれば簡単《かんたん》に抜《ぬ》けられたのに
だからアキトは「放《ほう》っておけ」と突《つ》っぱねたのだ。花菜《はな》はいまごろになって自分《じぶん》の言動《げんどう》を反省《はんせい》した。

「わたし、そんなことも知《し》らずにアキトくんに『心配《しんぱい》じゃないの？』って言《い》っちゃった。ごめんね」

「……なんで謝《あやま》るんだよ、赤《あか》ニャンが変身《へんしん》できるなんて想像《そうぞう》つかないだろ。花菜《はな》は悪《わる》くない。ちゃんと説明《せつめい》しなかったおれも悪《わる》かったんだ。ごめん」

アキトは恥《は》ずかしそうに視線《しせん》を背《そむ》けると、近《ちか》くの木製《もくせい》ベンチに腰《こし》を下《お》ろした。手《て》に持《も》っていた本《ほん》を広《ひろ》げる。花菜《はな》も隣《となり》へ行《い》って本《ほん》を覗《のぞ》き込《こ》んだ。

「それ図書室《としょしつ》の本《ほん》？」

図鑑《ずかん》のような分厚《ぶあつ》い本《ほん》には細《こま》かい字《じ》がびっしり並《なら》んでいる。豆粒《まめつぶ》みたいだ。目《め》がチカチカする。

「家《いえ》から持《も》ってきた本《ほん》だ。オヤジが使《つか》ってた『おんみょうじ』の参考書《さんこうしょ》みたいなもの」

「へえ、お父《とう》さんも『おんみょうじ』だったんだ。すごいね」

「いなくなったけどな」

「いないって……わたしのお父《とう》さんみたいに単身赴任《たんしんふにん》しているとか？」

「さぁ？　いないもんはいない。そんだけ。生《い》きてるのか死《し》んでるのかも分《わ》からない」

悪《わる》いことを聞《き》いてしまった気《き》がしたが、アキトはあっけらかんとした様子《ようす》で本《ほん》を閉《と》じる。

すると花菜《はな》の足元《あしもと》にひらりと栞《しおり》が舞《ま》い落《お》ちた。風《かぜ》で飛《と》ばされないよう拾《ひろ》い上《あ》げる。

「これ落《お》ちたよ。きれいな花《はな》びらだね、サクラ？」

白《しろ》い厚紙《あつがみ》に貼《は》られた押《お》し花《ばな》の栞《しおり》は、何枚《なんまい》もの花《はな》びらが重《かさ》なり、外側《そとがわ》から内側《うちがわ》に向《む》けてピンクが濃《こ》くなっている。

「桃《もも》だ。ハナモモの花《はな》びら」

「はなもも？　桃《もも》とは違《ちが》うの？」

「桃《もも》のご先祖《せんぞ》みたいなもんかな。よく店《みせ》で売《う》られている桃《もも》は品種改良《ひんしゅかいりょう》された別《べつ》の種類《しゅるい》で、ハナモモの実《み》は小《ちい》さくて全然甘《ぜんぜんあま》くないんだ。齧《かじ》ってみたことがあるけど苦《にが》くてクソまずい」

栞《しおり》を受《う》け取《と》ったアキトはとても丁寧《ていねい》に教《おし》えてくれる。

「よく知《し》ってるね。わたし食《た》べられる桃《もも》しか知《し》らないや」

「おれが住《す》んでいた町《まち》には数《かぞ》えきれないくらいのハナモモが植《う》えられていたんだ。標高《ひょうこう》が

高《たか》いからいまごろの季節《きせつ》になるとほんとキレイだったな……」

目《め》を細《ほそ》めて遠《とお》くを見《み》ている。さみしそうな横顔《よこがお》。

花菜《はな》は目《め》を閉《と》じて想像《そうぞう》した。たくさんの花《はな》びらをつけたハナモモが咲《さ》き誇《ほこ》る、アキトが住《す》んでいた町《まち》の風景《ふうけい》を。

「モモクリマチってところに住《す》んでいたんでしょう？　いつかわたしも行《い》ってみたいな」

「無理《むり》だ」

アキトの顔色《かおいろ》が変《か》わった。

「なんで？」

「無理《むり》なものは無理《むり》」

本《ほん》を抱《かか》えて立《た》ち上《あ》がると花菜《はな》に背中《せなか》を向《む》けた。表情《ひょうじょう》はうかがい知《し》れない。

「あそこには戻《もど》れない。みんな、あいつに……」

それだけ言《い》って走《はし》り去《さ》ってしまう。花菜《はな》は追《お》いかけようとしたがなぜか動《うご》けない。後《うし》ろから引《ひ》っぱられている気《き》がする。

「ちょっ……だれ？　いたいよ。イタズラやめて」

振《ふ》り返《かえ》ってもだれもいない。「変《へん》だなぁ」と首《くび》を傾《かし》げた花菜《はな》は自分《じぶん》の影《かげ》がおかしいことに気《き》づいた。

花菜自身《はなじしん》は全《まった》く動《うご》いていないのに手《て》を伸《の》ばしたり足《あし》を上《あ》げたりジャンプしている。じっと目《め》を凝《こ》らすと頭《あたま》から二本《にほん》のツノがにょきっと生《は》えていた。

（お、お、鬼《おに》だぁ！）

恐《おそ》ろしい鬼《おに》がまた現《あらわ》れたのだ。

（はやくアキトくんを呼《よ》ばないと）

走《はし》り出《だ》そうとしたものの足《あし》が空回《からまわ》り。水《みず》の中《なか》を泳《およ》いでいるみたいに感触《かんしょく》がない。

（違《ちが》う、わたしの体《からだ》が浮《う》いてるんだ！）

体《からだ》が浮《う》き上《あ》がったせいで地面《じめん》に足《あし》が届《とど》かないのだ。「うそ、うそ」と目《め》を白黒《しろくろ》させている間《あいだ》に数《すう》センチ浮《う》き上《あ》がる。じたばたと手足《てあし》を動《うご》かしてもどんどん地面《じめん》から離《はな》れていく。

クレーンゲームで上《うえ》から引《ひ》っ張《ぱ》り上《あ》げられるオモチャになった気分《きぶん》。

『こわい。あいつ、こわい』

また声《こえ》がする。

（なんなの、とびたいとか怖《こわ》いとか）

悩《なや》んでいる間《あいだ》にもどんどん体《からだ》が浮《う》いていく。このままでは空《そら》のずうっと高《たか》いところまで昇《のぼ》ってしまうかもしれない。

（アキトくん……！）

不安《ふあん》で泣《な》きたくなっているところへなにも知《し》らない友美《ともみ》が駆《か》け寄《よ》ってきた。

「あ、花菜《はな》ちゃん影《かげ》から出《で》てる！　影《かげ》ふーんだ！」

どん！

影《かげ》を踏《ふ》まれたその瞬間《しゅんかん》、急《きゅう》に体《からだ》が重《おも》くなって地面《じめん》に叩《たた》きつけられた。

「いたた……あれ、わたし、土《つち》の上《うえ》にいる」

思《おも》いっきり落《お》ちたからお尻《しり》が痛《いた》いけど、そんなことどうでもいい。地面《じめん》に降《お》りられた、助《たす》かったのだ。

「友美《ともみ》ちゃんありがとう！　このまま飛《と》んでいったらどうしようと思《おも》ってたよ」

ぎゅっと抱《だ》きつくと友美《ともみ》も笑顔《えがお》で抱《だ》き返《かえ》してくれた。

「どういたしまして。たしかにすごい高《たか》さまでジャンプしてたね、羽《はね》が生《は》えているみたいだったよ」

羽《はね》、と言《い》われて花菜《はな》はふと考《かんが》え込《こ》んだ。

(あの声《こえ》は「とびたい」って言《い》ってた。物《もの》は自分《じぶん》で飛《と》んだりしないから、生《い》き物《もの》に関係《かんけい》するのかな)

ぼんやりとだが、なにかがつながりそうな気《き》がする。

しかし友美《ともみ》にぐいっと腕《うで》を引《ひ》かれて我《われ》に返《かえ》った。

「ほらほら、影踏《かげふ》んだから花菜《はな》ちゃんも『牢屋《ろうや》』いきだよ！」

「え？　うぅ、そうだった……」

残念《ざんねん》。

チャイムが鳴《な》る。花菜《はな》たちは慌《あわ》てて教室《きょうしつ》に戻《もど》った。席《せき》に着《つ》くと隣《となり》にアキトがいる。

（さっきのこと、話《はな》した方《ほう》がいいかな）

ちらちらと視線《しせん》を送《おく》るけど、アキトは前《まえ》を向《む》いたまま気《き》づかない。こっち向《む》いて〜と念《ねん》を送《おく》ってみたがダメだった。

「ではこの計算式《けいさんしき》を解《と》いてもらいましょう。だれか、分《わ》かる人《ひと》？」

しーん、と静《しず》まり返《かえ》る教室《きょうしつ》。算数《さんすう》が苦手《にがて》な花菜《はな》は自分《じぶん》が当《あ》てられないよう首《くび》を縮《ちぢ》めて教《きょう》科書《かしょ》を見《み》ているふりをした。

「はい、おれ分《わ》かります」

ひとりだけ手《て》を挙《あ》げた、アキトだ。

「じゃあ黒住《くろずみ》くん、前《まえ》に来《き》て答《こた》えを書《か》いてもらえるかな」

「はい」

先生《せんせい》に呼《よ》ばれたアキトが立《た》ち上《あ》がって黒板《こくばん》の前《まえ》に向《む》かっていく。さらさらと計算式《けいさんしき》を解《と》いていく様子《ようす》に花菜《はな》は思《おも》わず「すごぉい」とため息《いき》をついた。

（保健室《ほけんしつ》に行《い》っててあんまり授業《じゅぎょう》受《う》けてないはずなのに、頭《あたま》いいんだ）

気《き》がつくとクラスのみんながアキトを見《み》ている。女《おんな》の子《こ》の何人《なんにん》かは「カッコイイね」とひそひそと話《はな》していた。

（アキトくんはカッコよくて、頭《あたま》も良《よ》くて、すごい力《ちから》をもった『おんみょうじ』。平凡《へいぼん》なわたしとは違《ちが》う世界《せかい》の人《ひと》なんだなぁ）

そんな人《ひと》と一緒《いっしょ》に鬼《おに》を退治《たいじ》したなんて、夢《ゆめ》みたいだ。

（おんみょうじ――わたしたちだけの秘密《ひみつ》、なんだよね）

ふたりだけの秘密《ひみつ》があるなんてちょっぴりワクワクする。ノートに『おんみょうじ』と書《か》いてみた。赤《あか》ニャンのイラストも添《そ》えて。

「先生《せんせい》できました」

「すごい、正解《せいかい》です。皆《みな》さん黒住《くろずみ》くんに拍手《はくしゅ》しましょう」

チョークを置《お》いたアキトと目《め》が合《あ》った。一瞬《いっしゅん》どきっとしながら慌《あわ》てて手《て》を叩《たた》いた刹《せつ》那《な》――どんっ！　と窓《まど》ガラスを叩《たた》く音《おと》がした。

（なに!?）

ハッとして横《よこ》を見《み》ると窓《まど》ガラスに細長《ほそなが》い板《いた》のようなものが張《は》りついている。ここは三階《さんかい》なのに。

『いーいーにーおーい』

赤《あか》い目玉《めだま》がぎょろりと浮《う》かび上《あ》がり、長《なが》い舌《した》が窓《まど》を舐《な》めた。

首筋《くびすじ》が寒《さむ》くなる。

『こわい！　あいつ、こわい!!』

頭《あたま》の中《なか》で悲鳴《ひめい》がしたかと思《おも》うと、ふわりと足先《あしさき》が浮《う》く。

花菜《はな》は慌《あわ》てて椅子《いす》の背《せ》もたれにしがみつく。前《まえ》の席《せき》の友美《ともみ》が「ん？」と振《ふ》り向《む》いた。

（え、ちょ、こんなところで！）

「花菜《はな》ちゃんなにしてるの？　逆立《さかだ》ちの練習《れんしゅう》？」

「き、気《き》にしないで、あはは。ほら前《まえ》見《み》てないと先生《せんせい》に怒《おこ》られちゃうよ」

「ハーイ」

なんとか友美《ともみ》の注意《ちゅうい》をそらせたが、花菜《はな》は足《あし》と頭《あたま》の位置《いち》が逆転《ぎゃくてん》した倒立状態《とうりつじょうたい》になってしまった。目立《めだ》ちすぎる。こんなところをクラスのみんなに見《み》られたら……

「先生《せんせい》！　お願《ねが》いがあるんですけど！」

まだ黒板《こくばん》の前《まえ》にいたアキトが突然大声《とつぜんおおごえ》を上《あ》げてみんなの注目《ちゅうもく》を集《あつ》めた。

「おれ円周率《えんしゅうりつ》を何桁《なんけた》まで覚《おぼ》えられるかチャレンジしているんです。いまここで書《か》いてみてもいいですか？」

阿部先生《あべせんせい》は「ほぅ」と目《め》を丸《まる》くする。

「円周率《えんしゅうりつ》ですか？　まだ習《なら》ってない範囲《はんい》なのに、すごいですね。いいですよ」

「ありがとうございます！　みんなも応援《おうえん》してくれよな！」

そう言《い》うとすごい勢《いきお》いで数字《すうじ》を書《か》き連《つら》ねていく。花菜《はな》にはさっぱりだが、ちらちらと視線《しせん》を送《おく》ってくるので自分《じぶん》のためだということは理解《りかい》できた。

（とにかく椅子《いす》に座《すわ》らなくちゃ……椅子《いす》に……アキトくんが時間《じかん》を稼《かせ》いでくれているうちに）

椅子《いす》から手《て》を離《はな》したら最後《さいご》、風船《ふうせん》みたいに浮《う》かんで教室《きょうしつ》の天井《てんじょう》にぶつかってしまう。なるべく音《おと》を立《た》てないように、できるだけ早《はや》く、戻《もど》るのだ。

「う、ん……ん……」

がた、がたん。腕《うで》を使《つか》って椅子《いす》の位置《いち》をずらす。腕《うで》が痛《いた》くなってきた。どうしよう、もう限界《げんかい》が近《ちか》い。指先《ゆびさき》の感触《かんしょく》もない。

（もう、だめ……）

がたん、と椅子《いす》の足《あし》を大《おお》きく動《うご》かした瞬間《しゅんかん》、ふっと浮力《ふりょく》が消《き》えた。

「やった……あ、でも待《ま》ってきゃーっ!!」

どんがらがっしゃーん!!

バランスを崩《くず》して椅子《いす》ごと床《ゆか》に倒《たお》れ込《こ》んでしまった。

「森崎《もりさき》さん!?　だいじょうぶですか？」

阿部先生《あべせんせい》に呼《よ》ばれてふらふらと立《た》ち上《あ》がる。

「す、すみません。ボーっとしていて倒《たお》れちゃいました」

「気《き》をつけてくださいね。あと黒住《くろずみ》くん、途中《とちゅう》から数字《すうじ》ではなく漢字《かんじ》になってしまっていますよ。これでは円周率《えんしゅうりつ》とは言《い》えませんね」

黒板《こくばん》はびっしりと漢字《かんじ》で埋《う》め尽《つ》くされていた。『おんみょうじ』の本《ほん》に書《か》かれていたような難《むずか》しい漢字《かんじ》ばかりだ。アキトは背中《せなか》を丸《まる》めてぺこりと頭《あたま》を下《さ》げる。

「すみません、ボーっとしていました」

笑《わら》いに包《つつ》まれる教室《きょうしつ》。

ほっとして窓《まど》を見《み》ると先《さき》ほどの細長《ほそなが》いものはいなくなっていた。かわりに、なにかが這《は》いずり回《まわ》ったような痕跡《こんせき》が窓一面《まどいちめん》に残《のこ》っている。

「影《かげ》の中《なか》に鬼《おに》がいる？」

放課後《ほうかご》、アキトに誘《さそ》われて一緒《いっしょ》に帰《かえ》ることになった。詳《くわ》しく事情《じじょう》を聞《き》きたいと言《い》う。赤《あか》ニャンは偵察中《ていさつちゅう》らしく、花菜《はな》とアキトの二人《ふたり》きりだ。

「うん、声《こえ》がするとふわふわ浮《う》きそうになるの」

朝のことや影《かげ》ふみ鬼《おに》のこと、自分《じぶん》の影《かげ》に生《は》えていたツノのことを話《はな》すと、アキトは花菜《はな》の影《かげ》に目《め》を凝《こ》らした。

「いまはツノが見《み》えないし、悪《わる》い気配《けはい》もしない。眠《ねむ》っているのか、あるいは、とても力《ちから》の弱《よわ》い鬼《おに》かもしれない」

「力《ちから》の弱《よわ》い鬼《おに》なんているんだね」

「ああ、鬼《おに》にも色々《いろいろ》あるんだよ」

いままで遭《あ》った鬼《おに》はとても恐《おそ》ろしくて首筋《くびすじ》がぞわりとするものばかりだった。でもこの子《こ》からはそういう悪《わる》い気《き》は感《かん》じない。

「共通《きょうつう》しているのは『本体《ほんたい》』があるってことだ。それは動物《どうぶつ》かもしれないし、植物《しょくぶつ》や虫《むし》、この前《まえ》みたいな本《ほん》ってこともある。とても強《つよ》い想《おも》いがあって、そこに悪《わる》い気《き》がたまってくると鬼《おに》になってしまう。『おんみょうじ』の役目《やくめ》は悪《わる》い気《き》を祓《はら》って元《もと》の姿《すがた》に戻《もど》してやることだ」

「キレイにしてあげるんだね」

「そうだ。飛《と》ぶってことはそいつの本体《ほんたい》は生《い》き物《もの》の可能性《かのうせい》が高《たか》いな。カエルとかハチとか……なんにせよ厄介《やっかい》だ。正体《しょうたい》が分《わ》かるまで、できる限《かぎ》りおれの側《そば》にいた方《ほう》がいい」

「う、うん」

深《ふか》い意味《いみ》はないと分《わ》かっていても『側《そば》にいた方《ほう》がいい』と言《い》われてなんだか胸《むね》が熱《あつ》い。

「それにしても……」

アキトは真《ま》っ黒《くろ》な瞳《ひとみ》でじぃっと花菜《はな》を見《み》つめている。

「なにかついてる？」

顔《かお》が赤《あか》くなっていたらどうしよう。

「おれたち『おんみょうじ』にも攻撃《こうげき》が得意《とくい》なヤツや占《うらな》いが得意《とくい》なヤツ、色々《いろいろ》なタイプがいるんだけど、花菜《はな》はどうやら相手《あいて》に『同調《シンクロ》』しやすいみたいだな。呪力《じゅりょく》も強《つよ》いから呪文《じゅもん》を一緒《いっしょ》にとなえると効果《こうか》バツグンだし」

「そ、そうなのかな」

怖《こわ》いものは苦手《にがて》だけどアキトの役《やく》に立《た》っているのならうれしい。

「もしわたしに手伝《てつだ》えることがあったら言《い》ってね。足《あし》は遅《おそ》いし、ドジで、勉強《べんきょう》もできないけどアキトくんに迷惑《めいわく》かけてばかりじゃ――」

そのときまた声《こえ》がした。

『そら、まぶしい。とびたい、いま』

(え、いきなり!?)

気《き》がつくとアキトの顔《かお》が自分《じぶん》より下《した》にある。いつの間《ま》に背《せ》が伸《の》びたんだろう……というワケはなくて、また体《からだ》が宙《ちゅう》に浮《う》いていた。

タイミング悪《わる》くゴウッと風《かぜ》が吹《ふ》く。

「きゃあっ!」

まるで風船《ふうせん》みたいに飛《と》ばされていく。

「花菜《はな》!」

アキトが必死《ひっし》で追《お》いかけてくるが自分《じぶん》の力《ちから》ではどうしようもない。進行方向《しんこうほうこう》に軽自動車《けいじどうしゃ》が停《と》まっている。

(ぶつかる!)

間一髪《かんいっぱつ》、ふわりと浮《う》かんでスレスレのところを通《とお》り抜《ぬ》けた。一安心《ひとあんしん》。

でも今度《こんど》は銀杏《ぎんなん》の木《き》が次々《つぎつぎ》と迫《せま》ってくる。

「きゃあああー」

操縦不能《そうじゅうふのう》の体《からだ》は木《き》の間《あいだ》を器用《きよう》にすり抜《ぬ》けていく。なんとかクリア。でも次《つぎ》はマンションの壁《かべ》が近《ちか》づいてきた。止《と》まれない。

（もうだめ！）

目《め》をつぶった瞬間《しゅんかん》、がくんと衝撃《しょうげき》があった。目《め》と鼻《はな》の先《さき》、数《すう》センチのところに壁《かべ》が迫《せま》っている。

「ギリギリ、せーふ」

花菜《はな》の足首《あしくび》を掴《つか》んでいるのは背伸《せの》びしたアキトだ。花菜《はな》を追《お》いかけて塀《へい》の上《うえ》によじのぼったらしく、ぜいぜいと苦《くる》しそうに息《いき》を吐《は》いている。髪《かみ》や服《ふく》には葉《は》っぱや小枝《こえだ》がたくさんついていた。

「花菜《はな》、右手《みぎて》を伸《の》ばせるか？　一緒《いっしょ》に唱《とな》えろ」

「う、うん」

花菜《はな》は思《おも》いきり壁《かべ》を蹴《け》ってアキトに向《む》き直《なお》った。アキトの白《しろ》い札《ふだ》に指《ゆび》を伸《の》ばす。

「『青巻紙赤巻紙黄巻紙《あおまきがみあかまきがみきまきがみ》　東京特許許可局《とうきょうとっきょきょかきょく》　武具馬具武具馬具三武具馬具《ぶぐばぐぶぐばぐみぶぐばぐ》あわせて武具馬《ぶぐば》具六武具馬具《ぐむぶぐばぐ》　桜咲《さくらさ》く桜《さくら》の山《やま》の桜花咲《おうかさ》く桜《さくら》あり散《ち》る桜《さくら》あり　六根清浄《ろっこんしょうじょう》　急急如律令《きゅうきゅうにょりつりょう》』」

札《ふだ》にまばゆい光《ひかり》が宿《やど》る。

「鬼《おに》よ、眠《ねむ》れ」

額《ひたい》にやさしく札《ふだ》を押《お》しつけられると上《うえ》へ引《ひ》っ張《ぱ》る力《ちから》がふっと抜《ぬ》けた。そのままアキトの両腕《りょううで》に抱《だ》き留《と》められる。

（はぅ！　男《おとこ》の子《こ》に抱《だ》かれるの初《はじ》めて！）

まったくの不可抗力《ふかこうりょく》だけど、アキトの腕《うで》の中《なか》にいると思《おも》うだけで心臓《しんぞう》がバクバク鳴《な》る。自分《じぶん》がおかしくなったみたいだ。

「ありがとう」

アキトの手《て》を借《か》りて地面《じめん》に降《お》り立《た》つ。足元《あしもと》が平《たい》らだとこんなにホッとするなんて。

「……うっ」

ふいにアキトがよろめいた。尻餅《しりもち》をついて額《ひたい》をぬぐっている。

「アキトくん！　ごめんね、だいじょうぶ？」

「そっちこそケガは……なさそうだな。ならいいや」

それだけ言《い》ってうずくまってしまう。肩《かた》で息《いき》をしてとても辛《つら》そうだ。

「具合悪《ぐあいわる》いんだよね？　すぐに保健室《ほけんしつ》……ああでも学校《がっこう》に戻《もど》らないと」

『心配《しんぱい》ねぇさ』

ぷりぷりと尻尾《しっぽ》を振《ふ》りながら塀《へい》の上《うえ》を歩《ある》いて赤《あか》ニャンが近《ちか》づいてきた。

『半人前《はんにんまえ》だから一回力《いっかいちから》を使《つか》うとダウンしちまうんだよ。修行《しゅぎょう》サボっていたツケさ』

「……うるせぇーよ。来《く》るのが遅《おそ》いんだよ」

『オレ様《さま》だって忙《いそが》しいんだぜ。猫好《ねこず》きな人間《にんげん》たちが決《き》まった時間《じかん》にツナ缶《かん》くれるんだよ。ねこちゃーんってデレデレさ。けけっ、猫《ねこ》の姿《すがた》も悪《わる》くねぇな』

「赤鬼《あかおに》のくせに……くっ」

アキトは鋭《するど》い目《め》でにらみ返《かえ》すが、立《た》ち上《あ》がれないところをみると相当《そうとう》きつそうだ。

『仕方《しかた》ない。これは貸《か》しだからな』

赤《あか》ニャンは大《おお》きく伸《の》びをすると、くるりと回転《かいてん》した。ポンッと立《た》ち込《こ》めた白《しろ》い煙《けむり》の中《なか》から現《あらわ》れたのは赤《あか》い髪《かみ》の男《おとこ》の人《ひと》だ。

「阿部先生《あべせんせい》!?」

花菜《はな》は思《おも》わず叫《さけ》んだ。

「ぴんぽーん。オレ様《さま》にかかれば人間《にんげん》の男《おとこ》に変身《へんしん》するくらいヨユーだぜ」

赤髪《あかがみ》の阿部先生《あべせんせい》は親指《おやゆび》を立《た》てて笑《わら》う。赤《あか》いスーツがすごく派手《はで》だけど似合《にあ》っている。

赤《あか》ニャン（阿部先生《あべせんせい》）はぐったりしているアキトを背負《せお》うと、花菜《はな》に向《む》き直《なお》った。

「アキトはこのまま家《いえ》に連《つ》れて帰《かえ》るとして、ハナの家《いえ》にも寄《よ》らないといけないな」

「家《いえ》に？　どうして？」

「……分《わ》かんねぇか？　こっそり後《うし》ろ見《み》てみな」

ちらっと背後《はいご》を見《み》ると電柱《でんちゅう》があった。なんの変哲《へんてつ》もない電柱《でんちゅう》だが、問題《もんだい》はその影《かげ》だ。向《む》こうの道路《どうろ》から電柱《でんちゅう》の影《かげ》まで、なにかが這《は》ってきた跡《あと》がある。教室《きょうしつ》の窓《まど》の外《そと》に見《み》えた、あれと同《おな》じだ。

「妙《みょう》なものが電柱《でんちゅう》の影《かげ》に潜《ひそ》んでいる。このオレ様《さま》をしても正体《しょうたい》は分《わ》からんが、学校《がっこう》から花《は》菜《な》を追《お》いかけてきているようだ。いま一人《ひとり》になったらなにがあるか分《わ》かんねぇぞ」

「ひっ……」

ぜんぜん気《き》がつかなかった。

「アキトも『おれの側《そば》にいろ』って言《い》っただろ。つまり今夜《こんや》はうちに泊《と》まれってことだ」

「お泊《と》まり!?　アキトくんのお家《うち》に!?」

予想外《よそうがい》すぎる。

「で、でもお母《かあ》さんがなんて言《い》うか」

「かっかっか。オレ様《さま》がうまく言《い》いくるめてやるからツナ缶《かん》おごれよ」

一体《いったい》どうするつもりなのか……不安《ふあん》を募《つの》らせる花菜《はな》をよそに、赤《あか》ニャン先生《せんせい》は自信《ししん》たっぷりだ。

アキトを自宅《じたく》に送《おく》り届《とど》けたあと、花菜《はな》は赤《あか》ニャン先生《せんせい》を連《つ》れて帰宅《きたく》した。

「先生《せんせい》、どうされたんですか？」

いきなり先生《せんせい》が来《き》たのでお母《かあ》さんは大慌《おおあわ》て。すぐさまリビングに通《とお》すとコーヒーと高《たか》そうなロールケーキを出《だ》してきた。一体《いったい》どこに隠《かく》してあったのだろう、ちょっぴり不満《ふまん》だ。

「それで、娘《むすめ》がなにかしたのでしょうか？」

神妙《しんみょう》な面持《おもも》ち。花菜《はな》がとんでもない事件《じけん》を起《お》こしたと思《おも》っていそうだ。

ロールケーキを手《て》で掴《つか》んで食《た》べていた赤《あか》ニャン先生《せんせい》はにこにこしながら空《から》っぽの皿《さら》を差《さ》し出《だ》す。

「いえ、大《たい》したことではないのですが……先《さき》にロールケーキのおかわりをいただけませんか？　飲《の》み物《もの》は苦《にが》いコーヒーではなくほんのり温《あたた》めた牛乳《ぎゅうにゅう》が好《す》きです」

「失礼《しつれい》しました。すぐにお持《も》ちします」

台所《だいどころ》へ走《はし》り去《さ》るお母《かあ》さんに気《き》づかれないよう、花菜《はな》は横目《よこめ》で赤《あか》ニャン先生《せんせい》をにらむ。

「ロールケーキ食《た》べに来《き》たんじゃないよね？」

「いや、あんまりにも美味《うま》いからつい……おっと、ありがとうございます」

お母《かあ》さんがおかわりのロールケーキと温《あたた》めたミルクを運《はこ》んでくる。赤《あか》ニャン先生《せんせい》はあっという間《ま》に平《たい》らげてしまった。本当《ほんとう》になにしに来《き》たんだろう。

「では本題《ほんだい》に入《はい》ります」

スッと居住《いず》まいを正《ただ》し、眼鏡《めがね》を外《はず》した。阿部《あべ》先生《せんせい》の素顔《すがお》は芸能人《げいのうじん》みたいにイケメンだとお母《かあ》さんたちが噂《うわさ》していたことがある。こうして見《み》ると切《き》れ長《なが》の目《め》がカッコイイ。

「単刀直入《たんとうちょくにゅう》に申《もう》し上《あ》げます。花菜《はな》さんに危機《きき》が迫《せま》っています！　一晩貸《いちばんか》していただけませんか？」

「……はい？」

お母《かあ》さんが目《め》を丸《まる》くする。

（ちょっと!!　なに言《い》ってるの!?）

花菜《はな》は内心《ないしん》ヒヤヒヤしていた。

「あのぉ、失礼《しつれい》ですが、危機《きき》、とは？」

「ええ、ちょっとばかりヤバイ事態《じたい》に巻《ま》き込《こ》まれまして」

阿部先生《あべせんせい》が絶対言《ぜったいい》いそうにないセリフ。これでどうやってお母《かあ》さんを説得《せっとく》するのか。

（……はっ！）

突然気《とつぜんき》づいた。お母《かあ》さんの目《め》をじっと見《み》つめる赤《あか》ニャン先生《せんせい》からキラキラ光線《こうせん》が出《で》ている。心《こころ》なしかお母《かあ》さんの目《め》もキラキラしているような……こういうシーンを少女《しょうじょ》マンガで見《み》たことがある。

（なんか……分《わ》からないけど、違《ちが》う意味《いみ》で危機《きき》な気《き》がする!!）

お母《かあ》さんが危《あぶ》ない。花菜《はな》は机《つくえ》をたたいて立《た》ち上《あ》がった。

「お母《かあ》さん！　わたしから説明《せつめい》するよ！」

赤《あか》ニャン先生《せんせい》は目《め》を細《ほそ》めて余計《よけい》なことをするな、という表情《ひょうじょう》だ。でも無視《むし》する。脳《のう》をフル回転《かいてん》させて必死《ひっし》に言《い》い訳《わけ》を考《かんが》えた。

「あのね、えっと、えっと……そう、学校《がっこう》の宿題《しゅくだい》で、本当《ほんとう》にあった怖《こわ》い話《はなし》をまとめることになったの。わたしすっかり忘《わす》れてて！　締《し》め切《き》りが明日《あした》なの！　それで、この前転校《まえてんこう》してきた子《こ》が怪談話《かいだんばなし》にすごく詳《くわ》しくて、時間《じかん》ないからお泊《と》まりしてじっくり話《はなし》を聞《き》くことになったの。ね、先生《せんせい》!?」

「……まぁ、そんなところですにゃん」

お母《かあ》さんは夢《ゆめ》から醒《さ》めたような顔《かお》で目《め》をぱちぱちさせていたが、

「あらそうだったの。うっかりすることはだれにでもあるわ、頑張《がんば》りなさいね」

と応援《おうえん》してくれた。こうして花菜《はな》は無事《ぶじ》（？）お泊《と》まりできることになった。


アキトの家《いえ》に着《つ》くと、すぐにお母《かあ》さんから電話《でんわ》がかかってきた。

『お家《うち》に着《つ》いた？　ちゃんとご挨拶《あいさつ》したの？　迷惑《めいわく》かけないようにね』

「何回《なんかい》も言《い》ったでしょう、だいじょうぶだってば」

『明日《あした》も学校《がっこう》なのよ。ちゃんと起《お》きられるの？』

「へいきだよ。わたしもう五年生《ごねんせい》だもん」

花菜《はな》はうんざりしていた。

あんな口《くち》から出《で》まかせのウソを怪《あや》しまれたらどうしようと思《おも》っていたけど、着替《きが》えやシャンプーなどのお泊《と》まりセット、手土産《てみやげ》のお菓子《かし》やおやつなどを持《も》たせてくれた。赤《あか》ニャン先生《せんせい》の存在《そんざい》で説得力《せっとくりょく》があったのかもしれないし、引《ひ》っ込《こ》み思案《じあん》な花菜《はな》に友美《ともみ》以外《いがい》の友《とも》だちができてうれしいのかもしれない。

「電話《でんわ》ありがとうございました」

台所《だいどころ》に向《む》かうとテーブルで野菜《やさい》を切《き》っていた女性《じょせい》が笑顔《えがお》で迎《むか》えてくれた。

「はい、どういたしまして」

アキトの祖母《そぼ》のサナエおばあちゃんだ。ちょっぴりふくよかだけどレースがあしらわれた紫《むらさき》のエプロンがとってもオシャレで、仏様《ほとけさま》みたいにニコニコしながらずっとお喋《しゃべ》りしている。今日《きょう》は突然《とつぜん》のお泊《と》まりにもかかわらず快《こころよ》く受《う》け入《い》れてくれた。

「ほんと礼儀正《れいぎただ》しい子《こ》ね、アキトにこんな可愛《かわい》い彼女《かのじょ》がいたなんてびっくりだわぁ」

「か、かかか彼女《かのじょ》だなんて」

「そういうんじゃない」

奥《おく》でジャガイモをつぶしていたアキトがちらりと花菜《はな》をみた。余計《よけい》なことは言《い》うなよ、と釘《くぎ》をさすような目《め》だ。

「アキトはどう？　学校《がっこう》でどんなふうに過《す》ごしてるの？　ちゃんと勉強《べんきょう》してる？　いつも不機嫌《ふきげん》そうな顔《かお》してクラスの子《こ》と話《はな》さないなんてことはない？」

「え……と」

おっしゃる通《とお》りです！　とは言《い》えない。奥《おく》からの視線《しせん》が怖《こわ》いから。

「ばあちゃんそろそろ仕事《しごと》だろ、さっさと行《い》けば？」

「あらほんと！　残念《ざんねん》だわぁ、こんな楽《たの》しい日《ひ》に夜勤《やきん》だなんて！」

サナエおばあちゃんは慌《あわ》ただしく仕事《しごと》の準備《じゅんび》をすると、玄関《げんかん》まで見送《みおく》りに出《で》た花菜《はな》をちょいちょいと手招《てまね》きした。

耳元《みみもと》でこっそりと囁《ささや》く。

「アキトはほら、体《からだ》が弱《よわ》いでしょう。保健室《ほけんしつ》に行《い》ってばかりでクラスに馴染《なじ》めていないんじゃないかって心配《しんぱい》していたけど、花菜《はな》ちゃんが来《き》てくれて安心《あんしん》したわ。これからも仲良《なかよ》くしてあげてね」

「は、はい。もちろんです」

「ありがとう。お願《ねが》いね」

サナエおばあちゃんは心《こころ》からうれしそうに微笑《ほほえ》んだ。

「おい、二人《ふたり》でこそこそなに話《はな》してるんだよ」

隣《となり》のアキトが不満《ふまん》そうに割《わ》り込《こ》んでくる。

「ひみつ。じゃあ花菜《はな》ちゃん、明日《あした》の朝《あさ》ごはんは一緒《いっしょ》に食《た》べましょうね！　必《かなら》ずよ！」

「はい、お仕事《しごと》がんばってください」

「もちろんよ。アキト、戸締《とじ》まりはちゃんとしてね、電話《でんわ》は留守電《るすでん》にしてあるから出《で》なくていいわ、もしお隣《となり》さんから回覧板《かいらんばん》が来《き》たら……」

「分《わ》かってる分《わ》かってる。もう聞《き》き飽《あ》きた。早《はや》く仕事《しごと》行《い》けよ」

「じゃあね〜！」

……まるで嵐《あらし》のように去《さ》っていった。

「はぁ、疲《つか》れる」

台所《だいどころ》に戻《もど》ってきた二人《ふたり》。アキトは「疲《つか》れる」と言《い》うわりには苦笑《にがわら》いを浮《う》かべている。

「サナエさん、明《あか》るい人《ひと》だね」

「勘弁《かんべん》してほしい。寝《ね》てるとき以外《いがい》ずっと喋《しゃべ》ってる。頭《あたま》じゃなく口《くち》から先《さき》に生《う》まれてきたんだってさ。たぶんウソだけど」

まんざらウソでもないかも、と思《おも》ってしまう。

「夜勤《やきん》ってなんのお仕事《しごと》してるの？」

「病院《びょういん》の看護師《かんごし》。いつも帰《かえ》りは遅《おそ》いし時々《ときどき》夜勤《やきん》もある。でも元気《げんき》いっぱいで、もう六十《ろくじゅー》すぎてるけど百歳《ひゃくさい》まで働《はたら》くつもりらしい」

「すごい。でもアキトくんはさみしいね、こんなに広《ひろ》いお家《うち》なのに」

友美《ともみ》は『お化《ば》け屋敷《やしき》』と言《い》っていたけど中《なか》は全然違《ぜんぜんちが》った。

建物《たてもの》は古《ふる》くても、玄関《げんかん》も廊下《ろうか》も掃除《そうじ》が行《い》き届《とど》いてキレイだし、キッチンはフローリングになっていて家電《かでん》もきちんと動《うご》く。ごく普通《ふつう》の家《いえ》だ。庭《にわ》には色《いろ》とりどりの木《き》や草《くさ》や花々《はなばな》が植《う》えられていて、鳥《とり》や虫《むし》が賑《にぎ》やかだと言《い》う。

「いいんだよ。いつもばあちゃんの声《こえ》がしていたら『家《いえ》』がゆっくり寝《ね》られないだろ、これでいてばあちゃんよりずっと年寄《としよ》りなんだから」

まるで『家《いえ》』が生《い》き物《もの》みたいな言《い》い方《かた》だ。『おんみょうじ』ならそういうことが分《わ》かるのかもしれない。

再《ふたた》びキッチンに立《た》つアキト。花菜《はな》も家《いえ》から持《も》ってきたエプロンを取《と》り出《だ》した。

「夕飯《ゆうはん》づくりわたしも手伝《てつだ》うよ」

「じゃあそこのニンジン切《き》ってくれ。大《おお》きさはまかせる」

「分《わ》かった」

隣同士《となりどうし》で具材《ぐざい》を切《き》っていく。今夜《こんや》はアキトが好《す》きなカレーライスをつくることになっていた。

「……ねえ、わたしたちを追《お》いかけてきた影《かげ》のことだけど、家《いえ》の中《なか》まで入《はい》ってきたらどうしよう」

「それはない。『家《いえ》』には住人《じゅうにん》やお客《きゃく》さんを守《まも》る力《ちから》が働《はたら》くんだ。この家《いえ》みたいに年季《ねんき》の入《はい》った古《ふる》い建物《たてもの》はより強《つよ》い力《ちから》が働《はたら》いているから、外《そと》に出《で》ない限《かぎ》りアイツも手出《てだ》しできない」

「良《よ》かった……でも、あれはなんだろうね。わたしの影《かげ》の中《なか》にいる子《こ》と関係《かんけい》あるのかな」

「分《わ》からない。でもなにがあってもおれが助《たす》ける。そのための『おんみょうじ』だからな」

どきっとした。

横目《よこめ》で様子《ようす》をうかがうと、さっきまでは顔色《かおいろ》が悪《わる》かったのにすっかり元通《もとどお》りだ。

「力《ちから》を使《つか》って疲《つか》れたんでしょう？　動《うご》いても平気《へいき》なの？」

「体《からだ》の具合《ぐあい》が悪《わる》いわけじゃないから。おれは良《よ》くも悪《わる》くも『気《き》』に影響《えいきょう》されやすいんだ」

「『気《き》』って？」

「空気《くうき》っていうか……雰囲気《ふんいき》のことだ。花菜《はな》もうっすら感《かん》じただろ、この前《まえ》メダカの水槽《すいそう》がぶちまけられたときクラス内《ない》に漂《ただよ》っていた邪気《じゃき》を。だれかを恨《うら》んだり憎《にく》んだり疑《うたが》ったりするのは悪《わる》い気《き》なんだ」

「たしかに嫌《いや》な感《かん》じだった。鬼《おに》の邪気《じゃき》はもっと強《つよ》いんだよね」

「そうだ。一方《いっぽう》でばあちゃんみたいな人間《にんげん》は絶《た》えず明《あか》るい気《き》を振《ふ》りまいている。本人《ほんにん》は無《む》自覚《じかく》だけど、側《そば》にいるだけで元気《げんき》になれる陽気《ようき》な空気《くうき》。だから家《いえ》に帰《かえ》ると平気《へいき》なんだ」

「へえ、だいすきなんだね、おばあさんのこと」

「……それとこれとは話《はなし》が違《ちが》う。居心地《いごこち》がいいだけだ」

急《きゅう》にぶっきらぼうになる。

素直《すなお》じゃないな、と内心笑《ないしんわら》ってしまった。

「ばあちゃん、『おんみょうじ』についてはよく知《し》らないんだ。いきなり転《ころ》がり込《こ》んできたおれを黙《だま》って受《う》け入《い》れてくれた。だからあんまり心配《しんぱい》させたくない」

「分《わ》かった。今日《きょう》はただ遊《あそ》びに来《き》たってことにするね」

「……ん。よろしく」

ごとん、ごとん。

アキトはちょっと危《あぶ》なっかしい手《て》つきでジャガイモを切《き》っていく。

「ねぇ、ジャガイモそんなに大《おお》きいと食《た》べるとき大変《たいへん》だよ？」

「え？　これでも小《ちい》さくしたんだけどな」

「あと皮《かわ》と芽《め》ついたまま」

「別《べつ》に死《し》ぬわけじゃないだろ」

花菜《はな》は苦笑《にがわら》い。

（芽《め》には毒《どく》があるんだけどなぁ……あ、もしかして）

もしかして自分《じぶん》のために、普段《ふだん》やらない料理《りょうり》に挑戦《ちょうせん》しているんだろうか。さっきだって飛《と》ばされた自分《じぶん》を必死《ひっし》に追《お》いかけてきてくれた。

（……アキトくん）

胸《むね》がぎゅうっと痛《いた》くなる。

「花菜《はな》？　なんで泣《な》いてるんだ？」

「ちょっと目《め》にしみちゃって」

まな板《いた》の上《うえ》にあるのはニンジンだ。アキトはしばらく無言《むごん》で見《み》つめたあと、「へぇ、ニンジンにも泣《な》く成分《せいぶん》があるのか」と見《み》て見《み》ぬふりをしてくれた。

ごとん、ごっとん、と更《さら》に大《おお》きなジャガイモがカレー鍋《なべ》に放《ほう》り込《こ》まれていく。これは大《たい》変《へん》そうだ。

ようやくカレーができた。おかずはキャベツの千切《せんぎ》りとトマトとポテトサラダ（おばあちゃんの味付《あじつ》け済《ず》み）。

「お皿《さら》が見《み》つからない」と困《こま》っていたアキトは、ラーメン用《よう》のどんぶりにご飯《はん》を盛《も》ると水《みず》みたいにさらさらしたカレーをかけて花菜《はな》の前《まえ》に置《お》いた。

「ふふ、すごい量《りょう》だね。ありがと」

普段《ふだん》のアキトとはギャップがありすぎて、なんだか笑《わら》ってしまう。

「おかしいな。母《かあ》ちゃんが作《つく》るカレーはもっとトロっとしているのに」

アキトは不思議《ふしぎ》そうだったが花菜《はな》は構《かま》わず口《くち》に運《はこ》ぶ。慣《な》れないアキトが自分《じぶん》のために作《つく》ってくれたと分《わ》かっていたからだ。

「おいしいよ。アキトくんも食《た》べてみて」

「うん。まああだな。ジャガイモがちょっとでかいけど」

「しっかり噛《か》めば大丈夫《だいじょうぶ》だよ」

『おいおい冗談《じょうだん》きついぜ』

せっかくフォローしたのに、猫《ねこ》に戻《もど》った赤《あか》ニャンが不満《ふまん》そうに尻尾《しっぽ》を揺《ゆ》らした。

『ジャガイモは火通《ひとお》ってねぇし、ニンジンはかたい。タマネギも焦《こ》げてるじゃねーか』

「だったら食《く》うな、赤鬼《あかおに》のくせに」

『肉《にく》もかたい～むぐぐ』

「うるさいな。花菜《はな》も笑《わら》うなよ」

「ごめんなさいー」

アキトが元気《げんき》になったことがうれしくて、花菜《はな》もつい頬《ほお》がゆるんでしまう。

『それに比《くら》べてサナエの作《つく》ったポテトサラダは美味《うま》いな。ほっぺが落《お》ちそうだ』

「本当《ほんとう》？　わたしも食《た》べてみよう」

ポテトサラダはみそ汁用《しるよう》のお椀《わん》にこんもりと載《の》っている。これも器《うつわ》が見《み》つからなかったからだ。アキトがつぶしたジャガイモと大《おお》きめに切《き》ったゆで卵《たまご》が混《ま》ぜてあり、口《くち》に入《い》れると甘《あま》さとしょっぱさのバランスが絶妙《ぜつみょう》だった。

「おいしい！」

「だろ？　ばあちゃんのポテトサラダは世界一《せかいいち》なんだ」

「ほんとだね。ゆで卵《たまご》も半熟《はんじゅく》でやわらかくて――……あれ」

そこで言葉《ことば》を失《うしな》った。

「どうかしたのか？」

アキトの声《こえ》も耳《みみ》に入《はい》らない。卵《たまご》の白身《しろみ》を見《み》て思《おも》い出《だ》したのだ。

（朝拾《あさひろ》った白《しろ》い欠片《かけら》――あれは、割《わ》れた卵《たまご》の欠片《かけら》だったんだ）

卵《たまご》だったとしたら、ヒナはどうしたんだろう。あのとき、鳴《な》き声《ごえ》は聞《き》こえなかった。無《ぶ》
事《じ》に巣立《すだ》ったならいいけど、もしかして――もしかして――

（飛《と》びたいって、そういうことなの……？）

机《つくえ》に映《うつ》っていた自分《じぶん》の影《かげ》に大《おお》きな翼《つばさ》が見《み》えた気《き》がした。

「花菜《はな》……」

アキトは心配《しんぱい》そうに花菜《はな》を見《み》つめている。

先《さき》にお風呂《ふろ》に入《はい》らせてもらった花菜《はな》は家《いえ》から持《も》ってきたパジャマに着替《きが》えた。

部屋《へや》に行《い》っててくれ、と言《い》うので赤《あか》ニャンの案内《あんない》で二階《にかい》の和室《わしつ》に向《む》かう。アキトの部屋《へや》はでんぐり返《がえ》しができそうなくらい広《ひろ》く、大《おお》きな窓《まど》には分厚《ぶあつ》いカーテンが引《ひ》かれている。

『アキトのやつ「おんみょうじ」の技《わざ》の練習中《れんしゅうちゅう》に障子《しょうじ》を破《やぶ》って窓《まど》ガラスにヒビ入《い》れちまったんだ。これは応急処置《おうきゅうしょち》』

「ほんとだ、部屋《へや》のあちこちに落書《らくが》きやキズがあるね」

部屋《へや》の四《よん》カ所《しょ》に貼《は》られた奇妙《きみょう》なお札《ふだ》。あれもアキトの自作《じさく》だという。

『修行《しゅぎょう》ギライだったヤツがよくやってるよ。モモクリマチがあんなことになってじっとしていられないよな』

「なにか、とても大変《たいへん》なことがあったの？」

『……まぁ、な』

赤《あか》ニャンはふわんと尻尾《しっぽ》を揺《ゆ》らした。

『アキトが言《い》いたがらない以上《いじょう》、オレ様《さま》も詳《くわ》しくは話《はな》せねぇ。ひとつ言《い》えるとしたら、あいつはマチのみんなを取《と》り戻《もど》すために必死《ひっし》になってるってことだけだ』

赤《あか》ニャンは短《みじか》い足《あし》で反動《はんどう》をつけて勉強机《べんきょうづくえ》の上《うえ》によじ登《のぼ》ると、机《つくえ》の上《うえ》に広《ひろ》げられたノートをめくりはじめた。人《ひと》のものを勝手《かって》に見《み》てはいけないと思《おも》いつつ、花菜《はな》もつい興味《きょうみ》があって覗《のぞ》き込《こ》んだ。

難《むずか》しい漢字《かんじ》がたくさん並《なら》んでいる。青巻紙赤巻紙《あおまきがみあかまきがみ》からはじまる早口言葉《はやくちことば》も比較的最近《ひかくてきさいきん》のページに書《か》いてあった。

（がんばってるんだ。すごいな）

いまはインターネットでなんでも調《しら》べられる時代《じだい》なのに、側《そば》にいるアキトの故郷《こきょう》のことを花菜《はな》はなにも知《し》らない。

（知《し》りたいな。モモクリマチのことも、アキトくんの家族《かぞく》のことも）

この欲張《よくば》りな気持《きも》ちはなんだろう。さみしいのにもどかしいこの気持《きも》ちは。

最初《さいしょ》のページをめくったときだ。

「なに、これ……」

息《いき》を呑《の》んだ。

鉛筆《えんぴつ》を何度《なんど》も何度《なんど》も押《お》しつけたような筆跡《ひっせき》

で、ツノを生《は》やした恐《おそ》ろしい鬼《おに》の姿《すがた》が描《えが》かれている。ピンク色《いろ》の体《からだ》に目玉《めだま》が三《みっ》つ、ノートを埋《う》め尽《つ》くすほど巨大《きょだい》だ。足元《あしもと》には人間《にんげん》とおぼしき小《ちい》さな人影《ひとかげ》がいくつか描《えが》かれている。

(鬼《おに》が人《ひと》を襲《おそ》っているの？　友美《ともみ》ちゃんが言《い》うにはモモクリマチはいま封鎖《ふうさ》されてて、アキトくんはひとりでこの家《いえ》に来《き》たんだよね)

アキトは言《い》っていた。「あそこには戻《もど》れない。みんな、あいつに」と。

もしかしてアキトくんのマチや家族《かぞく》は、鬼《おに》に——

「花菜《はな》？」

「わっ！」

後《うし》ろから声《こえ》をかけられて腰《こし》が抜《ぬ》けてしまった。アキトだ。

つやつやした毛先《けさき》から水滴《すいてき》が落《お》ちて黒色《くろいろ》のパジャマを濡《ぬ》らしている。首《くび》に巻《ま》いたタオルもぐっしょりと濡《ぬ》れていた。どうやら急《いそ》いであがってきたようだ。

「どうした？　鬼《おに》でも見《み》たような顔《かお》して」

「ちょっとびっくりしただけ……アキトくんお風呂早《ふろはや》いんだね」

机《つくえ》に掴《つか》まりながら立《た》ち上《あ》がる花菜《はな》をアキトがじろじろと見《み》ている。

「ふぅん、花菜《はな》ってけっこう髪《かみ》が長《なが》いんだな。いつも結《むす》んでいるから」

「そうかな。長《なが》いってほどでもないけど」

髪《かみ》の長《なが》さは腕《うで》の付《つ》け根《ね》くらいだ。本当《ほんとう》は童話《どうわ》のお姫様《ひめさま》みたいに伸《の》ばしたいけどお母《かあ》さんが「長《なが》いと手入《てい》れが大変《たいへん》でしょう」とうるさいので仕方《しかた》なく美容室《びようしつ》に行《い》っている。

「この前《まえ》友美《ともみ》ちゃんが鬼《おに》に操《あやつ》られていたときもほどいたけど」

「そうだっけ。余裕《よゆう》なくて見《み》てなかった」

しげしげと眺《なが》めたあと、歯《は》を見《み》せて笑《わら》った。

「いいじゃん、似合《にあ》ってて。たまにはその髪型《かみがた》で学校《がっこう》来いよ」

「えっ、ええっ」

初《はじ》めて言《い》われた。

(お兄《にい》ちゃんは幽霊《ゆうれい》みたいってバカにするし、友美《ともみ》ちゃんは髪短《かみみじか》い方《ほう》が楽《らく》だって言《い》うから、だからずっと、結《むす》んでて)

どうしよう。体《からだ》の中《なか》がお湯《ゆ》みたいに熱《あつ》くなってきた。

『おや？　おやおや？　顔《かお》が赤《あか》いぞ』

赤《あか》ニャンが面白《おもしろ》そうに笑《わら》っている。花菜《はな》はぶんぶんと首《くび》を振《ふ》った。アキトは不安《ふあん》な自分《じぶん》を励《はげ》ますつもりで言《い》っただけだ、と納得《なっとく》させる。そうでなくちゃ……

「おい赤《あか》ニャン。ニヤニヤしてないで布団運《ふとんはこ》ぶから手伝《てつだ》え」

「あ、わたしも手伝《てつだ》う」

押《お》し入《い》れから綿布団《めんぶとん》を二組《ふたくみ》運《はこ》んできて広《ひろ》げる。顔《かお》を見《み》るのが恥《は》ずかしくてうつむいていると、アキトの首《くび》から巾着袋《きんちゃくぶくろ》のようなものが垂《た》れ下《さ》がっているのが見《み》えた。

「それ、ネックレス？」

「これか？」

黒《くろ》い紐《ひも》で首《くび》から吊《つ》り下《さ》げられていたのはお寺《てら》や神社《じんじゃ》で見《み》るようなお守《まも》り袋《ぶくろ》だ。濃《こ》い紫《むらさき》の布地《ぬのじ》に白《しろ》い糸《いと》で「護《まもり》」と刺繡《ししゅう》されている。アキトは指先《ゆびさき》でお守《まも》り袋《ぶくろ》をはじいた。

「身守《みまも》り石《いし》が入《はい》った袋《ふくろ》だよ。母《かあ》ちゃんがくれたんだ。これを身《み》につけていればどんな災《わざわ》いからも逃《のが》れられるんだってさ」

「へぇ。なんだか安心《あんしん》するね」

「どうせなら町《まち》のみんなを守《まも》ってくれれば良《よ》かったのに。おれなんかじゃなくて」

ぎゅっとお守《まも》り袋《ぶくろ》を握《にぎ》りしめるアキトを見《み》ていると悲《かな》しくなる。だっていつもさみしそうな顔《かお》をするから。

「おやすみなさい」

「うん。おやすみ」

灯《あか》りを消《け》して布団《ふとん》にもぐりこんだ花菜《はな》けなかなか寝《ね》つけなかった。すぐ横《よこ》にアキトがいるせいかもしれない。

アキトに出会《であ》ってからの最近《さいきん》の日々《ひび》がとても不思議《ふしぎ》に思《おも》えたのだ。

(モモクリマチ。そこでなにかあったからアキトくんは転校《てんこう》してきたんだよね。なにもなかったらアキトくんとは会《あ》えなかったんだ)

自分《じぶん》の髪《かみ》の毛《け》をそっと撫《な》でてみる。

(わたし悪《わる》い子《こ》だ)

アキトに会《あ》えて花菜《はな》はうれしい。でもアキトはどうだろう。

「――……母《かあ》ちゃん」

暗闇《くらやみ》の中《なか》ですすり泣《な》く声《こえ》が聞《き》こえた。アキ

トは背中《せなか》を向《む》けたまま泣《な》いている。

「ごめん、ごめんな――」

泣《な》いている。夢《ゆめ》の中《なか》で泣《な》いているのだ。花菜《はな》はなるべく音《おと》を立《た》てないよう体《からだ》を起《お》こし、アキトの布団《ふとん》を直《なお》してあげた。ぽんぽんと頭《あたま》をなでる。

(事情《じじょう》は分《わ》からないけど、早《はや》くお母《かあ》さんに会《あ》えるといいね)

髪《かみ》に触《ふ》れるとアキトの目《め》からするっと涙《なみだ》が流《なが》れ落《お》ちた。

「ア……リサ……」

とくん、と心臓《しんぞう》が跳《は》ねる。

(アリサ？　だれのことだろう？)

女《おんな》の人《ひと》の名前《なまえ》だと思《おも》う。

(もしかしてアキトくんの大切《たいせつ》な人《ひと》……)

もやもやする。こんなに近《ちか》くにいるのにアキトの存在《そんざい》をとても遠《とお》く感《かん》じる。

(だめだ、考《かんが》えても仕方《しかた》ない……もう寝《ね》よ！)

アキトが穏《おだ》やかな寝息《ねいき》を立《た》てるのを確認《かくにん》し、花菜《はな》は布団《ふとん》にもぐりこんでぎゅっと目《め》を閉《と》じた。

――夢《ゆめ》を見《み》ていた。

目《め》の前《まえ》には青《あお》い空《そら》が広《ひろ》がっている。背伸《せの》びすれば雲《くも》をつかめそうなくらい近《ちか》い。

『あぁもうすぐだ』

頭《あたま》の中《なか》でだれかが笑《わら》う。弾《はず》んだ声《こえ》で。

『もうすぐ風《かぜ》が迎《むか》えにきて、あのまぶしいところにいけるんだ』

太陽《たいよう》が見《み》える。こちらを手招《てまね》きするようにきらきらと輝《かがや》いている。

（もうすぐ空《そら》にいくって、この子《こ》はやっぱり――）

がくんと視界《しかい》が暗転《あんてん》した。

ハッと気《き》づいたときには暗《くら》くて冷《つめ》たい地面《じめん》の上《うえ》。周《まわ》りには白《しろ》い殻《から》がたくさん散《ち》らばって中《なか》から黄色《きいろ》っぽい液体《えきたい》が流《なが》れ出《だ》している。

シュルリ、と音《おと》がして細長《ほそなが》い生《い》きものが現《あらわ》れた。大《おお》きな口《くち》を開《ひら》いて殻《から》ごと一飲《ひとの》みにしたかと思《おも》うと、まだ足《た》りないとばかりに花菜《はな》に狙《ねら》いを定《さだ》めて近《ちか》づいてきた。

こわいのに、動《うご》けない。

赤黒《あかぐろ》い目《め》が花菜《はな》に焦点《しょうてん》を合《あ》わせ、くわっと巨大《きょだい》な口《くち》を開《ひら》いた。

――食《た》べられる！

「花菜《はな》おきろ！」

耳元《みみもと》で呼《よ》ばれた気《き》がした。が、実際《じっさい》にはアキトは遥《はる》か下《した》を走《はし》っている。

（あっ、わたしまた浮《う》いてる！）

夜風《よかぜ》が頬《ほお》を撫《な》でていく。花菜《はな》はいつの間《ま》にか外《そと》に出《で》て、またしても宙《ちゅう》に浮《う》いていた。眼《がん》下《か》に家《いえ》の屋根《やね》が見《み》える。しがみつけるものもなく、どんどん風《かぜ》に流《なが》されていく。

（ううん、違《ちが》う。目的地《もくてきち》があるんだ）

頭上《ずじょう》には金色《きんいろ》の満月《まんげつ》が浮《う》かんでいる。まるで太陽《たいよう》のようにまぶしい。影《かげ》はあそこを目指《めざ》しているのだ。

ザァアアア……

突然《とつぜん》、満月《まんげつ》が真《ま》っ黒《くろ》な雲《くも》に覆《おお》われた。いや違《ちが》う、ただの雲《くも》だったら赤《あか》い目玉《めだま》がぎらぎら光《ひか》っているはずがない。

『おーいーつーいーたー』

不気味《ぶきみ》に体《からだ》をうねらせて花菜《はな》に飛《と》びかかってきた。

「きゃっ！」

あっという間《ま》にぐるぐる巻《ま》きにされてしまった。正体《しょうたい》は巨大《きょだい》な蛇《へび》だ。

下《した》を走《はし》っていた赤《あか》ニャンが叫《さけ》んだ。

『アキト、あいつだ。蛇《へび》の鬼《おに》が花菜《はな》の影《かげ》をつけ狙《ねら》ってたんだ』

「そういうことか！　赤《あか》ニャン、変化《へんげ》しておれを空《そら》へ」

『つたく猫使《ねこつか》いの荒《あら》いことで』

ポンッと煙《けむり》が上《あ》がる。赤《あか》いカラスに変身《へんしん》した赤《あか》ニャンがアキトの首元《くびもと》を掴《つか》んで飛《と》び立《た》つ。

「花菜《はな》を返《かえ》せ！」

迫《せま》るアキトの手《て》には札《ふだ》が握《にぎ》られていた。

「青巻紙《あおまきがみ》赤巻紙《あかまきがみ》黄巻紙《きまきがみ》　東京特許許可局《とうきょうとっきょきょかきょく》　武具馬具《ぶぐばぐ》武具馬具《ぶぐばぐ》三武具馬具《みぶぐばぐ》あわせて武具馬具《ぶぐばぐ》六武具馬具《むぶぐばぐ》　桜咲《さくらさ》く桜《さくら》の山《やま》の桜花咲《おうかさ》く桜《さくら》あり散《ち》る桜《さくら》あり　六根清浄《ろっこんしょうじょう》　急急如律令《きゅうきゅうにょりつりょう》」

札《ふだ》を投《な》げた。うまく眉間《みけん》に貼《は》りつくが蛇《へび》はまったく動《どう》じない。赤《あか》い舌《した》を伸《の》ばして器用《きよう》にはぎ取《と》ってしまった。

「くそ、もう一回《いっかい》。短縮版《たんしゅくばん》だ。青巻紙《あおまきがみ》赤巻紙《あかまきがみ》黄巻紙《きまきがみ》　桜咲《さくらさ》く桜《さくら》の山《やま》の桜花咲《おうかさ》く桜《さくら》あり散《ち》る桜《さくら》あり　六根清浄《ろっこんしょうじょう》　急急如律令《きゅうきゅうにょりつりょう》」

アキトは再度《さいど》札《ふだ》を投《な》げつける。しかしムチのようにしなやかな尻尾《しっぽ》であっさり振《ふ》り払《はら》われ、そのままアキトたちに尻尾《しっぽ》を振《ふ》り下《お》ろした。

「うわっ!!」

「アキトくん！　赤《あか》ニャン！」

尻尾《しっぽ》に叩《たた》き落《お》とされるアキトと赤《あか》ニャン。間一髪《かんいっぱつ》、木《き》の枝《えだ》がクッションになってアキトたちを受《う》け止《と》めた。しかし蛇《へび》はとどめを刺《さ》そうとアキトたちに襲《おそ》いかかる。

（どうしよう、このままじゃ！）

花菜《はな》は焦《あせ》った。焦《あせ》りながら考《かんが》えた。

どうすればいい。どうすればアキトたちを助《たす》けられる。

（そうだ。影《かげ》）

友美《ともみ》に影《かげ》を踏《ふ》まれたとき、飛《と》ぶ力《ちから》が消《き》えた。教室《きょうしつ》で逆立《さかだ》ちしたときも椅子《いす》の足《あし》でたまたま影《かげ》を踏《ふ》んだからだ。だとすれば。

花菜《はな》はなんとか首《くび》を反《そ》らして夜空《よぞら》を見上《みあ》げた。

（お月《つき》さまは、ある。影《かげ》もばっちり）

まぶしいほどの月《つき》の光《ひかり》に蛇《へび》の影《かげ》が濃《こ》く映《うつ》っている。

「アキトくん、蛇《へび》の影《かげ》を狙《ねら》って！　わたしも一緒《いっしょ》に呪文《じゅもん》となえるから！」

アキトが強《つよ》くうなずく。札《ふだ》を指先《ゆびさき》に挟《はさ》み、しずかに目蓋《まぶた》を閉《と》じる。花菜《はな》もそこに祈《いの》りが届《とど》くように両手《りょうて》をあわせた。

(お願《ねが》い、とどいて)

「いくぞ」とアキトの声《こえ》が聞《き》こえた。

「『青巻紙赤巻紙黄巻紙《あおまきがみあかまきがみきまきがみ》　東京特許許可局《とうきょうとっきょきょかきょく》　武具馬具武具馬具三武具馬具《ぶぐばぐぶぐばぐみぶぐばぐ》あわせて武具馬具六武具馬具《ぶぐばぐむぶぐばぐ》　桜咲《さくらさ》く桜《さくら》の山《やま》の桜花咲《おうかさ》く桜《さくら》あり散《ち》る桜《さくら》あり　六根清浄《ろっこんしょうじょう》　急急如律令《きゅうきゅうにょりつりょう》』」

アキトの札《ふだ》に光《ひかり》が宿《やど》る。それはまるで太陽《たいよう》のように強《つよ》い。

「成仏《じょうぶつ》しろ！」

アキトが蛇《へび》の影《かげ》に札《ふだ》を叩《たた》きつける。

『んぎゃ!!』

花菜《はな》を縛《しば》り上《あ》げていた蛇《へび》は一瞬硬直《いっしゅんこうちょく》し、そして、尻尾《しっぽ》から砂《すな》のように崩《くず》れていった。

「えっ、あ、落《お》ちるー」

支《ささ》えを失《うしな》って落下《らっか》していく花菜《はな》。

ぶつかる！　と覚悟《かくご》した瞬間《しゅんかん》、赤《あか》ニャンが巨大《きょだい》なクッションに変化《へんげ》して受《う》け止《と》めてくれた。地面《じめん》に立《た》ったが、まだ足元《あしもと》がふらつく。

「おい、だいじょうぶか」

バランスを崩した花菜《はな》の腕《うで》を掴《つか》むアキト。熱《ねつ》のこもった指先《ゆびさき》に触《ふ》れられたせいか、冷《ひ》えきっていた花菜《はな》の体《からだ》が一気《いっき》に沸騰《ふっとう》した。

「だ、だいじょうぶだから！」

大《おお》げさに体《からだ》を離《はな》すと、アキトは「ならいいけど」と視線《しせん》をそらした。額《ひたい》から流《なが》れる汗《あせ》を乱暴《らんぼう》にぬぐい、手《て》で顔《かお》をあおぐ。

（そうか、家《いえ》からここまで走《はし》って追《お》いかけてきてくれたんだ。それなのにわたし、拒絶《きょぜつ》するなんてサイテーだ）

気《き》まずい空気《くうき》が流《なが》れる中《なか》、花菜《はな》の影《かげ》から大《おお》きな翼《つばさ》が生《は》えた。しかし花菜《はな》が浮《う》かび上《あ》がることはない。広《ひろ》げた翼《つばさ》はボロボロで、いまにも朽《く》ち果《は》てようとしている。

アキトがぽつりと呟《つぶや》いた。

「力《ちから》を使《つか》い果《は》たしたんだろう。たぶん、もうすぐ消《き》える」

鬼《おに》が消《き》えればふわふわと浮《う》くこともない。花菜《はな》にとっては歓迎《かんげい》すべきことなのに、なぜか、胸《むね》が苦《くる》しい。

「……アキトくん、一緒《いっしょ》に来《き》て欲《ほ》しいところがあるんだけど」

「いいけど、どこへ？」

花菜《はな》は自分《じぶん》の胸《むね》に手《て》を置《お》き、これ以上《いじょう》ないくらいはっきりと答《こた》えた。

「この子《こ》が食《た》べられてしまった場所《ばしょ》に」


アキトと赤《あか》ニャンを連《つ》れて夜明《よあ》け前《まえ》の公園《こうえん》を訪《おとず》れた。赤《あか》ニャンが懐中電灯《かいちゅうでんとう》に変化《へんげ》してくれたお陰《かげ》で木《き》の下《した》で粉々《こなごな》になった卵《たまご》の殻《から》を見《み》つけることができた。

(花《はな》びらに隠《かく》されて分《わ》からなかったけど、こんなにたくさんあったなんて)

あの夢《ゆめ》は、やはり過去《かこ》にあったことなのだ。

花菜《はな》は膝《ひざ》をついて卵《たまご》の殻《から》を両手《りょうて》で包《つつ》み込《こ》んだ。やさしく、丁寧《ていねい》に。

「わたしの影《かげ》にいたのは鳥《とり》のヒナたちなの。成長《せいちょう》して空《そら》を飛《と》ぶことを楽《たの》しみにしていたのに、巣《す》から落《お》とされて蛇《へび》に食《た》べられちゃったみたいなの。どうにかできないかな」

卵《たまご》から孵《かえ》った直後《ちょくご》か、あるいは直前《ちょくぜん》か。食《た》べられてしまったヒナたちは、空《そら》を飛《と》びたいというただ一《ひと》つの想《おも》いで一匹《いっぴき》の鬼《おに》を生《う》み出《だ》した。そしてもうすぐ消《き》えようとしている。

こんなの、悲《かな》しすぎる。

アキトはしばらく考《かんが》えこんでいたが「うん」とうなずいて花菜《はな》の上《うえ》から手《て》をかざした。

「成功《せいこう》するか分《わ》からないけど祝詞《のりと》をあげてみる」

「のりと？」

「悪《わる》い気《き》を祓《はら》うんじゃなくて浄化《じょうか》する方法《ほうほう》だ。祝詞《のりと》って呼《よ》ばれる神聖《しんせい》な言葉《ことば》で清《きよ》めてやれば、次《つぎ》に生《う》まれ変《か》わったら思《おも》いきり空《そら》を飛《と》び回《まわ》れるかもしれない」

「うん、おねがい。わたしも手伝《てつだ》える？」

「いや。神聖《しんせい》な祓詞《はらえことば》は一言一句《いちごんいっく》正確《せいかく》に言《い》わなくちゃいけないからおれだけでやる。花菜《はな》は祈《いの》っていてくれ。いくぞ――高天原《たかあまのはら》に神留坐《かむづまりま》す　神漏岐神漏美《かむぎかむろみ》の　命以《みこともち》て……」

アキトの手《て》のひらからやさしい光《ひかり》があふれた。卵《たまご》の殻《から》を包《つつ》んでシャボン玉《だま》みたいに弾《はじ》けていく。

『――あぁ、あったかい。おひさまみたいだ』

花菜《はな》の影《かげ》が揺《ゆ》らいで、羽《はね》を広《ひろ》げた鳥《とり》たちが飛《と》び出《だ》してきた。蒼《あお》く美《うつく》しい鳥《とり》たちだ。頭《ず》上《じょう》をぐるぐると旋回《せんかい》して光《ひかり》の渦《うず》を巻《ま》く。

アキトは山《やま》の端《はし》に現《あらわ》れた太陽《たいよう》を指《ゆび》さす。

「みえるだろ。あれが太陽《たいよう》だ。あそこに向《む》かって飛《と》んでいけばいい」

光《ひかり》の渦《うず》の中《なか》から一羽《いちわ》また一羽《いちわ》と鳥《とり》たちが飛《と》んでいく。

最後《さいご》の一羽《いちわ》は「さよなら」とあいさつでもするように花菜《はな》の頭《あたま》の上《うえ》で一周《いっしゅう》してから空《そら》にのぼっていく。小《ちい》さな翼《つばさ》を必死《ひっし》に動《うご》かして宙《ちゅう》をかいて。

「さようなら。元気《げんき》でね、またどこかで……」

一生懸命手《いっしょけんめいて》をふった。最後《さいご》の一羽《いちわ》が太陽《たいよう》に溶《と》けて見《み》えなくなるまで。

「――いっちゃった」

朝日《あさひ》に照《て》らされた空《そら》のどこにも鳥《とり》たちの姿《すがた》はない。かわりにひらひらと降《ふ》ってきたのは白《しろ》い札《ふだ》だ。アキトはジャンプしてそれをキャッチする。

花菜《はな》は不思議《ふしぎ》に思《おも》って問《と》いかけた。

「それ、この前《まえ》も同《おな》じようなもの拾《ひろ》っていたよね」

「これか？『鬼《おに》の手形《てがた》』だ」

『鬼《おに》の手形《てがた》』と聞《き》いてなんだか怖《こわ》いものを想像《そうぞう》してしまった。

「持《も》っていても平気《へいき》なの？」

「ああ。式札《しきふだ》のひとつだ。鬼《おに》の力《ちから》が宿《やど》った強力《きょうりょく》な武器《ぶき》で、いざというときに役《やく》に立《た》つ」

丁寧《ていねい》にたたんでポケットに入《い》れると花菜《はな》を促《うなが》した。

「そろそろ帰《かえ》るか。おれたちがいないと仕事《しごと》から帰《かえ》ってきたばあちゃんが大騒《おおさわ》ぎするかもしれない」

「うん。ご飯《はん》食《た》べて学校《がっこう》に行《い》かないと」

「家《いえ》まで走《はし》るぞ。ほら」

アキトが手《て》を伸《の》ばしてきた。花菜《はな》はちいさく息《いき》をのんで固《かた》まる。

「はやくしろよ、はずかしいだろ」

アキトが急《せ》かすので、ゆっくりと手《て》を重《かさ》ねる。まるでお姫《ひめ》さまにでもなった気分《きぶん》だ。

「よし、転《ころ》ぶなよ」

ぎゅっと手《て》を握《にぎ》って走《はし》り出《だ》したアキト。花菜《はな》は置《お》いて行《い》かれないよう前《まえ》へ前《まえ》へと足《あし》を出《だ》す。太陽《たいよう》に向《む》かって走《はし》っていくアキトの背中《せなか》はなんだかとても広《ひろ》くて、つないだ手《て》も胸《むね》もぽかぽかと暖《あたた》かい。

この気持《きも》ちはなんだろう。

(不思議《ふしぎ》なの。アキトくんがいると怖《こわ》いものも怖《こわ》くない。胸《むね》の奥《おく》がずっとドキドキしている。――わたし、もしかして、好《す》き……なのかな。アキトくんのこと)

第三章《だいさんしょう》　呪《のろ》いの縁結《えんむす》び

ねぇ知《し》ってる？　縁結《えんむす》びの神様《かみさま》のこと。

自分《じぶん》の髪《かみ》の毛《け》と好《す》きな人《ひと》の髪《かみ》の毛《け》を一本《いっぽん》ずつ用意《ようい》して縁結《えんむす》びの神様《かみさま》にお参《まい》りすると、二人《ふたり》の恋《こい》は成就《じょうじゅ》して、ずっと一緒《いっしょ》にいられるんだって。神様《かみさま》が二人《ふたり》の「赤《あか》い糸《いと》」を結《むす》んでくれるの。すてきね。

――でも忘《わす》れないで。

神様《かみさま》との約束《やくそく》を破《やぶ》っちゃダメだよ。神様《かみさま》はとってもやさしいけど約束《やくそく》には厳《きび》しいの。

もし破《やぶ》ってしまったら………つれていかれちゃうよ？


最近《さいきん》、花菜《はな》には気《き》になることが二《ふた》つある。

ひとつは隣《となり》の席《せき》にいるアキトのことだ。

「では教科書《きょうかしょ》の二十八《にじゅうはち》ページを開《ひら》いてください」

いまは花菜《はな》が好《す》きな国語《こくご》の授業中《じゅぎょうちゅう》。でも、視線《しせん》は教科書《きょうかしょ》じゃなく隣《となり》を見《み》てしまう。

（アキトくん、また『おんみょうじ』の本読《ほんよ》んでる）

国語《こくご》の教科書《きょうかしょ》を机《つくえ》に立《た》てて目隠《めかく》しにしながら別《べつ》の本《ほん》――お父《とう》さんが遺《のこ》した『おんみょうじ』の本《ほん》を読《よ》んでいる。花菜《はな》の場所《ばしょ》からだととても良《よ》く見《み》えるのだ。

夏《なつ》に向《む》けて少《すこ》しずつ暑《あつ》くなってきたので今日《きょう》は水色《みずいろ》の半《はん》そでシャツだ。大《おお》きな瞳《ひとみ》が本《ほん》の上《うえ》を行《い》ったり来《き》たりとせわしない。ものすごく集中《しゅうちゅう》している。

横顔《よこがお》を見《み》ているだけで胸《むね》がきゅっと痛《いた》くなる。

（わたし……やっぱりアキトくんのこと好《す》きなのかな）

この想《おも》いを自覚《じかく》したのはつい最近《さいきん》。でも気《き》づいてしまったら止《と》まらなくなった。学校《がっこう》でも家《いえ》でもアキトのことばかり考《かんが》えている。

（こっち向《む》かないかな）

ねぇ、と声《こえ》を掛《か》けてみようか。

咳払《せきばら》いの方《ほう》がいいかな。

それともわざと消《け》しゴム落《お》としちゃおうか？　ううんそれはさすがに。

（ねぇ……アリサってだれ）

ちくりと胸《むね》が痛《いた》んだ。心《こころ》の奥底《おくそこ》に刺《さ》さってる小《ちい》さなトゲ。ずっと抜《ぬ》けないままだ。

ふとアキトがこっちを見《み》た。

「花菜《はな》、おい、花菜《はな》」

「ふぇっ!?」

みんなの前《まえ》でいきなり呼《よ》ぶなんて大胆《だいたん》——

「こほん。森崎《もりさき》さん」

「え？」

正面《しょうめん》には困《こま》り顔《がお》の阿部先生《あべせんせい》。気《き》がつくとクラスの全員《ぜんいん》が花菜《はな》に注目《ちゅうもく》していた。

「授業《じゅぎょう》を聞《き》いていましたか？　二十九《にじゅうきゅう》ページを読《よ》んでくださいと言《い》ったんですか」

「はわっ、わわわわ……」

慌《あわ》てて立《た》ち上《あ》がったせいで筆箱《ふでばこ》を肘《ひじ》で押《お》してしまった。ガッシャン、と音《おと》がして筆記用具《ひっきようぐ》が床《ゆか》を転《ころ》がっていく。

（どうしよう。もう逃《に》げ出《だ》したいよ……）

たちまちパニックになった。

「なにやってんだよ」

アキトは教室《きょうしつ》の後《うし》ろの方《ほう》まで転《ころ》がったシャープペンを取《と》りに行《い》ってくれる。猫《ねこ》のチャームがついたお気《き》に入《い》りのものだ。

「ほら、しっかりしろよ」

呆《あき》れたような笑顔《えがお》を浮《う》かべている。周《まわ》りのみんなもそれぞれペンや消《け》しゴムを拾《ひろ》ってくれた。花菜《はな》はぐっと目蓋《まぶた》をぬぐう。

「みんな拾《ひろ》ってくれてありがとう。先生《せんせい》、ボーっとしてすみませんでした」

阿部先生《あべせんせい》はにこやかに微笑《ほほえ》んだ。

「いえいえ。授業《じゅぎょう》を聞《き》いていなかったのは感心《かんしん》しませんが、お礼《れい》とお詫《わ》びがきちんとできるのはいいことですよ。急《きゅう》に暑《あつ》くなってきたから頭《あたま》がぼぅっとなってしまったのかもしれませんね。では二十九《にじゅうきゅう》ページからお願《ねが》いします」

「は、はい」

朗読《ろうどく》はみんなの前《まえ》で大《おお》きな声《こえ》を出《だ》さなくちゃいけないからちょっぴり苦手《にがて》だ。

すぅはぁと深呼吸《しんこきゅう》しているとアキトと目《め》が合《あ》った。「が・ん・ば・れ・よ」と声《こえ》に出《だ》さずに応援《おうえん》してくれている。

それだけで、不思議《ふしぎ》。勇気《ゆうき》が湧《わ》いてくる。背中《せなか》がピンと伸《の》びる。

——応援《おうえん》してもらったお陰《かげ》か、いつもよりずっと上手《じょうず》に読《よ》めた。


「はぁ、どきどきした」

休憩時間《きゅうけいじかん》にお手洗《てあら》いに行《い》くと、隣《となり》で手《て》を洗《あら》っていた友美《ともみ》が不思議《ふしぎ》そうに言《い》った。

「なんだか花菜《はな》ちゃん、最近《さいきん》ちょっと変《か》わったよね」

「え？　どこかおかしい？」

「おかしいって言《い》うか、ボーっとしていたり、ため息《いき》ついていたり、急《きゅう》にニコニコして元《げん》気《き》になったり」

「ほんと？」

「うん。でもたまにすっごく怖《こわ》い顔《かお》してる。鬼《おに》みたいに」

頭《あたま》の上《うえ》で指《ゆび》を立《た》ててツノのポーズ。

「うそぉ」

鬼《おに》になったらアキトに退治《たいじ》されてしまう。

（でも怖《こわ》い顔《かお》もしたくなっちゃうよ。だって——）

花菜《はな》が気《き》になるもうひとつ。

それは、

「黒住《くろずみ》くんのシュミってなに？」

「前《まえ》の学校《がっこう》はどこだったの？」

「誕生日《たんじょうび》おしえて」

「今度《こんど》一緒《いっしょ》に遊《あそ》びにいかない？」

休憩時間《きゅうけいじかん》になる度《たび》にアキトの周《まわ》りにたくさんの女《おんな》の子《こ》が集《あつ》まるからだ。

（そこ、わたしの席《せき》なのに）

お手洗《てあら》いに行《い》っている間《あいだ》に勝手《かって》に席《せき》をとられていた。花菜《はな》の席《せき》はアキトに一番近《いちばんちか》い特等《とくとう》席《せき》なので、油断《ゆだん》すると椅子《いす》取《と》り合戦《がっせん》みたいに次《つぎ》から次《つぎ》へと女《おんな》の子《こ》が座《すわ》っていく。

「花菜《はな》ちゃん、これ、出《で》てるよ」

友美《ともみ》がツノの合図《あいず》をするのでぷるぷると首《くび》を振《ふ》った。

（仕方《しかた》ないよ、アキトくんは人気者《にんきもの》なんだから）

転校《てんこう》してきて約一《やくいっ》か月《げつ》。転校《てんこう》して間《ま》もないころは表情《ひょうじょう》が険《けわ》しくて人《ひと》を寄《よ》せつけない雰囲《ふんい》気《き》があったけど、いまではだいぶクラスになじんできた。自分《じぶん》から積極的《せっきょくてき》に話《はな》しかけるわけじゃないけど、だれかが声《こえ》をかければ答《こた》えるし、時折《ときおり》笑顔《えがお》を見《み》せる。冗談《じょうだん》も言《い》う。

元々《もともと》カッコイイと思《おも》われていたところへ破壊力抜群《はかいりょくばつぐん》の笑顔《えがお》。そんなギャップにきゅんっとする女子《じょし》が増《ふ》えているのだ。お陰《かげ》でいまや学年一《がくねんいち》のモテ男《おとこ》。女《おんな》の子《こ》の中《なか》には他《ほか》のクラスの子《こ》も混《ま》ざっている。

中《なか》でも特《とく》に目立《めだ》つのが三組《さんくみ》の入山莉乃《いりやまりの》だ。今日《きょう》は花菜《はな》の席《せき》を占領《せんりょう》してアキトの方《ほう》に体《からだ》を寄《よ》せている。

「黒住《くろずみ》くん、りの、今度《こんど》雑誌《ざっし》の取材《しゅざい》があるんだけど見学《けんがく》にこない？　もしかしたらカメラマンさんの目《め》に留《と》まってデビューできるかもよ！」

莉乃《りの》は子《こ》ども向《む》け雑誌《ざっし》やＣＭに出演《しゅつえん》している売《う》れっ子《こ》キッズモデルだ。

目《め》はぱっちり二重《ふたえ》。母親《ははおや》が外国《がいこく》の人《ひと》で、ひときわ明《あか》るい色《いろ》の髪《かみ》をいつもきれいにカールしている。おしゃれが大好《だいす》きで、まるで雑誌《ざっし》に載《の》った写真《しゃしん》みたいに服装《ふくそう》や髪型《かみがた》が毎日違《まいにちちが》う。ときどき爪《つめ》に色《いろ》を塗《ぬ》ったり耳《みみ》にイヤリングをしていたりして先生《せんせい》に怒《おこ》られることもあるけど、本人《ほんにん》はまったくへこたれない。

髪型《かみがた》も服装《ふくそう》も、どんなものでも、うらやましいくらい全部似合《ぜんぶにあ》っている。花菜《はな》にはとても真似《まね》できない。

「あ、そうだ。せっかくなら名前呼《なまえよ》びにしない？　『りの』でいいから、アキトって呼《よ》んでもいい？」

可愛《かわい》くて明《あか》るい莉乃《りの》はみんなの人気者《にんきもの》。本人《ほんにん》もそれを分《わ》かってて、たくさんの「彼氏《かれし》」がいる。だからきっとアキトのことも。

（アキトくん、なんて答《こた》えるんだろう？）

どきどきしながら見守《みまも》っているとアキトはため息交《いきま》じりに莉乃《りの》を見《み》た。なんだか顔色《かおいろ》が悪《わる》い。

「……きっつ」

「え？　なに？　なんて言《い》ったの？」

莉乃《りの》は目《め》をぱちくりさせている。

「いや……なんか重《おも》くないか、肩《かた》」

「え？　べつに……あっ、ちょっと重《おも》いかも!!」

花菜《はな》にだけは見《み》えた。莉乃《りの》の肩《かた》にズーンと乗《の》っている赤《あか》ニャンの姿《すがた》が。

「そういえば、他人《たにん》の席《せき》に勝手《かって》に座《すわ》ると呪《のろ》われるらしいぞ」

「もしかして霊《れい》!?　りの、取《と》り憑《つ》かれた!?」

慌《あわ》てふためく莉乃《りの》をよそに、アキトはさり気《げ》なく席《せき》を離《はな》れると遠巻《とおま》きに眺《なが》めていた花菜《はな》に近《ちか》づいてきた。血《ち》の気《け》が引《ひ》いた青白《あおじろ》い顔《かお》。きっとまた保健室《ほけんしつ》へ行《い》くのだ。

「席《せき》、悪《わる》かったな。これでアイツらも少《すこ》しは懲《こ》りるだろう」

花菜《はな》が席《せき》に戻《もど》れないことに気《き》づいて、あんなウソをついたのだ。赤《あか》ニャンに乗《の》られた莉《り》乃《の》は「ごめんなさいもう許《ゆる》してぇ」と大騒《おおさわ》ぎ。今後《こんご》花菜《はな》の席《せき》を勝手《かって》に占領《せんりょう》することはなさそうだ。

「ありがとう、アキトくん」

「いいって」

小《ちい》さく手《て》を振《ふ》って教室《きょうしつ》を出《で》ていく。

あれだけたくさんの人《ひと》に囲《かこ》まれていたのに自分《じぶん》に気《き》づいてくれたことが、たまらなくうれしかった。


「あっ、雨《あめ》だ……」

授業《じゅぎょう》が終《お》わって教室《きょうしつ》を出《で》ると、雨粒《あまつぶ》が窓《まど》ガラスをたたいていた。

（さいあく。傘《かさ》忘《わす》れちゃった……）

靴《くつ》をはきかえたものの、徐々《じょじょ》に強《つよ》くなる雨《あめ》に怖《お》じ気《け》づいて外《そと》に出《で》られない。花菜《はな》はうらめしい思《おも》いで灰色《はいいろ》の空《そら》を見上《みあ》げていた。

友美《ともみ》は歯医者《はいしゃ》の予約《よやく》があって一足先《ひとあしさき》に帰《かえ》ってしまったのでひとりきりだ。

（アキトくんもう帰《かえ》っちゃったかな）

ちらっと靴箱《くつばこ》を覗《のぞ》くと黒《くろ》いスニーカーが置《お》いてある。まだ校内《こうない》にいるようだ。

（保健室《ほけんしつ》にいるのかな？　ちょっと様子《ようす》見《み》に行《い》こうかな）

でも休《やす》んでいたら起《お》こしてしまうかもしれない。どうしよう。

悩《なや》んでいると突然《とつぜん》肩《かた》を掴《つか》まれた。

「ひっ……‼」

腰《こし》が抜《ぬ》けた。おそるおそる振《ふ》り向《む》くと黒《くろ》い影《かげ》が……。

「なにしてるんだ、花菜《はな》」

アキトだ。

「なぁんだ。おどかさないでよ」

「そっちが勝手《かって》にビビったんだろ。ここでなにしてるんだよ」

顔《かお》を見《み》に行《い》こうか悩《なや》んでいた、なんて言《い》えない。

「えっと、傘《かさ》がないからやむのを待《ま》ってたの」

あいまいに笑《わら》いながら外《そと》を指《ゆび》さした。雨脚《あまあし》はいくぶん弱《よわ》まったものの、走《はし》って帰《かえ》るには
まだ勢《いきお》いがある。アキトは大《おお》きな目《め》を瞬《しばた》かせた。

「ほんとだ、おれも傘《かさ》ないや。……おい赤《あか》ニャン」

『傘《かさ》になれって言《い》うんだろ。い・や・だ』

アキトの肩《かた》に乗《の》っている赤《あか》ニャンが断固《だんこ》として首《くび》を振《ふ》る。

「今夜《こんや》の夕飯《ゆうはん》、鶏《とり》のからあげだって言《い》ってたぜ？　ひとつやるよ」

からあげ、の言葉《ことば》にピンと尻尾《しっぽ》が立《た》った。

しかしすぐにへたる。

『ふっ、なめられたもんだぜ……。唐揚《からあ》げひとつでオレ様《さま》をこき使《つか》うつも』

「三《みっ》つでどうだ」

ピンピン、二本《にほん》の尾《お》がはげしく揺《ゆ》れた。

『仕方《しかた》ねぇな。レモンかけるのを忘《わす》れるなよ。オレ様《さま》の大好物《だいこうぶつ》なんだ』

「おっけー」

交渉成立《こうしょうせいりつ》。赤《あか》ニャンはポンッと煙《けむり》を上《あ》げて赤《あか》い傘《かさ》に変身《へんしん》した。持《も》ち手《て》のところは尻尾《しっぽ》、傘《かさ》の表面《ひょうめん》には赤《あか》ニャンの顔《かお》が浮《う》かび上《あ》がっている。

「帰《かえ》るぞ、花菜《はな》」

アキトに手招《てまね》きされた花菜《はな》は目《め》がチカチカした。

(これってもしかして……ううん、もしかしなくても相合《あいあ》い傘《がさ》だよね。恋人同士《こいびとどうし》がひとつの傘《かさ》で歩《ある》くところ見《み》たことある)

「どうした早《はや》くしろよ」

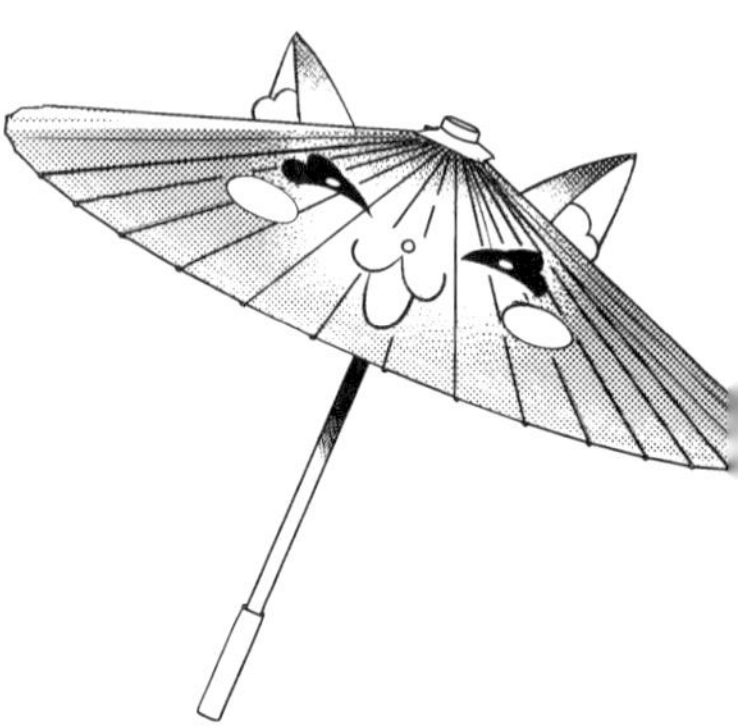

傘《かさ》を揺《ゆ》らして急《せ》かしてくる。花菜《はな》の戸惑《とまど》いなんてまったくお構《かま》いなし。

（ええい、もうどうにでもなれ）

覚悟《かくご》を決《き》めて傘《かさ》の下《した》に駆《か》け込《こ》んだ。

思《おも》ったより狭《せま》い。アキトの顔《かお》がいつもよりずっと近《ちか》い。

「おせーよ」

言葉遣《ことばづか》いは乱暴《らんぼう》だけれど、笑顔《えがお》だ。

降《ふ》り注《そそ》ぐ雨《あめ》の中《なか》、ふたりはゆっくりと歩《ある》き出《だ》した。

『はぅん、あうんっ』

「うるさいぞ赤《あか》ニャン」

『雨《あめ》が当《あ》たってくすぐってぇんだから仕方《しかた》ないだろ……ひゃうんっ』

くすぐったそうに身《み》じろぎする。

ふだんの花菜《はな》だったらおかしくて笑《わら》ってしまうけど、いまは特別《とくべつ》。肩《かた》が触《ふ》れ合《あ》いそうなくらい近《ちか》くにアキトがいるのだ。

ふたりきりの空間《くうかん》。一体《いったい》なにを話《はな》せばいいのか。

「あの……えっと、具合《ぐあい》、どう？　良《よ》くなった？」

「大《たい》したことない、って言《い》いたいけど結構《けっこう》きつかった。あいつ……入山《いりやま》、すげぇお喋《しゃべ》りだっただろ、『気《き》』も強《つよ》くて倒《たお》れるかと思《おも》った」

アキトは『気《き》』に影響《えいきょう》されやすい。

先日会《せんじつあ》ったアキトの祖母《そぼ》、サナエおばあちゃんも明《あか》るくてよく喋《しゃべ》る人《ひと》だったけど、同《おな》じように明《あか》るくても莉乃《りの》のまとう強烈《きょうれつ》な『気《き》』はアキトにとって苦手《にがて》なものらしい。

「あちこちからスポットライトを向《む》けられているような熱《あつ》さとまぶしさだった。あれだけ『気《き》』が強《つよ》ければそりゃあモデルになるよな、人《ひと》を惹《ひ》きつける素質《そしつ》があるんだから」

人《ひと》の『気《き》』は生《う》まれつき違《ちが》い、それによって性格《せいかく》や立《た》ち居振《いふ》る舞《ま》いも変《か》わってくるのだという。

「前《まえ》から聞《き》きたかったんだけど、わたしにも『気《き》』があるんだよね？　どんな感《かん》じ？」

「花菜《はな》？　そうだなぁ」

アキトはあごに手《て》を当《あ》てて考《かんが》え込《こ》んでいる。もしかしたら自分《じぶん》でも気《き》づかないうちに強《つよ》い『気《き》』を発《はっ》しているのかもしれない。

期待《きたい》して待《ま》っていると思《おも》いもよらない一言《ひとこと》が。

「たとえるなら『ぬるめのお湯《ゆ》』って感《かん》じかな」

「え？　ぬる……って、お湯《ゆ》!?」

ショック。『ぬるめのお湯《ゆ》』だなんて全然《ぜんぜん》カッコよくない。

「花菜《はな》はいつも中途半端《ちゅうとはんぱ》っていうか、煮《に》えきらない感《かん》じのぬるくてぽわぽわした『気《き》』なんだよな。迷《まよ》ったり不安《ふあん》になったりしやすいところは、お湯《ゆ》って言《い》うより水《みず》に近《ちか》いかも」

言《い》い返《かえ》せない……。

「でも呪文《じゅもん》をとなえるときは一瞬《いっしゅん》で沸騰《ふっとう》して、信《しん》じられないくらい熱《あつ》くなる。おれにもダイレクトに伝《つた》わってきて、びっくりするくらいパワーが出《で》る。……頼《たよ》りにしてるんだぜ、これでも」

にっ、と歯《は》を見《み》せた。

(頼《たよ》りにされてる？　わたしが？)

そばにいてもいいのだろうか。

アキトの力《ちから》になっていてもいいのだろうか。

好《す》きでいていいんだろうか。

「アキトくん、わたし……」

すると、通《とお》りかかった街路樹《がいろじゅ》から大粒《おおつぶ》のしずくが降《ふ》り注《そそ》いだ。

『ぎゃうっ！　こそばゆい！』

傘《かさ》に化《ば》けた赤《あか》ニャンが悲鳴《ひめい》を上《あ》げた。派手《はで》にしずくが飛《と》び散《ち》り、傘《かさ》が勝手《かって》に閉《と》じそうになる。

「きゃっ」

傘《かさ》に押《お》されたせいで花菜《はな》とアキトの距離《きょり》がさらに縮《ちぢ》まった。

心臓《しんぞう》のドキドキがピークに達《たっ》する。

「こらしっかりしろ赤鬼《あかおに》。……おい花菜《はな》？　どうした？」

赤《あか》ニャンをなだめていたアキトが驚《おどろ》いたように見《み》つめてくる。

「な、なんでもないよ」

必死《ひっし》に笑顔《えがお》をとりつくろうがアキトはどんどん顔《かお》を近《ちか》づけてくる。

「いまなに考《かんが》えた？　あきらかに『気《き》』が変《か》わったぞ？」

まるで自分《じぶん》の心《こころ》を覗《のぞ》き見《み》されている気《き》がして「みないで！」と顔《かお》を隠《かく》してしまった。

「……なんだよ変《へん》なヤツ」

「ヘンで結構《けっこう》です！」

どっくん、どっくん。胸《むね》の高鳴《たかな》りはしばらく収《おさ》まりそうにない。

相合《あいあ》い傘《がさ》の外《そと》はずっと雨《あめ》。このまま降《ふ》り続《つづ》けばいいのに。

――そんな二人《ふたり》を見《み》つめる「目《め》」があった。

「なによ、アキトくん。あんな地味《じみ》な子《こ》と相合《あいあ》い傘《がさ》するなんて」

莉乃《りの》はすこぶる機嫌《きげん》が悪《わる》かった。

保健室《ほけんしつ》で休《やす》んでいたアキトを待《ま》ち伏《ぶ》せして一緒《いっしょ》に帰《かえ》るつもりで教室《きょうしつ》の前《まえ》で待《ま》っていたら、いつの間《ま》にかランドセルが消《き》えていて、雨《あめ》の中《なか》を二人《ふたり》で帰《かえ》っていく姿《すがた》を見《み》つけたのだ。

(※ランドセルは赤《あか》ニャンがこっそり回収《かいしゅう》した)

急《いそ》いで追《お》いかけたもののアキトは地味《じみ》な女《おんな》の子《こ》と楽《たの》しそうに話《はな》していて、すっかり気持《きも》ちが萎《な》えた。

後《うし》ろから突《つ》き飛《と》ばしてやろうかと思《おも》ったけど、暴力《ぼうりょく》はよくない。

しかも運悪《うんわる》く水《みず》たまりにハマり、せっかくの服《ふく》や靴《くつ》が汚《よご》れてしまった。こんなみっともない姿《すがた》じゃアキトに話《はな》しかけられないからと、諦《あきら》めて横道《よこみち》にそれた。

「あーあ、りのの方《ほう》がずっと可愛《かわい》いのに。男《おとこ》の子《こ》はみーんなそう言《い》ってくれる。りのちゃんの彼氏《かれし》になれるならなんでもしますって」

つまらない。つまらない。つまらない。

近《ちか》くにあった水《みず》たまりをパシャッと蹴《け》り上《あ》げた。波紋《はもん》はすぐに収《おさ》まり、眉《まゆ》を吊《つ》り上《あ》げた自分《じぶん》の顔《かお》が映《うつ》し出《だ》される。

その後《うし》ろに赤《あか》い鳥居《とりい》が見《み》えた。

「え？」

おどろいて顔《かお》を上《あ》げるとすぐ斜《なな》め後《うし》ろに赤《あか》い鳥居《とりい》が立《た》っている。いつの間《ま》に。

「こんなところに神社《じんじゃ》なんてあったかなぁ……ま、いっか。お参《まい》りにしていこっと」

深《ふか》く考《かんが》えないで階段《かいだん》をあがった。

莉乃《りの》はこう見《み》えて神社《じんじゃ》が好《す》きだ。巫女《みこ》さんの装束《しょうぞく》はきれいだし、お守《まも》りや絵馬《えま》も可愛《かわい》い。オーディションの前《まえ》は必《かなら》ずお参《まい》りして合格祈願《ごうかくきがん》している。

「よし到着《とうちゃく》！……って、なにここ、ボロボロじゃない！」

そこは莉乃《りの》の知《し》る神社《じんじゃ》とは全《まった》く違《ちが》った。

境内《けいだい》にある木《き》は折《お》れたり曲《ま》がったり、石畳《いしだたみ》からは草《くさ》がぼうぼう、手水舎《てみずしゃ》の水《みず》はとまって乾《かわ》いている。ずいぶん長《なが》いこと放置《ほうち》されていたようだ。

当然《とうぜん》だれもいない。うっそうと茂《しげ》った木々《きぎ》が雨風《あめかぜ》に揺《ゆ》れるだけだ。

「まるで廃墟《はいきょ》ね」

莉乃《りの》がよくいく芸事《げいごと》にご利益《りやく》があるという神社《じんじゃ》は、立派《りっぱ》な鳥居《とりい》が何本《なんぼん》もあり、人《ひと》きな池《いけ》には鯉《こい》が泳《およ》ぎ、とても立派《りっぱ》な社《やしろ》がいくつもある。初詣《はつもうで》や七五三《しちごさん》の時期《じき》はたくさんの参拝者《さんぱいしゃ》が訪《おとず》れて賑《にぎ》やかだというのに、ここは真逆《まぎゃく》だ。

「神様《かみさま》も人気商売《にんきしょうばい》ってことかしら。なんだか縁起悪《えんぎわる》いけど……まぁいいわ、せっかく来《き》たんだから挨拶《あいさつ》だけでもしておきましょう」

信心深《しんじんぶか》い母親《ははおや》の教《おし》えを守《まも》り、莉乃《りの》は生《お》い茂《しげ》る草《くさ》をよけながらサクサク進《すす》んだ。

途中《とちゅう》に看板《かんばん》が立《た》っており、ここにいる神様《かみさま》の由来《ゆらい》が記《しる》されていた。

「なになに……媛結神社《ひめむすびじんじゃ》？　ご利益《りやく》は恋愛成就《れんあいじょうじゅ》——りのにぴったりじゃない！」

まるで運命《うんめい》みたいとワクワクしながら先《さき》に進《すす》んでいくと……拝殿《はいでん》にたどりついた。

「予想《よそう》はしていたけど相当《そうとう》ひどいわね」

拝殿《はいでん》の屋根瓦《やねがわら》はむざんに剥《は》がれ落《お》ち、床《ゆか》や壁《かべ》はぼろぼろ、建物自体《たてものじたい》が斜《なな》めに傾《かたむ》いている。

しかも自分《じぶん》が来《き》たことを神様《かみさま》にしらせる大《おお》きな鈴《すず》はヒモが切《き》れて手《て》が届《とど》かない。お賽銭《さいせん》箱《ばこ》には蓋《ふた》がなく中《なか》は空《から》っぽだ。これで一体《いったい》どうお参《まい》りしろというのか。

「もう！　なんなのここ！　おーい神様《かみさま》、りのが来《き》ましたよー。おーい」

神様《かみさま》を呼《よ》びながら境内《けいだい》を歩《ある》き回《まわ》ると奥《おく》の方《ほう》に大《おお》きな岩《いわ》があった。看板《かんばん》が立《た》ててあり、消《き》えかけた字《じ》で『磐座《いわくら》』と書《か》いてある。

「いわくら……ええと、大昔《おおむかし》の人《ひと》は山《やま》や樹木《じゅもく》、岩《いわ》など自然《しぜん》にできたものに神様《かみさま》が宿《やど》ると思《おも》って信仰《しんこう》の対象《たいしょう》としていました。『磐座《いわくら》』は神様《かみさま》が宿《やど》る石《いし》や岩《いわ》のことを指《さ》します。へぇ、この岩《いわ》に神様《かみさま》が宿《やど》っているのね」

大《おお》きな岩《いわ》の真《ま》ん中《なか》に切《き》れ目《め》があり、そこからひんやりと冷《つめ》たい風《かぜ》が吹《ふ》き出《だ》している。

「神様《かみさま》ならここでお参《まい》りしてもいいわよね」

小雨《こさめ》になったことを確認《かくにん》して傘《かさ》を畳《たた》んだ。姿勢《しせい》を正《ただ》し、パンパン、と手《て》を叩《たた》く。

(アキトくんが、あんな子《こ》より、りののことを好《す》きになってくれますように)

心《こころ》の中《なか》で強《つよ》く願《ねが》ったとき。

『ねがいをかなえたい?』

すぐ近《ちか》くで声《こえ》がした。

「いまの、だれ?」

周囲《しゅうい》を見回《みまわ》してもだれもいない。

『ここよ、ここ』

ビュオッと強《つよ》い風《かぜ》が吹《ふ》いた。足元《あしもと》に散《ち》らばっていた木《こ》の葉《は》が舞《ま》い上《あ》がり、岩《いわ》と岩《いわ》の間《あいだ》に吸《す》い込《こ》まれていく。

「もしかして神様《かみさま》？　――――やばっ！」

ほんもの？　すごくない？

興奮《こうふん》してぴょんぴょん跳《と》びはねる莉乃《りの》に「神様《かみさま》」はやさしく告《つ》げた。

『あなたにはいま気《き》になる男《おとこ》の子《こ》がいるのね』

「分《わ》かるんですか？　やっぱり神様《かみさま》ってすごい！」

『私《わたくし》は縁結《えんむす》びの神様《かみさま》だからなんでも知《し》っているの』

「なんでもお見通《みとお》しなんですね。そう、黒住《くろずみ》アキトくん。こんなに可愛《かわい》いりのを差《さ》し置《お》いてパッとしない子《こ》と仲良《なかよ》くしているんです。ゆるせないと思《おも》いません？」

つねに可愛《かわい》くあるため、莉乃《りの》は莉乃《りの》なりに相当努力《そうとうどりょく》している。

どんなにモデル活動《かつどう》が忙《いそが》しくても毎日《まいにち》きちんと勉強《べんきょう》し、テストではいつも満点《まんてん》だ。水泳《すいえい》と体操《たいそう》のクラブも休《やす》まず通《かよ》っているし、休《やす》みの日《ひ》もカラオケで歌《うた》の練習《れんしゅう》をして、映画《えいが》やドラマで女優《じょゆう》さんたちの演技《えんぎ》を学《まな》ぶことも怠《おこた》らない。それもこれも、いずれは世界的《せかいてき》な女優《じょゆう》になって活躍《かつやく》するため。

こんなに頑張《がんば》っている自分《じぶん》はみんなから愛《あい》されて当然《とうぜん》なのだ。

それなのに、なんの努力《どりょく》もしてなさそうな子《こ》が好《す》かれている……おかしい。

「りのはだれにも負《ま》けたくないんです」

莉乃《りの》の思《おも》いの丈《たけ》を聞《き》いていた「神様《かみさま》」はしずかな声《こえ》で問《と》いかけてきた。

『もしあなたが望《のぞ》むなら、その男《おとこ》の子《こ》との縁《えん》を結《むす》んであげましょうか？』

「縁《えん》を結《むす》ぶって？」

『赤《あか》い糸《いと》で結《むす》ばれた恋人《こいびと》になるということよ』

運命《うんめい》の赤《あか》い糸《いと》。

そう、それだ。莉乃《りの》はぐっと前《まえ》のめりになった。

「おねがいします！　縁《えん》を結《むす》んでください！」

『では私《わたくし》の言《い》うとおりに。まずあなたとその男《おとこ》の子《こ》の体《からだ》の一部《いちぶ》を用意《ようい》して。髪《かみ》の毛《け》でも爪《つめ》でもなんでもいいわ』

「髪《かみ》……アキトくんの髪《かみ》の毛《け》なんて持《も》ってない」

『ではヒトガタを使《つか》いましょう。紙《かみ》の切《き》れ端《はし》に彼《かれ》のことを強《つよ》くイメージしながら名前《なまえ》を書《か》くの。あなたの髪《かみ》の毛《け》を数本《すうほん》包《つつ》んで岩《いわ》の隙間《すきま》に入《い》れてちょうだい』

言《い》われたとおりノートの切《き》れ端《はし》に「黒住《くろずみ》アキト」と書《か》き込《こ》み、自分《じぶん》の髪《かみ》の毛《け》を包《つつ》んだ。

「用意《ようい》できました」

『目《め》の前《まえ》に赤《あか》い杯《さかずき》があるでしょう。そこに置《お》いて隙間《すきま》から奥《おく》へ押《お》して』

「分《わ》かりました」

足元《あしもと》に転《ころ》がっていた朱塗《しゅぬ》りの小《ちい》さなお皿《さら》のようなもの——杯《さかずき》に包《つつ》みを乗《の》せ、指先《ゆびさき》で押《お》した。岩《いわ》の隙間《すきま》はとても狭《せま》く、杯《さかずき》ひとつ入《い》れるのがやっとだ。奥《おく》には暗《くら》がりがあるだけでなにも見《み》えない。

(こんな簡単《かんたん》なことでいいのかしら)

半信半疑《はんしんはんぎ》になっていると、ことり、と音《おと》がした。

ハッとして足元《あしもと》を見《み》ると、いつの間《ま》にかさっきとは違《ちが》う黒塗《くろぬ》りの杯《さかずき》が置《お》いてあり、目《め》にも鮮《あざ》やかな赤《あか》い糸《いと》が束《たば》ねてあった。

『その糸《いと》を意中《いちゅう》の彼《かれ》の指《ゆび》に巻《ま》きなさい、たちまちあなたに夢中《むちゅう》になるわ』

「……すごい」

手《て》のひらに乗《の》せるとキラキラ輝《かがや》いて見《み》える。

『ただし二《ふた》つ約束《やくそく》して。三日以内《みっかいない》にもう一度《いちど》ここへ来《く》ること、赤《あか》い糸《いと》を複数《ふくすう》の人間《にんげん》に使《つか》わないこと。いいわね』

「分《わ》かりました！　ありがとうございます！」

莉乃《りの》はぺこりと一礼《いちれい》すると赤《あか》い糸《いと》を握《にぎ》りしめて走《はし》り出《だ》した。

いつの間《ま》にか雨《あめ》はやんでいる。

階段《かいだん》の上《うえ》までくると真下《ました》の道《みち》をアキトが横切《よこぎ》っていくところだった。花菜《はな》を家《いえ》まで送《おく》り届《とど》けて自分《じぶん》の家《いえ》に向《む》かう途中《とちゅう》だ。

(チャンス！)

莉乃《りの》は階段《かいだん》を駆《か》けおりた。

「アキトくーん！」

いつもなら人目《ひとめ》を気《き》にして走《はし》ったりしないのに、今日《きょう》は気持《きも》ちが先走《さきばし》って我慢《がまん》できなかった。アキトがぎょっとしたように目《め》を剥《む》く。

「うわ、なんだ‼」

「ごめんなさい止《と》まらないの！」

階段《かいだん》を下《お》りた勢《いきお》いのまま抱《だ》きつき、びっくりしてのけ反《ぞ》るアキトの小指《こゆび》にくるっと糸《いと》を巻《ま》きつけた。

赤《あか》い糸《いと》を。

『おめでとう。赤《あか》い糸《いと》で結《むす》ばれた二人《ふたり》に幸《さち》あらんことを』

血《ち》のように朱《あか》い夕焼《ゆうや》け空《そら》の下《した》、だれかがクスクスと笑《わら》い声《ごえ》を上《あ》げていた。


次《つぎ》の日《ひ》、花菜《はな》はにこにこしながら登校《とうこう》した。

「花菜《はな》ちゃん朝《あさ》から笑顔《えがお》だね。なにかいいことあったの？」

「ううんなんにもないよ！」

友美《ともみ》に聞《き》かれても答《こた》えをはぐらかした。

昨日《きのう》アキトに相合《あいあ》い傘《がさ》で家《いえ》まで送《おく》ってもらった……なんて言《い》えない。自分《じぶん》でも夢《ゆめ》じゃないかと思《おも》うくらいなのだから。

(頼《たよ》りしている、かぁ。ふふ、頑張《がんば》らないと)

幸《しあわ》せいっぱいで教室《きょうしつ》に入《はい》るといきなり女《おんな》の子《こ》たちが駆《か》け寄《よ》ってきた。

「花菜《はな》ちゃん知《し》ってた!?」

「いつの間《ま》にそういうことになったの!?」

「信《しん》じたくない～」

休《やす》み時間《じかん》になるたびアキトに話《はな》しかけていた三人《さんにん》の女《おんな》の子《こ》たちだ。目元《めもと》をぬぐったり天《てん》を仰《あお》いだり、それぞれショックを受《う》けている。

「ごめん、なにがなんだか分《わ》からないんだけど……？」

花菜《はな》にはちんぷんかんぷん。

「だから黒住《くろずみ》くんと入山《いりやま》さんが付《つ》き合《あ》ってるってこと！」

「見《み》て！　あそこで楽《たの》しそうにお喋《しゃべ》りしてるの！　朝《あさ》も一緒《いっしょ》に登校《とうこう》してきたんだから！」

五年一組《ごねんいちくみ》のベランダで楽《たの》しそうに会話《かいわ》している二人《ふたり》がいる。

「うそ……」

莉乃《りの》とアキトだ。

話《はなし》の内容《ないよう》までは聞《き》こえないが、莉乃《りの》がなに言《い》うとアキトが笑顔《えがお》で応《こた》え、莉乃《りの》も口元《くちもと》を覆《おお》って笑《わら》っている。とても親《した》しげな様子《ようす》だ。

アキトがあそこまで明《あか》るく笑《わら》う姿《すがた》は見《み》たことがない。

（どうして……？）

目《め》の前《まえ》がまっくらになる。

（信《しん》じたくないよ）

胸《むね》が痛《いた》い。

『ハナ、振《ふ》り返《かえ》らずに聞《き》け。アキトが大変《たいへん》なことになった』

ずしっと肩《かた》が重《おも》くなった。赤《あか》ニャンだ。

花菜《はな》は周《まわ》りに気《き》づかれないようコソコソと話《はな》しかける。

「赤《あか》ニャン？　どうしたの？」

『アキトが呪《のろ》われた』

「呪《のろ》っ……！」

つい声《こえ》が大《おお》きくなってしまい慌《あわ》てて口《くち》を押《お》さえた。

だが、みんな莉乃《りの》とアキトに夢中《むちゅう》で気《き》づかれなかったようだ。

花菜《はな》は詳《くわ》しい話《はなし》を聞《き》くため教室《きょうしつ》の隅《すみ》まで走《はし》った。

「呪《のろ》われたってどういうこと？　『おんみょうじ』なのに？」

『おんみょうじ』は鬼《おに》をはじめとする悪《わる》いものを祓《はら》うのが仕事《しごと》だ。もし自分《じぶん》に悪《わる》いものが降《ふ》りかかってきたら色《いろ》んな道具《どうぐ》で避《さ》けることができると言《い》っていた。

たとえるならお医者《いしゃ》さん自身《じしん》が風邪《かぜ》をひいたら自分《じぶん》の症状《しょうじょう》にあった薬《くすり》が分《わ》かるように、その道《みち》の専門家《せんもんか》なのだ。

『そうだな、普通《ふつう》の鬼《おに》が相手《あいて》だったらアキトが身《み》に着《つ》けている『身守《みまも》り石《いし》』が守《まも》ってくれるし、魔除《まよ》けの札《ふだ》や呪詛返《じゅそかえ》しの方法《ほうほう》も知《し》ってるから問題《もんだい》ない。だが今回《こんかい》は相手《あいて》が悪《わる》い。そのせいでオレ様《さま》もアキトの側《そば》にいられないんだ』

「どういうこと？　そんなに強《つよ》い相手《あいて》なの？」

『おまえなら見《み》えるかもしれない。意識《いしき》をとぎすましてアキトの手《て》のあたりを観察《かんさつ》してみろ。そうしたら……やべっ！』

赤《あか》ニャンがふっと消《き》える。

ガラッとベランダの扉《とびら》が開《ひら》いてアキトと莉乃《りの》が戻《もど》ってきた。

「あ、森崎《もりさき》さんだ。いこうアキトくん」

花菜《はな》に気《き》づいた莉乃《りの》がアキトを促《うなが》して近《ちか》づいてくる。その手《て》はきつく結《むす》ばれていた。

ずきん。胸《むね》を刺《さ》されたみたいに痛《いた》い。

「おはよう森崎《もりさき》さん。ひどい顔《かお》ね」

「そんなことないよ、入山《いりやま》さん……アキトくん」

どうして、という思《おも》いでアキトを見《み》るが無反応《むはんのう》だ。

焦点《しょうてん》の合《あ》わない冷《つめ》たい眼差《まなざ》し。こんな目《め》は知《し》らない。

「りのたち付《つ》き合《あ》うことになったの。ね、アキトくん」

「ああ。りのは世界一可愛《せかいいちかわい》いから」

アキトはそんなこと言《い》わない。

呪《のろ》われておかしくなっているんだ。

でも、そうと分《わ》かっていても胸《むね》が引《ひ》き裂《さ》かれるようだ。

「ねぇアキトくん、りのと森崎《もりさき》さんどっちが好《す》き？」

「りのに決《き》まってる。森崎《もりさき》と比《くら》べる必要《ひつよう》もない」

花菜《はな》とは呼《よ》んでくれない。

どうしてこんなことになってしまったのか。

（もしアキトくんが呪《のろ》われたならわたしが助《たす》けないと）

花菜《はな》は赤《あか》ニャンに言《い》われたとおりアキトの手元《てもと》に目《め》をこらした。

かたく結《むす》んだ手《て》を見《み》ているだけで涙《なみだ》が出《で》そうになるけど、必死《ひっし》に目蓋《まぶた》をこする。

朝日《あさひ》の中《なか》にちらっと光《ひか》るものが見《み》えた。

(——糸《いと》？　赤《あか》い糸《いと》だ)

集中《しゅうちゅう》していないと見《み》えないくらい細《ほそ》いものだが、つないだ手《て》を中心《ちゅうしん》に赤《あか》い糸《いと》が巻《ま》きついている。莉乃《りの》の小指《こゆび》からはじまって、アキトの手首《てくび》、肩《かた》、首《くび》、胴体《どうたい》、太《ふと》もも、足首《あしくび》まで……なんだか痛々《いたいた》しい。

これが呪《のろ》いの元凶《げんきょう》なのだろうか。

「あ、服《ふく》にゴミついてるよ」

花菜《はな》はとっさにウソをついてアキトの糸《いと》に手《て》を伸《の》ばした。引《ひ》っ張《ぱ》ればとれるかも知《し》れないと考《かんが》えたのだ。

しかし。

「いたっ！」

赤《あか》い糸《いと》に触《ふ》れた瞬間《しゅんかん》、指先《ゆびさき》に強《つよ》い痛《いた》みが走《はし》った。よろめいてしまうほどの激痛《げきつう》だ。

『あなた、見《み》えているのね』

女性《じょせい》の声《こえ》がする。

赤《あか》い糸《いと》がウネウネと動《うご》いていた。

『二人《ふたり》の恋路《こいじ》を邪魔《じゃま》するなら許《ゆる》さないわよ、お嬢《じょう》さん――』

赤《あか》い糸《いと》がシュルリと伸《の》びてアキトの口元《くちもと》に巻《ま》きついた。

「森崎《もりさき》」

赤《あか》い糸《いと》に操《あやつ》られてぱくぱくと口《くち》が動《うご》く。

「おれ、りのと付《つ》き合《あ》うことになった。今後《こんご》は馴《な》れ馴《な》れしく話《はな》しかけないでくれ」

胸《むね》を貫《つらぬ》くような冷《つめ》たい言葉《ことば》。赤《あか》い糸《いと》のせいだと分《わ》かっていてもアキトの口《くち》から告《つ》げられるとショックが大《おお》きい。

予鈴《よれい》が鳴《な》った。

「あ、りの教室《きょうしつ》に戻《もど》るね」

立《た》ち去《さ》ろうとする莉乃《りの》の手《て》をアキトが握《にぎ》りしめる。

「さみしいな。同《おな》じクラスだったら良《よ》かったのに」

「んーもう、甘《あま》えん坊《ぼう》さんなんだから。休《やす》み時間《じかん》になったらまた来《く》るから。ね？」

「約束《やくそく》。忘《わす》れるなよ」

「もちろん」

名残惜《なごりお》しそうに見《み》つめあう二人《ふたり》をクラスのみんなはポカンと眺《なが》めている。

「……意外《いがい》と、お似合《にあ》いかも」

だれかがぽつりと呟《つぶや》いた。先《さき》ほどまで悲《かな》しんでいた女《おんな》の子《こ》だ。

(どうして急《きゅう》に態度《たいど》が変《か》わったの？)

不思議《ふしぎ》に思《おも》っていると、

「たしかに」

「くやしいけど相手《あいて》が莉乃《りの》ちゃんじゃ勝《か》ち目《め》ないよ～」

残《のこ》りの二人《ふたり》も同意《どうい》しはじめた。

おかしいのは三人《さんにん》だけじゃない、

「ひゅーひゅー」

「カップル誕生《たんじょう》おめでとうー」

「お幸《しあわ》せに！」

友美《ともみ》やクラスのみんなも莉乃《りの》とアキトの交際《こうさい》に好意的《こういてき》だ。

『やばいな、ガキたちが影響《えいきょう》されてる』

ふたたび耳元《みみもと》で赤《あか》ニャンの声《こえ》がした。

『どこからどう見《み》てもおかしい状況《じょうきょう》なのに、強《つよ》い力《ちから》に影響《えいきょう》されて「こういうのもアリかもしれない」って思《おも》い込《こ》んでいるのさ。たぶんだれも二人《ふたり》の関係《かんけい》をおかしいと思《おも》わなくなるだろう』

強《つよ》い力《ちから》。

「あの声《こえ》の人《ひと》のことだよね？　一体《いったい》だれなの、アキトくんも赤《あか》ニャンも敵《かな》わない相《あい》手《て》って」

『相手《あいて》は……』

突然《とつぜん》わっと歓声《かんせい》が上《あ》がった。アキトが莉乃《りの》をぎゅっと抱《だ》きしめているではないか。

（そんな……）

あまりのショックで意識《いしき》が遠《とお》のきそうになった。

『うふふ、うふふふふ……ああなんて幸《しあわ》せそうなの。ずっと、ずぅっと、一緒《いっしょ》よ。永《えい》遠《えん》に』

女性《じょせい》の声《こえ》が楽《たの》しそうに響《ひび》き渡《わた》る中《なか》、赤《あか》ニャンが押《お》し殺《ころ》した声《こえ》でささやく。

『相手《あいて》は神《かみ》だ。しかもとびきり厄介《やっかい》な縁結《えんむす》びの神《かみ》——名《な》は、イザナミノミコト』

昼休《ひるやす》み。

花菜《はな》は人目《ひとめ》につかないよう図書室《としょしつ》で赤《あか》ニャンと向《む》き合《あ》った。

「イザナミノミコト？――って縁結《えんむす》びの神様《かみさま》だっけ？」

本《ほん》が好《す》きなので日本神話《にっぽんしんわ》についても少《すこ》しだけ知《し》っている。

イザナギノミコトとイザナミノミコトは神話《しんわ》の中《なか》に必《かなら》ず登場《とうじょう》する男女《だんじょ》の神様《かみさま》だ。

高天原《たかあまのはら》から地上《ちじょう》に降《お》りてきて、ふにゃふにゃだった日本列島《にっぽんれっとう》の形《かたち》をつくり、たくさんの神様《かみさま》を生《う》み出《だ》した。

『日本《にっぽん》で最初《さいしょ》に結《むす》ばれた神様《かみさま》なんだよ。むすひ――つまり、縁結《えんむす》び。不思議《ふしぎ》なことじゃないだろ』

「たしかに」

『ちなみに初《はじ》めてプロポーズした神様《かみさま》でもある』

「わぁっ……」

プロポーズ、なんて聞《き》くとドキドキしてしまう。

もしアキトに「結婚《けっこん》しましょう」と言《い》われたら――

『ハナ、顔赤《かおあか》いぞ』

「はっ！……なんでもない。それで、どうしてイザナミノミコトはアキトくんと入山《いりやま》さんの縁《えん》を結《むす》んだの？」

『詳《くわ》しいことは分《わ》からん』

赤《あか》ニャンは悔《くや》しそうに昨日《きのう》のことを語《かた》る。

『昨日《きのう》、花菜《はな》を送《おく》ったあと、家《いえ》に帰《かえ》ろうとしていたアキトのところにあの女《おんな》が駆《か》け寄《よ》ってきたんだ。元々強《もともとつよ》い『気《き》』なのに輪《わ》をかけてまぶしくて、油断《ゆだん》しているうちに強《つよ》い力《ちから》に包《つつ》まれた。そのとき呪《のろ》いをかけられたんだな。気《き》がつくとオレ様《さま》は弾《はじ》き飛《と》ばされて、アキトとあの女《おんな》がイチャイチャしていたってわけだ』

「あの赤《あか》い糸《いと》が関係《かんけい》しているかもしれないね」

赤《あか》い糸《いと》といえば運命《うんめい》の相手《あいて》とつながっているという伝説《でんせつ》がある。

「縁結《えんむす》び」に通《つう》じるものがあるし、アキトの全身《ぜんしん》をぐるぐる巻《ま》きにしていた赤《あか》い糸《いと》からイザナミの声《こえ》がしたのだ。

『神様《かみさま》は自分《じぶん》の意思《いし》では動《うご》くことができない。おそらく例《れい》の赤《あか》い糸《いと》に力《ちから》が宿《やど》っていて、一人《ひとり》の縁《えん》を強制的《きょうせいてき》に結《むす》びつけたんだ。さすがのアキトも神様《かみさま》には敵《かな》わないから心《こころ》も体《からだ》もあの女《おんな》に夢中《むちゅう》ってわけ。そう長続《ながつづ》きはしないだろうが……』

花菜《はな》は内心《ないしん》ほっとする。

アキトがずっとあのままだったらどうしようと不安《ふあん》だったのだ。

(もうすぐ元《もと》に戻《もど》るってことだよね)

そこまで心配《しんぱい》する必要《ひつよう》はない。なんたってアキトは『おんみょうじ』なのだ。

『だけどなぁ』

赤《あか》ニャンはしょんぼりと項垂《うなだ》れる。

『はやく正気《しょうき》に戻《もど》れと引《ひ》っぱたいてやりたくても簡単《かんたん》に近《ちか》づけないんだ。オレ様《さま》は鬼《おに》だから、神聖《しんせい》な神様《かみさま》の『気《き》』は強《つよ》すぎる。下手《へた》したら消《き》えちまう』

「赤《あか》ニャン……」

いつも側《そば》にいたアキトに近《ちか》づくこともできないなんて。

なんだか気《き》の毒《どく》になり、やさしく頭《あたま》を撫《な》でた。

「元気出《げんきだ》して。アキトくんは『おんみょうじ』だからきっと呪《のろ》いを撥《は》ね返《かえ》せるはずだよ。……あ、お昼休《ひるやす》み終《お》わっちゃうから戻《もど》ろうね」

意気消沈《いきしょうちん》する赤《あか》ニャンを抱《だ》きかかえて図書室《としょしつ》をでた。

「あっ」

階段《かいだん》の下《した》に腕《うで》を組《く》んでいるアキトと莉乃《りの》がいる。なんてタイミングが悪《わる》い。

花菜《はな》はとっさに物陰《ものかげ》に隠《かく》れた。

「ちょっとお手洗《てあら》い行《い》ってくるね、教室戻《きょうしつもど》ってて」

「ここで待《ま》ってるよ」

「うふふ、ぞっこんね。赤《あか》い糸《いと》って本当《ほんとう》にすごいのね。ちょっと他《ほか》の男《おとこ》の子《こ》にもためしてみようかな」

スキップしながら遠《とお》ざかっていく莉乃《りの》。

教室《きょうしつ》に戻《もど》るためにはアキトの前《まえ》を通《とお》らなくてはいけない。

「おじゃま、します」

おそるおそる近《ちか》づくと無言《むごん》で視線《しせん》を向《む》けてきた。

口《くち》を引《ひ》き結《むす》んだまま、じっと見《み》つめてくる。まるで赤《あか》の他人《たにん》みたい。冷《つめ》たい目《め》だ。

「あの、アキト……くん」

声《こえ》を掛《か》けようにも「馴《な》れ馴《な》れしく話《はな》しかけるな」と言《い》われたばかりだ。

それでも。

(赤《あか》ニャンが悲《かな》しがってるよ。早《はや》く呪《のろ》いがとけるといいね。アキトくん、アキトくん、アキトくん……)

伝《つた》えたい言葉《ことば》があふれてくる。

どれもこれも喉《のど》につかえて、にがい。

くるしい。

「アキトくん……早《はや》く元《もと》に戻《もど》って……おねがい」

つっ、と涙《なみだ》が流《なが》れ落《お》ちた。

さみしいのは赤《あか》ニャンだけじゃない。

自分《じぶん》だって、こんなにも。

「――――は、な」

アキトの目《め》に光《ひかり》が宿《やど》った。

少《すこ》し戸惑《とまど》ったように花菜《はな》を見《み》つめている。まっすぐ。

「おれ、は……なんで花菜《はな》は泣《な》いて……」

「元《もと》に戻《もど》ったの？　呪《のろ》いを撥《は》ね返《かえ》したの？」

「分《わ》からない。頭《あたま》の中《なか》でずっと女《おんな》の声《こえ》がして。入山莉乃《いりやまりの》を好《す》きになれ、入山莉乃《いりやまりの》を大切《たいせつ》にしろ、入山莉乃《いりやまりの》を愛《あい》せって……何度《なんど》も繰《く》り返《かえ》して。違《ちが》うって叫《さけ》ぶと胸《むね》の辺《あた》りがぎゅっと苦《くる》しくなって、そのうちになにも考《かんが》えられなくなって、それで……花菜《はな》……ごめん」

よろよろと手《て》が伸《の》びてくる。助《たす》けを求《もと》めるように。

「アキトくん……！」

花菜《はな》がその手《て》を掴《つか》もうとした直後《ちょくご》、赤《あか》い糸《いと》がぶわっと広《ひろ》がって視界《しかい》を埋《う》め尽《つ》くした。

『だめよ、眠《ねむ》っていなさい』

冷《つめ》たい声《こえ》。

「うぐっ……」

苦《くる》しそうにうずくまるアキト。その体《からだ》の周《まわ》りで赤《あか》い糸《いと》が激《はげ》しくうねっている。目《め》にも留《と》まらない速《はや》さで絡《から》まり合《あ》い、おぼろげに人《ひと》の形《かたち》が浮《う》かび上《あ》がる。

『ごめんなさいね、あなたに罪《つみ》はないけれど、あの子《こ》は私《わたくし》を見《み》つけてくれたから願《ねが》いを叶《かな》えてあげたいのよ』

人《ひと》の形《かたち》はすぐに崩《くず》れ、アキトの口《くち》の中《なか》に飛《と》び込《こ》んだ。するすると呑《の》み込《こ》まれていく。

『あのやろ、アキトの心《こころ》まで――ぐぅううう』

赤《あか》ニャンが苦《くる》しんでいる。そうだ、神様《かみさま》とは相性《あいしょう》が悪《わる》いのだ。

「こっち！」

花菜《はな》はとっさに赤《あか》ニャンを抱《だ》いてアキトに背中《せなか》を向《む》けた。

光《ひかり》の渦《うず》が押《お》し寄《よ》せて自分《じぶん》の影《かげ》が廊下《ろうか》に伸《の》びる。まぶしい。

――シュッ……

光《ひかり》が収束《しゅうそく》する。

「アキト……くん？」

振《ふ》り向《む》くと赤《あか》い糸《いと》はすっかり消《き》えていた。

光《ひかり》を背《せ》に受《う》けてアキトが佇《たたず》んでいる。うっすらと笑《え》みを浮《う》かべて、花菜《はな》の知《し》らない笑《わら》い方《かた》をする。

（こわい）

足《あし》がすくんで動《うご》かない。首筋《くびすじ》がぞわぞわする。うまく言《い》えないが「なにか」が違《ちが》う。これはアキトではない。

そこへ莉乃《りの》が戻《もど》ってきた。

「お待《ま》たせー！……あ、森崎《もりさき》さん」

花菜《はな》に気《き》づいて明《あき》らかに不機嫌《ふきげん》そうな顔《かお》になった。

すぐさまアキトに近《ちか》づいて腕《うで》を組《く》む。

「森崎《もりさき》さんと二人《ふたり》きりでなに話《はな》してたの？」

「……なにも」

微笑《ほほえ》むアキトはもう花菜《はな》を見《み》ようともしない。

一体《いったい》なにが起《お》きたのか。ふたたび意識《いしき》を集中《しゅうちゅう》するとアキトの全身《ぜんしん》には相変《あいか》わらず赤《あか》い糸《いと》が張《は》り巡《めぐ》らされていたが、口《くち》から体《からだ》の中《なか》へと続《つづ》いていた。体《からだ》の真《ま》ん中《なか》にあるハート型《がた》の赤《あか》いもの……心《こころ》をがんじがらめにしている。

『アキトの心《こころ》を閉《と》じ込《こ》めやがった。あれじゃあただの操《あやつ》り人形《にんぎょう》だ』

操《あやつ》り人形《にんぎょう》……

頭《あたま》に浮《う》かんだのは鬼《おに》に操《あやつ》られて豹変《ひょうへん》した友美《ともみ》の姿《すがた》だ。まるで別人《べつじん》のように暴《あば》れていた。

同《おな》じようにアキトも「自分《じぶん》」ではなくなってしまった。

「そんなのって……ない」

神様《かみさま》ならなんでもしていいのだろうか。人《ひと》の心《こころ》を縛《しば》って、自分《じぶん》の思《おも》い通《どお》りにしてもいいのだろうか。

「入山《いりやま》さんもうやめて！　アキトくんを解放《かいほう》してあげて。こんなの間違《まちが》ってるよ」

莉乃《りの》は「なにいってるの」と呆《あき》れ顔《がお》。

「りのは可愛《かわい》いんだから男《おとこ》の子《こ》に好《す》かれるのは当然《とうぜん》でしょう。アキトくんも他《ほか》の子《こ》も」

「他《ほか》の子《こ》……？」

きょとんとしていると後《うし》ろから数人《すうにん》の男《おとこ》の子《こ》が駆《か》け寄《よ》ってきた。

「りのちゃん探《さが》したよ」

「どこにいってたんだ」

「一緒《いっしょ》にドッジボールしたかったのに」

五年生《ごねんせい》だけでなく六年生《ろくねんせい》も混《ま》じっている。

「うふふ。こんなにたくさんの男《おとこ》の子《こ》たちに囲《かこ》まれるなんて、モテる女《おんな》は大変《たいへん》ね」

「一体《いったい》なにをしたの、入山《いりやま》さん」

「なにって、赤《あか》い糸《いと》が余《あま》っていたから他《ほか》の子《こ》たちにも巻《ま》いたのよ」

りのの手《て》には数本《すうほん》に分《わ》かれた赤《あか》い糸《いと》が握《にぎ》られている。

「手首《てくび》にくるっと巻《ま》けば途端《とたん》にりのに夢中《むちゅう》になるんだもの。あんまり簡単《かんたん》だからハサミで数本《すうほん》に切《き》り分《わ》けたのよ」

『おいおい本気《ほんき》かよ。なんつー欲張《よくば》りだ』

さすがの赤《あか》ニャンも顔《かお》を引《ひ》きつらせた。

花菜《はな》は戸惑《とまど》いながら問《と》いかけた。

「入山《いりやま》さんはアキトくんのことが好《す》きなんじゃないの？　どうして他《ほか》の子《こ》まで」

「りのは特別《とくべつ》なんだから、ひとりに限《かぎ》らずみんなに好《す》かれたいの」

返《かえ》す言葉《ことば》もない。

すると。

『……どうして約束《やくそく》を破《やぶ》ったの』

アキトの口《くち》から女性《じょせい》の声《こえ》がもれた。神様《かみさま》の声《こえ》だ。

ざわざわざわ……

花菜《はな》には見《み》えた。アキトの全身《ぜんしん》から立《た》ちのぼる赤《あか》い糸《いと》。嘆《なげ》き悲《かな》しむ女性《じょせい》の姿《すがた》がハッキリと見《み》えた。

『がっかりだわ。せっかく願《ねが》いを叶《かな》えてあげたのに』

黒《くろ》い瞳《ひとみ》を悲《かな》しげに伏《ふ》せて憂《うれ》いの表情《ひょうじょう》を浮《う》かべる。

「うそ、でしょ」

目《め》を白黒《しろくろ》させる莉乃《りの》。彼女《かのじょ》にも見《み》えているのだ。

花菜《はな》はすすんで声《こえ》をかけた。

「あなたが……」

『私《わたくし》はイザナミ。はじまりの神《かみ》。この宿主《やどぬし》の強《つよ》い力《ちから》のお陰《かげ》でこうして話《はな》すことができるようになったの』

イザナミノミコト。日本神話《にっぽんしんわ》にうたわれる神様《かみさま》。

『私《わたくし》はウソが大嫌《だいきら》い。約束《やくそく》を破《やぶ》る子《こ》も大嫌《だいきら》い。悪《わる》い子《こ》には、罰《ばつ》が必要《ひつよう》ね――』

スッと目《め》を細《ほそ》めたかと思《おも》うと強《つよ》い風《かぜ》が襲《おそ》いかかってきた。

とても立《た》っていられない。

『もうひとつの約束《やくそく》……。いいこと、明日《あす》までに私《わたくし》のところへ来《き》なさい。でないと――』

ふっ、と風《かぜ》がやんだ。

「アキトくん……？」

どこにもいない。アキトが立《た》っていたところから赤《あか》い煙《けむり》が小《ちい》さく上《あ》がっていたが、すぐに消《き》えて見《み》えなくなった。

胸騒《むなさわ》ぎがする。

『やべぇ……連《つ》れていかれた』

しぼりだすような赤《あか》ニャンの声《こえ》が頭《あたま》の中《なか》で反響《はんきょう》していた。

午後《ごご》の授業《じゅぎょう》がはじまってもアキトは戻《もど》ってこなかった。出欠《しゅっけつ》をとった阿部先生《あべせんせい》は「おや、また保健室《ほけんしつ》でしょうか」とあまり気《き》にしていない。

ことがことだけに花菜《はな》も事情《じじょう》を話《はな》すことができず、もどかしい思《おも》いで放課後《ほうかご》を迎《むか》えた。

「ねぇ赤《あか》ニャン、アキトくんはどこに行《い》っちゃったの？」

『おそらく神様《かみさま》のところにいるはずだ。そう遠《とお》くない……町内《ちょうない》のどこかだと思《おも》うが』

アキトがいるはずの「神様《かみさま》」を探《さが》すべく、花菜《はな》は咲倉町《さくらまち》を走《はし》り回《まわ》る。

（神様《かみさま》がいるところ、普通《ふつう》は神社《じんじゃ》だよね。あ、でも、古《ふる》い大《おお》きな桜《さくら》の木《き》に神様《かみさま》が宿《やど》るとか、森《もり》の奥《おく》にある岩《いわ》に神様《かみさま》が座《すわ》ってたって聞《き》いたこともある。うう、広《ひろ》すぎるよ）

いくら走《はし》り回《まわ》っても手《て》がかりすら見《み》つけられない。

（どうしよう、大人《おとな》のひとに聞《き》いてみようかな）

花菜《はな》は人見知《ひとみし》りなので自分《じぶん》から話《はな》しかけるのは苦手《にがて》だが、いまはアキトの一大事《いちだいじ》。うじうじ悩《なや》んでいるヒマはない。

商店街《しょうてんがい》に差《さ》し掛《か》かると、お母《かあ》さんがよく行《い》く肉屋《にくや》のおじさんと目《め》が合《あ》った。いつもはお母《かあ》さんの後《うし》ろに隠《かく》れている花菜《はな》だが、今日《きょう》は思《おも》いきって自分《じぶん》から声《こえ》をかけることにした。

「あ、あの……！」

「森崎《もりさき》さんの娘《むすめ》さんだね。いらっしゃいませ、お使《つか》いかな」

「お、お使《つか》いじゃない……んですけど、このへんで神様見《かみさまみ》かけませんでしたか？」

「神様《かみさま》？」

おじさんは首《くび》を傾《かし》げる。しまった、焦《あせ》ったせいでおかしなことを口走《くちばし》ってしまった。

「違《ちが》います、あの、神様《かみさま》……イザナミノミコトがいるところ、探《さが》してて、えと」

「ああ学校《がっこう》の宿題《しゅくだい》か。えらいね。地域《ちいき》の人《ひと》に聞《き》いてみるよう言《い》われたんだね」

「は、はいそうなんです」

なんとか伝《つた》わったようだ。

おじさんはあごに手《て》を当《あ》てて考《かんが》え込《こ》んでいる。

「イザナミノミコトか……。そういえば爺《じい》さんが言《い》ってたな。昔《むかし》は媛結神社《ひめむすびじんじゃ》で結婚式《けっこんしき》を挙《あ》げるのが当《あ》たり前《まえ》だったと」

「その神社《じんじゃ》はどこにあるんですか？」

「なんせ大昔《おおむかし》だからなぁ。土地開発《とちかいはつ》が進《すす》む中《なか》で忘《わす》れられて、もうだれも覚《おぼ》えてないよ。町《まち》の図書館《としょかん》で古地図《こちず》を見《み》れば手《て》がかりがあるかもしれないけど」

「図書館《としょかん》ですね。ありがとうございました！」

「宿題《しゅくだい》がんばってね」

ぺこりと頭《あたま》を下《さ》げてからその場《ば》を立《た》ち去《さ》った。

(待《ま》っててね、アキトくん！)

ランドセルをガチャガチャ鳴《な》らしながら図書館《としょかん》へ走《はし》る。

――しかし思《おも》いもよらない事態《じたい》が待《ま》ち構《かま》えていた。

「休館中《きゅうかんちゅう》!?　聞《き》いてないよ」

書庫整理《しょこせいり》のためしばらく休館《きゅうかん》しますと張《は》り紙《がみ》が出《で》ている。花菜《はな》はたくさんの本《ほん》が置《お》いてある図書館《としょかん》にも足《あし》しげく通《かよ》っているが、休館《きゅうかん》は初耳《はつみみ》だ。

『神様《かみさま》がわざと邪魔《じゃま》しているのかもしれねぇな、自分《じぶん》を見《み》つけられないように』

「そんな……」

がっくりと項垂《うなだ》れる。学校《がっこう》の図書室《としょしつ》ももう閉《し》まっている時間《じかん》だ。明日《あす》にするしかない。

傾《かたむ》きかけた太陽《たいよう》を見《み》ながら、花菜《はな》はぎゅっと唇《くちびる》を噛《か》んだ。

(ううん、こんなことで諦《あきら》めない。絶対《ぜったい》に！)

翌日《よくじつ》。花菜《はな》は早起《はやお》きして学校《がっこう》の図書室《としょしつ》で「古地図《こちず》」がないか聞《き》いてみた。媛結神社《ひめむすびじんじゃ》やイザナミノミコトについても。

司書《ししょ》の先生《せんせい》は申《もう》し訳《わけ》なさそうに頭《あたま》を下《さ》げる。

「ごめんなさい、古地図《こちず》は置《お》いてないの。媛結神社《ひめむすびじんじゃ》も初《はじ》めて聞《き》くわ。でもイザナミノミコトは有名《ゆうめい》よね」

「日本列島《にっぽんれっとう》とたくさんの神様《かみさま》を産《う》んだんですよね」

「そうそう、最後《さいご》に火《ひ》の神様《かみさま》を産《う》んだ時《とき》に大火傷《おおやけど》して死《し》んでしまったの。夫《おっと》のイザナギノミコトが黄泉《よみ》の国《くに》まで迎《むか》えに行《い》ったんだけど、変《か》わり果《は》てた妻《つま》の姿《すがた》にびっくりして地上《ちじょう》まで逃《に》げてしまった。しかも妻《つま》が追《お》ってこられないよう千引《ちびき》の岩《いわ》って呼《よ》ばれる大《おお》きな石《いし》で出《で》口《ぐち》をふさいでしまったの。島根県《しまねけん》に行《い》くと実際《じっさい》にその場所《ばしょ》が見《み》られるのよ」

なにも重要《じゅうよう》な手《て》がかりを得《え》られないまま、放課後《ほうかご》になった。

外《そと》に出《で》るとしとしとと雨《あめ》が降《ふ》り注《そそ》いでいた。ただでさえ憂《ゆう》うつなのに、さらに追《お》い打《う》ちをかけてくる。

（島根県《しまねけん》は遠《とお》すぎるよ。でも媛結神社《ひめむすびじんじゃ》の手《て》がかりもない。一体《いったい》どうしたらいいの？）

自分《じぶん》の傘《かさ》を差《さ》して、ゆっくりと歩《ある》き出《だ》す。この前《まえ》は隣《となり》にアキトがいたのに、いまは、いない。いないのだ。どこにも。

「今日《きょう》までって言《い》ってたよね。もし今日中《きょうじゅう》に見《み》つけられなかったらどうなっちゃうの？」

『……考《かんが》えたくねぇな』

もし神様《かみさま》を見《み》つけられなかったらアキトは二度《にど》と戻《もど》ってこないかも知《し》れない。

「そんなの、やだ」

『ハナ』

赤《あか》ニャンが心配《しんぱい》そうに顔《かお》を覗《のぞ》き込《こ》んでくる。

「やだよぉ……」

ぽろぽろと涙《なみだ》があふれる。

せっかく仲良《なかよ》くなれたのにアキトがいなくなるなんて考《かんが》えたくない。

でも、できることはもう全部《ぜんぶ》やった。これ以上《いじょう》どうしたらいいのか。

(もう無理《むり》だよ、わたし、助《たす》けられない……)

絶望《ぜつぼう》に打《う》ちのめされていると、ふと、アキトの声《こえ》がよみがえった。

――『頼《たよ》りにしてるんだぜ、これでも』

アキトはそう言《い》ってくれた。なまぬるいお湯《ゆ》のような自分《じぶん》を頼《たよ》りにしていると。すごく、すごく、うれしかった。

(ううん、まだだ。泣《な》いてる時間《じかん》はない、わたしがやらないと。神様《かみさま》とアキトくんを見《み》つけてあげないと)

気《き》がつくと涙《なみだ》はとまり、胸《むね》が熱《あつ》くなった。

もう迷《まよ》わない。絶対《ぜったい》に見《み》つけてみせる。

でもどうしたら――

「あ、森崎《もりさき》さん」

曲《ま》がり角《かど》で傘《かさ》を差《さ》した莉乃《りの》と鉢合《はちあ》わせた。

気《き》まずそうに視線《しせん》を背《そむ》ける。

「アキトくん学校《がっこう》来《き》てなかったよね。やっぱり、りののせいかな」

ここで莉乃《りの》を責《せ》めてもアキトが戻《もど》ってくるわけではない。

花菜《はな》はモヤモヤした気持《きも》ちをぐっと飲《の》み込《こ》んだ。

「神様《かみさま》は約束《やくそく》を破《やぶ》られたこと怒《おこ》っていたよ」

「そっか……。りのも昨日《きのう》から探《さが》しているけど全然《ぜんぜん》見《み》つからないの、あの神社《じんじゃ》」

「媛結神社《ひめむすびじんじゃ》のこと？」

「そそ、それ。このあたりに鳥居《とりい》があったはずなんだけど近所《きんじょ》の人《ひと》も知《し》らないって言《い》うから困《こま》っちゃって」

莉乃《りの》が指《さ》し示《しめ》したのは三階建《さんかいだ》てのビルだ。

小指《こゆび》にちらっと赤《あか》いものが光《ひか》る。

「赤《あか》い糸《いと》！」

「え、なになに？」

「小指《こゆび》に赤《あか》い糸《いと》が巻《ま》きついてる。もしかしたらアキトくんとつながっているのかも！」

意識《いしき》を集中《しゅうちゅう》するとうっすらと見《み》える。前《まえ》に見《み》たときよりも随分細《ずいぶんほそ》くなっていて、いまにも千切《ちぎ》れそう。

だがビルの方《ほう》に向《む》かってピンと伸《の》びている。

「赤《あか》ニャン、どう思《おも》う？」

『目《め》に見《み》えない空間《くうかん》につながっているみたいだ。手《て》がかりがこれしかないんだ、行《い》くしかないだろ』

「そうだね」

「ちょっ、だれと話《はな》してるの？」

戸惑《とまど》う莉乃《りの》に向《む》き合《あ》い、そっと手《て》を包《つつ》み込《こ》んだ。

「おねがい入山《いりやま》さん、力《ちから》を貸《か》して」

「森崎《もりさき》さん……？」

「小指《こゆび》の赤《あか》い糸《いと》だけが頼《たよ》りなの。おねがい、アキトくんを助《たす》けるのを手伝《てつだ》って」

莉乃《りの》はポカンとしていたが、花菜《はな》の真剣《しんけん》な表情《ひょうじょう》におされて小《ちい》さく頷《うなず》いた。

「元々《もともと》りののの責任《せきにん》だもんね。よく分《わ》からないけど、一緒《いっしょ》にいく」

「ありがとう入山《いりやま》さん！」

「りのって呼《よ》んで。いままでごめんね」

「ううん、いいの。わたしは花菜《はな》って呼《よ》んで、りのちゃん！」

莉乃《りの》とともに赤《あか》い糸《いと》をたどっていく。

ビルの手前《てまえ》まで来《く》るとぐにゃりと景色《けしき》が歪《ゆが》んだ。赤《あか》い鳥居《とりい》が立《た》っており、灰色《はいいろ》の階段《かいだん》が上《うえ》へ伸《の》びている。

「ここだよここ！」

莉乃《りの》が叫《さけ》んだ。

赤《あか》い糸《いと》は階段《かいだん》の先《さき》へ続《つづ》いている。花菜《はな》はしずかに深呼吸《しんこきゅう》した。

「行《い》ってみよう」

ところどころ崩《くず》れた階段《かいだん》を慎重《しんちょう》にのぼっていく。花菜《はな》の後《うし》ろにいた赤《あか》ニャンが身《み》をすくませた。

『ふひぃー、神様《かみさま》の気配《けはい》がどんどん強《つよ》くなってくぜ』

「つらいんだっけ？　下《した》で待《ま》っててもいいよ」

『やだね。あのバカを一発殴《いっぱつなぐ》ってやらないと』

「ふふ、暴力《ぼうりょく》は良《よ》くないよ」

最後《さいご》の階段《かいだん》をあがって、頂上《ちょうじょう》にあったもう一《ひと》つの鳥居《とりい》をくぐった。

「ここ、ボロボロだね……」

そこに広《ひろ》がる廃墟《はいきょ》のような神社《じんじゃ》に言葉《ことば》を失《うしな》っていると莉乃《りの》が袖《そで》を引《ひ》いた。

「あっちよ。大《おお》きな岩《いわ》があってそこで赤《あか》い糸《いと》をもらったの」

急《いそ》いで行《い》ってみる。

すると――

「アキトくん!!」

大《おお》きな岩《いわ》にもたれかかるようにしてアキトが座《すわ》り込《こ》んでいる。

花菜《はな》たちの足音《あしおと》に気《き》づいてうっすらと目《め》を開《あ》けた。

『来《き》たのね』

女《おんな》の人《ひと》の声《こえ》だ。姿《すがた》かたちはアキトだが近寄《ちかよ》りがたい空気《くうき》がある。

けれどここで怖気《おじけ》づくわけにはいかない。

花菜《はな》は震《ふる》えながら一歩踏《いっぽふ》みだした。

「はい、約束《やくそく》どおり来《き》ました。アキトくんはどうしているんですか?」

『赤《あか》い糸《いと》の檻《おり》に閉《と》じ込《こ》めて眠《ねむ》らせてあるわ。目覚《めざ》めることはない』

ゆっくりと立《た》ち上《あ》がり、花菜《はな》の隣《となり》にいる莉乃《りの》に視線《しせん》を向《む》けた。

『入山莉乃《いりやまりの》』

「はひっ！」

びくっと体《からだ》をすくませる。

『あなたは私《わたくし》を見《み》つけてくれた。だからお礼《れい》に「黒住《くろずみ》アキトに愛《あい》されたい」という願《ねが》いを叶《かな》えてあげたの。それなのにあなたは赤《あか》い糸《いと》の力《ちから》をほかの男《おとこ》たちにも使《つか》い、約束《やくそく》を破《やぶ》った』

「ご、ごめんなさい。りのはみんなに愛《あい》されたかったんです。でもアキトくんは振《ふ》り向《む》いてくれなかったから、悲《かな》しくて」

『なんてワガママなの』

「神様《かみさま》」の目《め》つきがするどくなった。

『ひとりの男性《だんせい》に恋《こ》い焦《こ》がれる切《せつ》なる願《ねが》いを叶《かな》えたいと思《おも》ったのに……』

冷《つめ》たい風《かぜ》が吹《ふ》いてくる。

アキトの後《うし》ろにある岩《いわ》の隙間《すきま》からだ。

『私《わたくし》は待《ま》っていたの。あの人《ひと》との「約束《やくそく》」を信《しん》じて。黄泉《よみ》へと続《つづ》く冷《つめ》たく暗《くら》い洞窟《どうくつ》の中《なか》で、かすかな光《ひかり》の向《む》こうからあの人《ひと》が手《て》を差《さ》し伸《の》べてくれる日《ひ》を待《ま》って、待《ま》って、待《ま》って——なのに！』

ピカッ、と空《そら》が光《ひか》った。

強風《きょうふう》が吹《ふ》いて二人《ふたり》が差《さ》していた傘《かさ》が吹《ふ》き飛《と》ばされる。

『おいみろ、岩《いわ》が！』

ズズズズ……重《かさ》なり合《あ》った岩《いわ》が土煙《つちけむり》を上《あ》げながら動《うご》いている。いやな予感《よかん》。

「なにをするつもりですか、神様《かみさま》！」

巨大《きょだい》な岩《いわ》が左右《さゆう》に動《うご》き、ぽっかりと大《おお》きな穴《あな》が空《あ》いた。光《ひかり》ひとつない暗闇《くらやみ》だ。

『私《わたくし》は黄泉《よみ》の者《もの》。光《ひかり》の中《なか》へは出《で》られない。だから手始《てはじ》めにこの子《こ》を連《つ》れていく。この世《よ》の男《おとこ》という男《おとこ》を全員《ぜんいん》引《ひ》きずり込《こ》んでやる。そうしたらあの人《ひと》は焦《あせ》ってここへ来《く》るでしょう。最初《さいしょ》からそうすれば良《よ》かったんだわ、アハハハ……』

言葉《ことば》を失《うしな》った。

アキトを黄泉《よみ》の国《くに》に連《つ》れていく？——冗談《じょうだん》じゃない。

ゴォオオオ……

穴《あな》から無数《むすう》の手《て》が伸《の》びてきてアキトの体《からだ》に巻《ま》きついた。中《なか》へ引《ひ》きずり込《こ》もうとする。

『アキト！』

赤《あか》ニャンが跳《と》んだ。脚《あし》にしがみついて必死《ひっし》に食《く》い止《と》めようとする。

「わたしも！」

花菜《はな》も地面《じめん》を蹴《け》った。左腕《ひだりうで》を掴《つか》んで尻餅《しりもち》をつく。

「アキトくん目《め》を覚《さ》まして！」

まるで運動会《うんどうかい》の綱引《つなひ》きだ。腰《こし》を落《お》として踏《ふ》ん張《ば》るが、土砂降《どしゃぶ》りの雨《あめ》で足元《あしもと》が滑《すべ》る。アキトの体《からだ》はどんどん引《ひ》っ張《ぱ》られていく。

「しっかりしなさいよ！」

莉乃《りの》も加《くわ》わった。右腕《みぎうで》をとって歯《は》を食《く》いしばる。

「アキトくんがいなくなったら、りの、寝覚《ねざ》めが悪《わる》いじゃない。花菜《はな》ちゃんにも一生恨《いっしょううら》まれるわ。そんなのヤだからね！」

(りのちゃん……！)

本当《ほんとう》はいい子《こ》なのかもしれない。一生懸命《いっしょけんめい》すぎて周《まわ》りが見《み》えないだけなのだ。

『じゃましないで』

二人《ふたり》と一匹《いっぴき》がかりでもアキトを止《と》めることはできない。少《すこ》しずつ呑《の》まれていく。

「おねがいですイザナミノミコト様《さま》！　アキトくんを返《かえ》してください！　わたしたちに必《ひつ》要《よう》な人《ひと》なんです！」

『いやよ。どうせあなたも同《おな》じでしょう。平気《へいき》でウソをつく。約束《やくそく》を破《やぶ》る。人間《にんげん》はみんな愚《おろ》かだわ。だいっきらい』

アキトの目《め》から涙《なみだ》がこぼれ落《お》ちた。神様《かみさま》が流《なが》した涙《なみだ》だ。

(泣《な》いている、本当《ほんとう》は悲《かな》しいんだ。大好《だいす》きな人《ひと》を信《しん》じて待《ま》ち続《つづ》けたのに裏切《うらぎ》られて……苦《くる》しんでいるんだ)

花菜《はな》はぎゅっと唇《くちびる》を噛《か》み、震《ふる》えながら声《こえ》を張《は》り上《あ》げる。

「神様《かみさま》、アキトくんのかわりにわたしが行《い》きます！」

『ハナ!?』

「ちょっと！　なに言《い》ってるの！」

花菜《はな》はかまわず続《つづ》けた。

「アキトくんはまだやらなくちゃいけないことがあるんです。だから、わたしで我慢《がまん》してください。あの人《ひと》が来《く》るまで側《そば》にいますから、いっぱい話《はなし》聞《き》きますから、おねがいです」

もうこれしかない。アキトは立派《りっぱ》な『おんみょうじ』になるのだ。こんなところで立《た》ち止《ど》まるわけにはいかない。

『……理解《りかい》できないわ』

わずかだが力《ちから》がゆるんだ。神様《かみさま》は戸惑《とまど》ったように眉根《まゆね》を寄《よ》せる。

『どうしてそこまで自分《じぶん》を犠牲《ぎせい》にできるの？』

理屈《りくつ》じゃない。これしか思《おも》いつかないのだ。

「だって……、だってわたしアキトくんのことが――」

「はな」

アキトの唇《くちびる》が動《うご》いた。

ぎゅっと手《て》を握《にぎ》り返《かえ》してくる。

「花菜《はな》が犠牲《ぎせい》になるなんて絶対《ぜったい》にダメだ」

泣《な》きそうな瞳《ひとみ》が花菜《はな》を見《み》つめていた。

(正気《しょうき》に戻《もど》ったの？)

その刹那《せつな》、唐突《とうとつ》に雨《あめ》がやんだ。

分厚《ぶあつ》く垂《た》れこめた雲《くも》の隙間《すきま》からまばゆい光《ひかり》が差《さ》し込《こ》み、アキトを包《つつ》み込《こ》む。

『この光《ひかり》はまさか――』

内側《うちがわ》へ引《ひ》っ張《ぱ》る力《ちから》がぴたりとやんだ。

ここぞとばかりにアキトが叫《さけ》ぶ。

「いまだ赤《あか》ニャン！　札《ふだ》を！」

『おう！』

さっと跳《と》びあがった赤《あか》ニャンがアキトのポケットから白《しろ》い札《ふだ》を引《ひ》っ張《ぱ》り出《だ》す。

花菜《はな》とアキト、重《かさ》なり合《あ》った手《て》の中《なか》に札《ふだ》が収《おさ》まる。

「いけるか？」

「もちろん！」

目《め》と目《め》を合《あ》わせ、うなずきあう。

「『青巻紙赤巻紙黄巻紙《あおまきがみあかまきがみきまきがみ》　東京特許許可局《とうきょうとっきょきょかきょく》　武具馬具武具馬具三武具馬具《ぶぐばぐぶぐばぐみぶぐばぐ》あわせて武具馬《ぶぐば》具六武具馬具《ぐむぶぐばぐ》　桜咲《さくらさ》く桜《さくら》の山《やま》の桜花咲《おうかさ》く桜《さくら》あり散《ち》る桜《さくら》あり　六根清浄《ろっこんしょうじょう》　急急如律令《きゅうきゅうにょりつりょう》』」

札《ふだ》に光《ひかり》が宿《やど》る。これまでの何倍《なんばい》もまぶしい。

「「神《かみ》よ鎮《しず》まれ！」」

二人《ふたり》一緒《いっしょ》に岩《いわ》に貼《は》りつけた。

『ああああああああああああああ!!』

光《ひかり》と風《かぜ》が押《お》し寄《よ》せ、すべてが白《しろ》く染《そ》まっていく――

「花菜《はな》、起《お》きろ花菜《はな》！」

「う……ん」

肩《かた》を揺《ゆ》り起《お》こされて目《め》を覚《さ》ました。「良《よ》かった」と口元《くちもと》を緩《ゆる》めるのはアキトだ。

「アキトくん！……元《もと》に戻《もど》ったの？」

「ああ、花菜《はな》たちのお陰《かげ》で。みんな無事《ぶじ》だ」

赤《あか》ニャンと莉乃《りの》は一足先《ひとあしさき》に目覚《めざ》め、周《まわ》りの様子《ようす》を見《み》てくると走《はし》って行《い》ったらしい。

「神様《かみさま》はどうなったの？」

「みろよ」

アキトを呑《の》み込《こ》もうとしていた大穴《おおあな》はきっちり塞《ふさ》がっている。かすかに開《ひら》いた隙間《すきま》から弱々《よわよわ》しく風《かぜ》が吹《ふ》いているだけだ。

「帰《かえ》ってくれたのかな」

「どうだろうな。迎《むか》えがきたから急《いそ》いで戸締《とじ》まりして出《で》かけたのかもしれないぞ」

先《さき》ほど差《さ》し込《こ》んだ一筋《ひとすじ》の光《ひかり》。もしかしたら待《ま》ち焦《こ》がれた人《ひと》だったのかもしれない。雲《くも》は流《なが》れて、すっきりとした青空《あおぞら》が広《ひろ》がっている。

「良《よ》かった……」

急《きゅう》に心臓《しんぞう》がばくばくしてきた。一《いち》か八《ばち》かだったけど、もし本当《ほんとう》に連《つ》れていかれたら、いまごろどうなっていただろう。怖《こわ》くて考《かんが》えたくない。

「花菜《はな》、ケガないか？」

アキトが心配《しんぱい》そうに覗《のぞ》き込《こ》んでくる。思《おも》いのほか顔《かお》が近《ちか》くて緊張《きんちょう》してしまう。

「だいじょうぶ。雨《あめ》と泥《どろ》でちょっと汚《よご》れちゃっただけ」

「そっか。……ありがと、な」

いつもより眼差《まなざ》しがやさしくて、変《へん》な気分《きぶん》だ。

「眠《ねむ》いけど寝《ね》ちゃいけないようなぼんやりした意識《いしき》の中《なか》で花菜《はな》の声《こえ》が聞《き》こえたんだ。おれのかわりに自分《じぶん》が行《い》くって。そんなのダメだ！　と思《おも》って一気《いっき》に目《め》が覚《さ》めた。もう二度《にど》とあんなこと言《い》うなよ」

目《め》を吊《つ》り上《あ》げてちょっぴり怒《おこ》っている。

「ごめんなさい。でも夢中《むちゅう》だったから」

「おれもごめん。『おんみょうじ』なのに、なにもできなかった」

二人《ふたり》同時《どうじ》に頭《あたま》を下《さ》げる。

「ふふ、お互《たが》い様《さま》だね」

「だな」

笑《わら》いながら顔《かお》を見合《みあ》わせた。

「そういえばなにを言《い》いかけたんだ？　おれのことがなんとかって」

言《い》えない。好《す》き——なんて絶対《ぜったい》に言《い》えない。

「えっと」

どんなふうに誤魔化《ごまか》そうか迷《まよ》っていると、アキトがやさしく肩《かた》を掴《つか》んできた。真剣《しんけん》な日《め》つきだ。

「もし花菜《はな》がいなくなったら、おれ、すごく困《こま》る」

「それ、もしかして……」

アキトも自分《じぶん》のことを？

「おれひとりじゃ鬼退治《おにたいじ》できないから」

「あ？　そっち……そうだよね、あはは……うう」

ちょっぴり期待《きたい》して損《そん》した気分《きぶん》だ。

「もちろんそれだけじゃないぞ。親《した》しい友《とも》だちっていうか……。ばあちゃんに女《おんな》の子《こ》と仲《なか》良《よ》くしているのは珍《めずら》しいって言《い》われたし」

「珍《めずら》しい？　でもアキトくんにはアリサさんって人《ひと》がいるんでしょう？」

ずっと気《き》になっていたことだ。

「アリサ？　なんで知《し》ってるんだ？」

「うんちょっとね……。モモクリマチの子《こ》だよね。か、彼女《かのじょ》――だったり、して」

声《こえ》が裏返《うらがえ》ってしまった。

花菜《はな》の不安《ふあん》な気持《きも》ちを知《し》らないアキトは「アリサは……」と口《くち》を開《ひら》く。

「黒住《くろずみ》アリサはおれの妹《いもうと》だけど？」

「妹《いもうと》……さん？」

「小学二年生《しょうがくにねんせい》。生意気《なまいき》だけど可愛《かわい》いぞ」

照《て》れくさそうな顔《かお》を見《み》ていっきに肩《かた》の力《ちから》が抜《ぬ》けた。自分《じぶん》はいままで妹《いもうと》のことを意識《いしき》していたのだ。

「あー花菜《はな》ちゃん起《お》きたの？　ちょっと来《き》て！」

莉乃《りの》がうれしそうに手招《てまね》きしている。

「行《い》ってみよう。立《た》てるか？」

差《さ》し出《だ》された手《て》。

（アキトくん、さっきわたしのこと親《した》しい友《とも》だちって言《い》ったよね。珍《めずら》しいって）

花菜《はな》は手《て》をとって立《た》ち上《あ》がった。

莉乃《りの》と赤《あか》ニャンがにやにやしながら見《み》ている。

恥《は》ずかしくて手《て》を離《はな》したくなったけど、一方《いっぽう》で、離《はな》したくない。

「みて、おみくじあったの。引《ひ》いてみない？」

木箱《きばこ》の中《なか》にきれいに畳《たた》まれた紙《かみ》が入《はい》っている。

促《うなが》されるままひとつ手《て》に取《と》ってみると……

「どうだった？」

興味本位《きょうみほんい》で覗《のぞ》き込《こ》もうとしてくる莉乃《りの》。

花菜《はな》は慌《あわ》ててポケットに隠《かく》した。

「な――ないしょ！」

その後《あと》、みんなで揃《そろ》って神社《じんじゃ》を出《で》た。鳥居《とりい》をくぐってから振《ふ》り向《む》くと――三階建《さんかいだ》てのビルがあった。鳥居《とりい》も神社《じんじゃ》も、いま降《お》りてきた階段《かいだん》もない。

『やっぱり空間《くうかん》が歪《ゆが》められていたようだな。赤《あか》い糸《いと》のつながりが消《き》えて、もうどこに行《い》ったか分《わ》からねぇ』

莉乃《りの》の指先《ゆびさき》を見《み》ると、神社《じんじゃ》の方《ほう》につながっていた赤《あか》い糸《いと》はもう消《き》えていた。

「すごく怖《こわ》かったけど、もう二度《にど》と行《い》けないと思《おも》うと悲《かな》しいね」

「そうとも言《い》い切《き》れないぞ」

アキトがビルの前《まえ》の看板《かんばん》を指《さ》し示《しめ》す。

「この看板《かんばん》によると、数十年前《すうじゅうねんまえ》に土地《とち》開発《かいはつ》があってビルを建《た》てることになったらしい。ここにいた神様《かみさま》は別《べつ》のところに移《うつ》されたらしい」

詳《くわ》しく説明《せつめい》してくれる。

「どこに移《うつ》されたの？」

「そこまでは書《か》いてない。ただ、神様《かみさま》っていうのは全国各地《ぜんこくかくち》の神社《じんじゃ》に祀《まつ》られている。イザナミノミコトもここにいたのが本体《ほんたい》っていうわけじゃなくて、全国《ぜんこく》の縁結《えんむす》び神社《じんじゃ》に分身《ぶんしん》がいるんだよ」

「じゃあまたいつか会《あ》えるんだね」

「おれはごめんだけどな」

苦笑《にがわら》いしながらアキトはビルの奥《おく》を指《さ》し示《しめ》した。

「石碑《せきひ》だけは残《のこ》っているらしい、見《み》て行《い》こう」

ビルとビルの隙間《すきま》を縫《ぬ》うような細《ほそ》い道《みち》を進《すす》むと、小《ちい》さな石碑《せきひ》があった。二体《にたい》のお地蔵《じぞう》さんが仲良《なかよ》く手《て》をつないでいる「夫婦円満《ふうふえんまん》」の石碑《せきひ》だ。

花菜《はな》はちらりとアキトの横顔《よこがお》を見《み》る。ポケットに隠《かく》したおみくじにはこう書《か》いてあった。

『ありがとう、私《わたくし》はいきます。迷惑《めいわく》かけたおわびに赤《あか》い糸《いと》を残《のこ》していくわ。気《き》になる人《ひと》の小指《こゆび》に目《め》をこらしてみて。チャンスは一度《いちど》だけ。あなたになら「運命《うんめい》の赤《あか》い糸《いと》」が見《み》えるはず――』

ゆっくり視線《しせん》を下《お》ろすとアキトの小指《こゆび》にうっすらと赤《あか》い糸《いと》が見《み》える。

運命《うんめい》の赤《あか》い糸《いと》――つまり、将来結婚《しょうらいけっこん》する相手《あいて》とつながっているのだ。

もし自分《じぶん》とつながっていたら……

いや、全然関係《ぜんぜんかんけい》ない方向《ほうこう》へつながっていたら……

(だめ、怖《こわ》くて見《み》られない！)

つながっていてもつながっていなくても、見《み》られない。

「花菜《はな》ちゃん、そろそろ行《い》きましょう」

莉乃《りの》がさっと歩《ある》き出《だ》した。

「じゃ、行《い》くか」

アキトが突然《とつぜん》手《て》を握《にぎ》ってきた。

「はっ」

光《ひかり》の加減《かげん》だろうか。アキトの小指《こゆび》と自分《じぶん》の小指《こゆび》は赤《あか》い糸《いと》でしっかり結《むす》ばれている……ように見《み》えた。

第四章《だいよんしょう》　モモクリマチからきた鬼《おに》

その木《き》は、古《ふる》くからたくさんの人《ひと》に愛《あい》されてきた。

毎年春《まいとしはる》に濃《こ》い桃色《ももいろ》の花《はな》を枝《えだ》いっぱいにつけると、花見客《はなみきゃく》はこぞって歓声《かんせい》を上《あ》げた。

長《なが》い時《とき》が経《た》って自分《じぶん》を見《み》に来《く》る人間《にんげん》たちがいなくなっても、毎年《まいとし》、美《うつく》しい花《はな》をつけ、実《み》を成《な》し、命《いのち》をつないできた。でも、どんなにキレイに咲《さ》いてもだれも見《み》てくれない。風《かぜ》に花《はな》びらを飛《と》ばして「キレイに咲《さ》いたよ」とマチに降《ふ》らせてみても、奥深《おくふか》い山《やま》まで足《あし》を運《はこ》ぶ人間《にんげん》はいなかった。

木《き》は孤独《こどく》だった。だれにも見《み》られないまま、朽《く》ちて死《し》んでいくのだと思《おも》っていた。

でもあの日《ひ》——季節外《きせつはず》れの雪《ゆき》が降《ふ》った日《ひ》。寒《さむ》さに震《ふる》えていた木《き》の元《もと》に、ひとりぼっちの『おんみょうじ』がやってくるまでは。

少《すこ》しずつ汗《あせ》ばんできた六月《ろくがつ》のある日《ひ》の朝《あさ》。花菜《はな》はまた寝坊《ねぼう》してしまった。

「もー、なんで起《お》こしてくれなかったのお母《かあ》さん！」

服《ふく》を着替《きが》えてリビングへ走《はし》っていく。お母《かあ》さんの姿《すがた》は見《み》えず、中学生《ちゅうがくせい》のお兄《にい》ちゃんがテレビを眺《なが》めていた。

「やっと起《お》きたか。母《かあ》さんは地区《ちく》の集《あつ》まり。声《こえ》かけたのに起《お》きなかった花菜《はな》が悪《わる》いんだぞ」

「うぐ、おにいひゃんのぱか」

口《くち》の中《なか》がパンでいっぱいなのでうまく喋《しゃべ》れない。

時間《じかん》がないので牛乳《ぎゅうにゅう》をぐいっと飲《の》み干《ほ》して朝《あさ》ごはんはおしまい。洗面台《せんめんだい》でぼさぼさの髪《かみ》の毛《け》を丁寧《ていねい》にとかしていると後《うし》ろからお兄《にい》ちゃんが顔《かお》を出《だ》した。

「なんだオシャレして。好《す》きな男《おとこ》でもいるのか？」

「違《ちが》うもん、寝《ね》ぐせがついていただけだもん」

「ウソが下手《へた》だな。鼻《はな》の穴《あな》ふくらんでるぞ」

「えっ」

ぱっと鼻《はな》に手《て》をやるとお腹《なか》を抱《かか》えてゲラゲラと笑《わら》った。

「いまどきバカ正直《しょうじき》に引《ひ》っかかるやついるんだな」

「ん、もう、うるさい。どっかいって！」

犬《いぬ》を追《お》い払《はら》うようにシッシッと手《て》を振《ふ》ると「はいはい」と背中《せなか》を向《む》けた。

「道路《どうろ》のあちこちに落《お》とし穴《あな》が空《あ》いているってニュースで言《い》ってたぞ。気《き》をつけろよー」

落《お》とし穴《あな》なんかに引《ひ》っかかるほど子《こ》どもじゃない。そう言《い》い返《かえ》そうと後《うし》ろを見《み》たときにはお兄《にい》ちゃんはいなくなっていた。なんだか悔《くや》しい。

大急《おおいそ》ぎで支度《したく》をして家《いえ》を飛《と》び出《だ》すと、あちらこちらに「立入禁止《たちいりきんし》」の黄色《きいろ》い看板《かんばん》が立《た》っていた。通《とお》りすがりの大人《おとな》たちが集《あつ》まって困《こま》り顔《がお》で話《はなし》をしている。

「道路《どうろ》の陥没《かんぼつ》ですって」

「このあいだ直《なお》したばかりじゃない」

「数《すう》メートルおきに空《あ》いてて、ヘリからだと巨大《きょだい》な足跡《あしあと》みたいに見《み》えるらしいわ」

巨大《きょだい》な足跡《あしあと》。そう聞《き》こえて花菜《はな》も少《すこ》し興味《きょうみ》がわいた。近《ちか》くにあった看板《かんばん》の前《まえ》で爪先立《つまさきだ》ちして中《なか》を覗《のぞ》き込《こ》む。コンクリートで固《かた》めた平《たい》らな道路《どうろ》が、指《ゆび》でぎゅっと押《お》した跡《あと》みたいに凹《へこ》んでいる。走《はし》っていた車《くるま》が落《お》ちてしまったらしく、底《そこ》の方《ほう》でトラックがひっくり返《かえ》っていた。裏返《うらがえ》しになった亀《かめ》みたいだ。

「信《しん》じてくれ！　俺《おれ》は見《み》たんだ！　運転《うんてん》しているときこの目《め》ではっきりと見《み》た！」

パトカーの前《まえ》でそう叫《さけ》んでいるのはひっくり返《かえ》った車《くるま》の持《も》ち主《ぬし》だ。

「こーんなでっかいバケモノが歩《ある》いてて、道路《どうろ》を凹《へこ》ませたんだ。慌《あわ》てて急《きゅう》ブレーキを踏《ふ》んだけど間《ま》に合《あ》わなくて……本当《ほんとう》だぞ！　あれは鬼《おに》だ。毛《け》むくじゃらの大《おお》きな体《からだ》にするどい牙《きば》、そして二本《にほん》の角《かど》。あいつはまるで……そう、探《さが》し物《もの》でもするようにキョロキョロと周《まわ》りを見《み》ながら歩《ある》いていたんだ。信《しん》じてくれっ！」

「はいはい、分《わ》かりましたから落《お》ち着《つ》いてください」

警察官《けいさつかん》は呆《あき》れ顔《がお》でなだめ、周《まわ》りの大人《おとな》たちはクスクスと笑《わら》う。でも花菜《はな》にはその人《ひと》がウソを言《い》っているようには見《み》えなかった。

(鬼《おに》……。アキトくんに知《し》らせないと)

ぎゅっと唇《くちびる》をかんで走《はし》り出《だ》した。

途中《とちゅう》でいくつもの落《お》とし穴《あな》に出《で》くわした。

(ふしぎ。近《ちか》いところにたくさんの穴《あな》があったり、離《はな》れたところにぽつんとあったり……まるで、目的地《もくてきち》が分《わ》からずにウロウロしているみたい)

さっきの人《ひと》は探《さが》し物《もの》をしているみたいだと言《い》っていた。鬼《おに》の探《さが》し物《もの》とは、なんだろう。

小学校《しょうがっこう》の校門《こうもん》が見《み》えたところで見覚《みおぼ》えのある後《うし》ろ姿《すがた》を見《み》つけた。

「アキトくん！」

玄関《げんかん》の前《まえ》に植《う》えられた花壇《かだん》を見《み》ている。そこにも大《おお》きな凹《へこ》みがあって、せっかくのチューリップが台無《だいな》しになっていた。アキトは花菜《はな》に気《き》づかず、思《おも》いつめた顔《かお》で地面《じめん》を見《み》ている。肩《かた》に乗《の》っていた赤《あか》ニャンが花菜《はな》に向《む》けて尻尾《しっぽ》を振《ふ》った。

『おう、ハナ。おまえもみたか、でっけぇ足跡《あしあと》』

「おはよう。うん見《み》たよ。やっぱり鬼《おに》の仕業《しわざ》なのかなぁ」

『ああ、うん、そうだな――』

赤《あか》ニャンが気《き》まずそうに視線《しせん》をそらしたとき、

「――あいつだ」

アキトは唇《くちびる》をぶるぶると震《ふる》わせている。いつもとは様子《ようす》が違《ちが》う。

「あいつが……来《き》た……おれを追《お》って来《き》たんだ！」

いままで見《み》たことがないくらい怖《こわ》がっているアキト。その体《からだ》がふらりと揺《ゆ》れて花菜《はな》に寄《よ》りかかってきた。

「アキトくんどうしたの、しっかりして！」

おでこに手を当てると鉄板《てっぱん》みたいに熱《あつ》かった。

「どうしました!?」

阿部先生《あべせんせい》がいち早《はや》く駆《か》けてきた。アキトを保健室《ほけんしつ》に運《はこ》ぶというので花菜《はな》も迷《まよ》わずついていった。

予感《よかん》がしたのだ。今回《こんかい》はこれまでと全《まった》く違《ちが》う。そんな、イヤな予感《よかん》が。

阿部先生《あべせんせい》はアキトをベッドに寝《ね》かせると花菜《はな》を見《み》つめて言《い》った。

「先生《せんせい》は養護《ようご》の先生《せんせい》を呼《よ》んできます。森崎《もりさき》さん、側《そば》にいてくれますか？」

「はい。任《まか》せてください」

花菜《はな》は朝《あさ》の会《かい》までは側《そば》にいてあげようと思《おも》い、近《ちか》くにあった丸《まる》い椅子《いす》を引《ひ》き寄《よ》せた。膝《ひざ》の上《うえ》に赤《あか》ニャンが飛《と》び乗《の》ってくる。

『怯《おび》えるのも無理《むり》ねぇ。こいつは足跡《あしあと》をつけた鬼《おに》と出《で》くわしたことがあるんだ。モモクリマチで』

「アキトくんが暮《く》らしていた町《まち》で？」

『もしあいつが来《き》たとしたら、とんでもないことになる』

とんでもないこと。ぞくりと肌《はだ》が粟立《あわだ》つのが分《わ》かった。

「一体《いったい》、なにがあったの？　モモクリマチで」

お喋《しゃべ》りの赤《あか》ニャンがいまは黙《だま》っている。たまらなく不安《ふあん》になった。

『モモクリマチはヤツに呪《のろ》いをかけられてしまったんだ』

「のろい……」

頭《あたま》によぎったのは先日《せんじつ》のイザナミノミコトの一件《いっけん》だ。

『アキトは身守《みまも》り石《いし》を持《も》っていたから無事《ぶじ》だったけど、マチのみんなは――』

そこまで言《い》って口《くち》をつぐんだ。

アキトが身《み》じろぎしたのだ。

「母《かあ》ちゃん……アリサ……」

眠《ねむ》ったまま家族《かぞく》の名前《なまえ》をくりかえし、身守《みまも》り石《いし》を強《つよ》く握《にぎ》りしめている。びっしょりと汗《あせ》をかいて苦《くる》しそうだ。花菜《はな》はポケットからハンカチを取《と》り出《だ》すと近《ちか》くの水道《すいどう》で濡《ぬ》らして汗《あせ》を拭《ふ》いてあげた。

(辛《つら》かったんだね。わたしそんなことも知《し》らずにアキトくんに会《あ》えたこと喜《よろこ》んで。ごめんなさい)

濡《ぬ》れたハンカチでおでこを拭《ふ》いているとパチリと目《め》が開《ひら》いた。

「あ、アキトくん目《め》が覚《さ》めた？　よかった」

「……花菜《はな》？」

「うん。ここ保健室《ほけんしつ》。わたしアキトくんのことなにも分《わ》かってなかった。ごめんなさい」

ぽたぽたと涙《なみだ》があふれてきた。

「なんで謝《あやま》るんだよ」

体《からだ》を起《お》こしたアキトは困惑顔《こんわくかお》。やがてなにか察《さっ》したように赤《あか》ニャンをにらんだ。

「おい、なにを話《はな》したんだ」

『すまん口《くち》が滑《すべ》った。オレ様《さま》キュートな猫《ねこ》だから許《ゆる》してくれにゃーん』

目《め》を見開《みひら》いて愛《あい》らしく小首《こくび》を傾《かし》げると「赤鬼《あかおに》のくせに白々《しらじら》しい」と目《め》を吊《つ》り上《あ》げた。

「花菜《はな》も、なんでそんなに泣《な》くんだよ」

「だって……だって……」

涙《なみだ》を拭《ぬぐ》う花菜《はな》の手《て》はびしょびしょだ。泣《な》きすぎたせいで頬《ほお》がひりひりして目蓋《まぶた》が重《おも》い。

アキトはふぅ、と大《おお》きなため息《いき》をついた。

「花菜《はな》。手《て》、だせよ」

「どうして」

「いいから」

右手《みぎて》を差《さ》し出《だ》すとアキトは身守《みまも》り石《いし》が入《はい》ったお守《まも》り袋《ぶくろ》のひもを引《ひ》いた。中《なか》からビー玉《だま》のような丸《まる》い珠《たま》を取《と》り出《だ》す。息《いき》を呑《の》むような深《ふか》い青《あお》で、淡《あわ》く光《ひか》り輝《かがや》いている。

「これやるよ」

無造作《むぞうさ》に手《て》のひらに乗《の》せてきたので「ええっ」と声《こえ》が裏返《うらがえ》ってしまった。

「もらえないよ。大事《だいじ》な身守《みまも》り石《いし》でしょう」

「いい。他《ほか》にもあるから平気《へいき》だ」

お守《まも》り袋《ぶくろ》を揺《ゆ》するとカラカラと音《おと》がする。

「魔除《まよ》けの石《いし》。きっと花菜《はな》を守《まも》ってくれる」

アキトは両手《りょうて》で花菜《はな》の手《て》を包《つつ》み、青《あお》い珠《たま》を握《にぎ》らせた。とてもやさしい手《て》つきだ。ドキドキする。

「だ、だいじに、するね」

喉《のど》が渇《かわ》いて、つばを飲《の》み込《こ》むのも大変《たいへん》。息《いき》ってどうやってするんだっけ。

「黒住《くろずみ》くん、お待《ま》たせしました。熱《ねつ》があるんだって」

扉《とびら》が開《ひら》いて養護《ようご》の先生《せんせい》が顔《かお》を出《だ》した。花菜《はな》は急《きゅう》に恥《は》ずかしくなって後《あと》ずさりする。

「じ、じゃあ教室《きょうしつ》に行《い》くね。おだいじに。またあとでね」

「ああ」

アキトに手《て》を振《ふ》り、先生《せんせい》の横《よこ》をすり抜《ぬ》けて廊下《ろうか》へ飛《と》び出《だ》した。チャイムが鳴《な》っている。

教室《きょうしつ》への階段《かいだん》を駆《か》け上《あ》がりながらきつく右手《みぎて》を握《にぎ》りしめていた。

(はぁ、学校《がっこう》でこんなに走《はし》ったのは久《ひさ》しぶりだよ)

五年一組《ごねんいちくみ》の教室《きょうしつ》の前《まえ》に到着《とうちゃく》したときにはすっかり息《いき》が上《あ》がっていた。

(ちゃんとあるよね)

周《まわ》りを確認《かくにん》してからそぉっと握《にぎ》りこぶしを開《ひら》く。

アキトからもらった青《あお》い珠《たま》は汗《あせ》ばんだ手《て》の中《なか》にちょこんと乗《の》っていて、太陽《たいよう》の光《ひかり》にかざすと、きらきらと光《ひか》り輝《かがや》くのだった。

授業《じゅぎょう》がはじまってからも時々《ときどき》手《て》を開《ひら》いて中《なか》を確認《かくにん》していた。ポケットに入《い》れたら転《ころ》がり落《お》ちてしまうのではないかと心配《しんぱい》で、今日《きょう》は一日《いちにち》手《て》に握《にぎ》っていようと決《き》めたのだ。友美《ともみ》や先生《せんせい》に「どうしたの」と聞《き》かれても絶対《ぜったい》にひみつ。アキトからもらった大切《たいせつ》な身守《みまも》り石《いし》なのだから。

「じゃあ次《つぎ》の算数《さんすう》の問題《もんだい》を——森崎《もりさき》さん」

「はっ、はい」

こんな日《ひ》に当《あ》てられるなんてついてない、と思《おも》いながら黒板《こくばん》の前《まえ》へ歩《ある》いていく。右手《みぎて》でチョークを握《にぎ》ろうとしたら青《あお》い珠《たま》がすべり落《お》ちた。

「あっ」

急《いそ》いで追《お》いかける。珠《たま》はころころと転《ころ》がって机《つくえ》や椅子《いす》の合間《あいま》を縫《ぬ》っていく。教室《きょうしつ》の後《うし》ろの掃除用具《そうじようぐ》が入《はい》ったロッカーにぶつかってようやく止《と》まった。追《お》いついた花菜《はな》が指先《ゆびさき》でつまみあげる。

「もう、心配《しんぱい》させないでよ。なくなっちゃうと思《おも》ったでしょう」

ホコリがついてしまったけど相変《あいか》わらずキレイなまま。

ほっとした花菜《はな》は大事《だいじ》なことを思《おも》いた。

「――っ、すみません。問題《もんだい》がまだでした！」

急《いそ》いで黒板《こくばん》の方《ほう》を振《ふ》り返《かえ》ったが、クラスのみんなはまっすぐ前《まえ》を向《む》いている。

「え？」

珠《たま》を追《お》いかけまわした花菜《はな》はかなり目立《めだ》ったはずなのに、だれも視線《しせん》を向《む》けていない。

(変《へん》なの。授業中《じゅぎょうちゅう》だからかなぁ)

机《つくえ》の合間《あいま》を通《とお》って黒板前《こくばんまえ》に戻《もど》ってもだれひとり動《うご》かない。

背伸《せの》びしている子《こ》、教科書《きょうかしょ》をめくろうとしている子《こ》、鉛筆《えんぴつ》を持《も》っている子《こ》。みんな動《うご》かない。友美《ともみ》なんて口《くち》を開《ひら》いてあくびしたままだ。

「先生《せんせい》……！」

阿部先生《あべせんせい》は腕組《うでぐ》みしたまま止《と》まっている。ためしに肩《かた》に触《さわ》ってみるとカチンコチンに固《かた》まって、石《いし》みたいだった。腕《うで》をさすっても、顔《かお》の前《まえ》で手《て》をひらひらさせても瞬《また》きひとつしない。

「どうしてみんな固《かた》まっているの？」

動《うご》かないのは人間《にんげん》だけじゃなかった。先《さき》ほど花菜《はな》が握《にぎ》りかけたチョークは数《すう》センチ浮《う》いたまま空中《くうちゅう》で停止《ていし》している。人《ひと》も、物《もの》も、すべての時間《じかん》が停《と》まっている。

「なにこれ……だれも動《うご》いてないの？　ねぇみんな！」

必死《ひっし》に声《こえ》を張《は》り上《あ》げても返答《へんとう》はない。まるで自分以外《じぶんいがい》の時間《じかん》そのものが石《いし》になってし

まったみたいに。

「アキトくん……」

青《あお》い珠《たま》を両手《りょうて》で握《にぎ》りしめてドアに向《む》かった。横《よこ》に開《ひら》こうとするがびくともしない。いつもなら簡単《かんたん》に開《ひら》く扉《とびら》なのに、押《お》しても引《ひ》いても石《いし》みたいに固《かた》まっている。

（どうしよう、これじゃあアキトくんのところに行《い》けない）

一生《いっしょう》このまま閉《と》じ込《こ》められるのかもしれない。

絶望的《ぜつぼうてき》な気持《きも》ちになったそのとき。

ズシン、ズシン――と、地面《じめん》が揺《ゆ》れた。

（地震《じしん》？　なにが起《お》きたの？）

窓《まど》の向《む》こうを確認《かくにん》しようとすると赤《あか》い塊《かたまり》が顔《かお》に飛《と》びかかってきた。

『動《うご》くな。オレ様《さま》がいいって言《い》うまで息《いき》を止《と》めろ』

赤《あか》ニャンだ。花菜《はな》は言《い》われたとおり体《からだ》の動《うご》きを止《と》める。

ズシン、ズシン、音《おと》はどんどん近《ちか》くなる。

（あれ。聞《き》こえなくなった。いなくなっ……）

教室《きょうしつ》が夜《よる》みたいに暗《くら》くなる。

「はっ――!!」

窓《まど》をぜんぶ覆《おお》い隠《かく》すくらい大《おお》きな顔《かお》があって、不気味《ぶきみ》な三《みっ》つの目玉《めだま》がぎょろぎょろと動《うご》いている。

『どーこーだぁー、どーこーにいるー』

鬼《おに》だ。アキトのノートの一《いち》ページ目《め》に書《か》かれていたピンク色《いろ》の鬼《おに》。赤《あか》ニャンが口《くち》を押《お》さえてくれなければ花菜《はな》は悲鳴《ひめい》を上《あ》げていただろう。

『こーこーじゃなーい。どーこーだぁー……』

鬼《おに》は視線《しせん》をそらすとズシン、ズシンと地面《じめん》を揺《ゆ》らして遠《とお》ざかっていった。様子《ようす》をうかがっていた赤《あか》ニャンが尻尾《しっぽ》を揺《ゆ》らす。

『ふぅ、とりあえず行《い》ったみたいだな。……ハナ?』

「ぷはぁっ……死《し》んじゃうかと思《おも》った……」

花菜《はな》は思《おも》いっきり息《いき》を吐《は》いた。必死《ひっし》に息《いき》を止《と》めていたからだ。

『だいじょうぶか?』

「うん、へいき。それよりいまの鬼《おに》はなに?　もしかしてあいつがクラスのみんなをカチコチにしちゃったの?」

『石鬼《いしおに》だ。あいつの三《みっ》つの目《め》ににらまれると石《いし》みたいに固《かた》まっちまう。モモクリマチもそうだ。アキトを除《のぞ》くマチの全員《ぜんいん》が石《いし》にされて動《うご》かなくなった』

「みんな、石《いし》に……」

石鬼《いしおに》がこないことを確認《かくにん》して友美《ともみ》に近《ちか》づいた。肩《かた》に触《ふ》れたり、髪《かみ》を撫《な》でてみたり、耳元《みみもと》でふっと息《いき》を吐《は》いたり、変《へん》な顔《かお》をして見《み》せる。

でも友美《ともみ》は動《うご》かない。あくびしたままだ。

もしこのまま二度《にど》と動《うご》かなかったら、と考《かんが》えるだけで、胸《むね》が張《は》り裂《さ》けそうだ。

「ねぇ、アキトくんは？　いまどこ？　だいじょうぶなの？」

『分《わ》からねぇ。さっきまで保健室《ほけんしつ》にいたんだが急《きゅう》にオレ様《さま》に言《い》ったんだ。ハナのところに行《い》ってくれ、いますぐって。あんなクソまじめな顔《かお》で頼《たの》まれたのは初《はじ》めてだ』

「石鬼《いしおに》が来《く》るのが分《わ》かっていたのかな」

『かもしれないな。さっき身守《みまも》り石《いし》もらっただろ、あれは石鬼《いしおに》の力《ちから》を少《すこ》しだけ弱《よわ》められるんだ。だからおまえは石《いし》にならなかった。アキトがモモクリマチで助《たす》かったのも石《いし》があったからだ』

「これのお陰《かげ》なんだね」

手《て》をひらいて珠《たま》をみた。

やさしく手《て》を包《つつ》んでくれたアキトを思《おも》い出《だ》して胸《むね》が痛《いた》くなる。

「どうすればいいの？　どうしたらみんなを助《たす》けられる？　アキトくんのところに行《い》きたいけどドアも窓《まど》も石《いし》みたいに動《うご》かないの」

そこまで言《い》ったところで首《くび》を傾《かし》げた。

「ところで赤《あか》ニャンはどうやってこの教室《きょうしつ》に入《はい》ったの？」

『おいおいオレ様《さま》が変化《へんげ》できるのを忘《わす》れたのか。教室《きょうしつ》の上《うえ》に換気窓《かんきまど》が開《あ》いているだろう、虫《むし》に化《ば》けてびゅいーんと飛《と》んできたのよ』

「そうなんだ。でもわたしは虫《むし》になれないし……」

花菜《はな》は困《こま》ってしまった。赤《あか》ニャンも険《けわ》しい顔《かお》をしている。

『仮《かり》にこの教室《きょうしつ》から出《で》られたとしてもアキトと合流《ごうりゅう》するのは難《むずか》しいかもしれねぇ』

「どうして？　保健室《ほけんしつ》にいるんじゃないの？」

『石鬼《いしおに》には子分《こぶん》がいるんだ』

「子分《こぶん》!?」

『そうだ。何人《なんにん》いるのか見当《けんとう》もつかねぇ。そいつらが校内《こうない》をうろつき回《まわ》っているから、もし見《み》つかったらさっきの親分《おやぶん》を呼《よ》ばれるだろう。身守《みまも》り石《いし》も完全《かんぜん》じゃない、今度《こんど》あいつが来《き》て強《つよ》い力《ちから》をかけられれば花菜《はな》も石《いし》になっちまう』

鬼《おに》たちに見《み》つからないようにアキトを探《さが》す……まるで鬼《おに》ごっこだ。

『オレ様《さま》もできるだけ助《たす》けるが親分《おやぶん》や子分《こぶん》に捕《つか》まったらどうしようもない。いいな』

「うん。迷惑《めいわく》かけないようがんばる」

『いい返事《へんじ》だ。特別《とくべつ》にいいものやるよ』

くるりと一回転《いっかい》するると頭上《ずじょう》から一枚《いちまい》の紙《かみ》が降《ふ》ってきた。

「あわ、あわわ……えいっ」

両手《りょうて》でぱしっと受《う》け止《と》めたのは真《ま》っ白《しろ》な和紙《わし》だ。

「『おんみょうじ』が使《つか》う式札《しきふだ》だ。『立春大吉日急急如律令《りっしゅんだいきつじつきゅうきゅうにょりつりょう》』って書《か》いてから『アキトに会《あ》いたい。助《たす》けたい』って気持《きも》ちを込《こ》めて好《す》きな形《かたち》に折《お》るといい。きっと役《やく》に立《た》つ」

「分《わ》かった。やってみる」

花菜《はな》は自分《じぶん》の席《せき》に戻《もど》って机《つくえ》の上《うえ》に紙《かみ》を置《お》いた。

でも鉛筆《えんぴつ》や消《け》しゴムも接着剤《せっちゃくざい》で貼《は》りつけられたように動《うご》かない。

『青《あお》い珠《たま》でさわると石化《せきか》を一時的《いちじてき》に弱《よわ》めることができるぞ。人間《にんげん》にはきかないだろうけど文房具《ぶんぼうぐ》や教室《きょうしつ》の扉《とびら》くらいなら動《うご》くだろう。本当《ほんとう》は墨筆《ぼくひつ》で書《か》く方《ほう》がいいんだが時間《じかん》がないからな』

言《い》われたとおり珠《たま》で撫《な》でると鉛筆《えんぴつ》を持《も》ち上《あ》げることができた。

立春大吉日急急如律令《りっしゅんだいきつじつきゅうきゅうにょりつりょう》。

厄除《やくよ》けのおまじない。

鉛筆《えんぴつ》を握《にぎ》る手《て》が小刻《こきざ》みに震《ふる》えた。こんなに集中《しゅうちゅう》して漢字《かんじ》を書《か》くのはテスト以来《いらい》だ。

「りっしゅん、だいきちじつ、きゅうきゅう、にょりつ、りょう……」

したたり落《お》ちた汗《あせ》はたちまち固《かた》まって空中《くうちゅう》で止《と》まる。

石化《せきか》の呪《のろ》いがすぐ間近《まぢか》まで迫《せま》っている証拠《しょうこ》だ。

「できたぁ」

少《すこ》し曲《ま》がっているがなんとか書《か》き上《あ》げた。続《つづ》けて願《ねが》いを込《こ》めながら丁寧《ていねい》に折《お》っていく。

「完成《かんせい》したよ、ツルさん」

両方《りょうほう》の羽《はね》をもって横《よこ》へ広《ひろ》げる。最後《さいご》にフッと息《いき》を吹《ふ》きかけると生《い》きもののようにぴょんと立《た》った。

「ツルさんお願《ねが》い。アキトくんのところに連《つ》れて行《い》って」

ツルはふわりと飛《と》び上《あ》がると羽《はね》を器用《きよう》に上下《じょうげ》させて教室《きょうしつ》の後《うし》ろの扉《とびら》に向《む》かった。花菜《はな》と赤《あか》ニャンは目《め》を合《あ》わせ、そろそろと歩《ある》き出《だ》す。

いざ、ほんものの鬼《おに》との鬼《おに》ごっこだ。

『うごくな。子分《こぶん》だ』

赤《あか》ニャンが低《ひく》く鳴《な》いた。階段《かいだん》をのぼっていた花菜《はな》はびくっとして動《うご》きを止《と》める。少《すこ》し先《さき》をふわふわと飛《と》んでいたツルもぽとんと転《ころ》がり落《お》ちた。

——ペタン、ペタン。

小《ちい》さな音《おと》を立《た》ててなにかが近《ちか》づいてくる。

心臓《しんぞう》がどきどきと鳴《な》った。もし外《そと》にまで音《おと》が漏《も》れていたら気《き》づかれてしまう。

『いいか、動《うご》くなよ、息《いき》を止《と》めろ』

階段《かいだん》の上《うえ》からぬっと顔《かお》をだしたのは鬼《おに》——ではなくて小《ちい》さな男《おとこ》の子《こ》だ。一年生《いちねんせい》かもしれない。節分《せつぶん》で使《つか》うような鬼《おに》のお面《めん》をつけている。

(なんだ、鬼《おに》じゃない。わたし以外《いがい》にも動《うご》いている子《こ》がいるんだ)

ホッとして男《おとこ》の子《こ》に声《こえ》をかけようとした瞬間《しゅんかん》、足《あし》に激痛《げきつう》が走《はし》った。

（いたっ……赤《あか》ニャン？）

赤《あか》ニャンが牙《きば》を剥《む》いて花菜《はな》の足首《あしくび》に噛《か》みついている。

（なんで、突然《とつぜん》、赤《あか》ニャンが）

痛《いた》みのあまり声《こえ》もでない。すると足元《あしもと》に転《ころ》がっていたツルが飛《と》び上《あ》がった。男《おとこ》の子《こ》の目《め》の前《まえ》をスゥッと通《とお》り過《す》ぎた瞬間《しゅんかん》、

「オォオオオオ!!」

人間《にんげん》とは思《おも》えない野太《のぶと》い声《こえ》をあげてツルを追《お》いかけていく。

足音《あしおと》が遠《とお》ざかったのを確認《かくにん》した赤《あか》ニャンが牙《きば》を放《はな》した。花菜《はな》も力《ちから》が抜《ぬ》けてへなへなと座《すわ》り込《こ》んでしまう。

『悪《わる》かったハナ。おまえが気安《きやす》く声《こえ》かけようとするからこうするしかなかった。許《ゆる》せ』

足首《あしくび》には血《ち》がにじんでいる。赤《あか》ニャンはそこをぺろぺろと舐《な》めてくれた。

「ううん、わたしこそごめんなさい。あの子《こ》も鬼《おに》……なの？」

『あれが『子分《こぶん》』。石鬼《いしおに》に操《あやつ》られたこの学校《がっこう》の児童《じどう》だ。他《ほか》にも何人《なんにん》かいるはずだ』

「かわいそう。元《もと》に戻《もど》せないの？」

花菜《はな》より小《ちい》さいのに子分《こぶん》として働《はたら》かされているなんてあんまりだ。

『一時的《いちじてき》に戻《もど》せても石鬼《いしおに》に見《み》つかれば石《いし》にされるか操《あやつ》られるか。本体《ほんたい》を倒《たお》さないことには堂々巡《どうどうめぐ》りだ。いまはアキトと合流《ごうりゅう》して石鬼《いしおに》を倒《たお》すことを優先《ゆうせん》しようぜ』

「分《わ》かった——いこう。アキトくんのところに」

男《おとこ》の子《こ》に追《お》いかけられていたツルが下《した》の階《かい》から戻《もど》ってきて花菜《はな》の肩《かた》にちょこんと乗《の》る。

「さっきはありがとう」

羽《はね》を撫《な》でるとツルは恥《は》ずかしそうに揺《ゆ》れ、また先《さき》ほどのように花菜《はな》たちの前《まえ》を飛《と》びはじめた。

——その後《あと》も、花菜《はな》は何人《なんにん》もの子分《こぶん》と遭遇《そうぐう》した。音楽室前《おんがくしつまえ》で前《まえ》と後《うし》ろから挟《はさ》まれたときは本当《ほんとう》にダメだと思《おも》ったし、廊下《ろうか》の突《つ》き当《あ》たりで背後《はいご》から足音《あしおと》が近《ちか》づいてきたときはゾッとした。職員室《しょくいんしつ》では子分《こぶん》になった教頭先生《きょうとうせんせい》が机《つくえ》の上《うえ》に立《た》って周《まわ》りを見《み》ていたし、中庭《なかにわ》では鬼《おに》のお面《めん》をつけたニワトリが近《ちか》づいてきてうっかり笑《わら》いそうになってしまったけど、石《いし》になったふりをして誤魔化《ごまか》した。

時間《じかん》はかかったけど、ようやく保健室《ほけんしつ》にたどり着《つ》いた。

青《あお》い珠《たま》で石化《せきか》を弱《よわ》めて扉《とびら》を開《あ》け、中《なか》に入《はい》る。

「失礼《しつれい》しま……す」

静《しず》かに扉《とびら》を閉《し》めて奥《おく》へ進《すす》んだ。今朝《けさ》アキトが寝《ね》ていたベッドの布団《ふとん》が不自然《ふしぜん》に膨《ふく》らんでいる。

「アキトくん？　いるの？」

触《ふ》れると布団《ふとん》も石《いし》になっていた。青《あお》い珠《たま》で撫《な》でると膨《ふく》らんでいた部分《ぶぶん》がたちまちしぼんで小《ちい》さくなる。どうやらアキトが抜《ぬ》けだした直後《ちょくご》に布団《ふとん》が石《いし》になったようだ。

「ここにはいないね。どこに行《い》ったんだろう」

ツルがぴょんと飛《と》び上《あ》がり、ついてこい、とばかりに羽《はね》を動《うご》かした。

『気配《けはい》をたどるそうだ、ついていこう。校内《こうない》は石鬼《いしおに》の力《ちから》が強《つよ》すぎてオレ様《さま》の鼻《はな》は役《やく》に立《た》ちそうにないぜ、悪《わる》いな』

「謝《あやま》らないで。赤《あか》ニャンが来《き》てくれなければ、とっくに石《いし》になってたもん。ありがとう」

頭《あたま》を撫《な》でると、赤《あか》ニャンも満更《まんざら》でもなさそうに尻尾《しっぽ》を動《うご》かした。

「さ、張《は》りきってアキトくんを追《お》いかけよう。えいえいおー」

笑顔《えがお》で拳《こぶし》を上《あ》げた。少《すこ》しでも明《あか》るくしていないと気持《きも》ちまで沈《しず》んでしまいそうだった。

もしアキトに出会《であ》っていなければ、すぐに諦《あきら》めていただろう。

（アキトくんは何度《なんど》も助《たす》けてくれた。だからわたしも、できる限《かぎ》り力《ちから》になりたいんだ）

子分《こぶん》たちのいる保健室《ほけんしつ》の外《そと》に出《で》るのは怖《こわ》かったけれど、勇気《ゆうき》を振《ふ》り絞《しぼ》って扉《とびら》を開《あ》けようとした――そのとき。

「だれか、そこにいるの」

扉《とびら》の向《む》こうから声《こえ》がした。

(この声《こえ》、莉乃《りの》ちゃんだ)

すりガラスに人影《ひとかげ》が映《うつ》る。髪《かみ》の毛《け》を可愛《かわい》く結《むす》んでいるので莉乃《りの》に間違《まちが》いない。

「りのちゃ――むぐっ」

赤《あか》ニャンに口《くち》をふさがれる。

『待《ま》て、罠《わな》かも知《し》れないぞ』

罠《わな》？　でも莉乃《りの》は先《さき》ほどの子分《こぶん》とは違《ちが》って普通《ふつう》に喋《しゃべ》っている。たまたま石《いし》にならずに逃《に》げてきたのかもしれない。

「だれかいるんでしょう？　開《あ》けて、怖《こわ》い奴《やつ》らがすぐそこまで来《き》てるの。お願《ねが》い！」

悲痛《ひつう》な叫《さけ》び声《ごえ》。

花菜《はな》の心《こころ》は揺《ゆ》れた。

もし子分《こぶん》だったら保健室《ほけんしつ》では逃《に》げ場《ば》がない。でももし本物《ほんもの》の莉乃《りの》だったらここで見捨《みす》てたくない。

「ごめんなさい――わたし――友《とも》だちを見捨《みす》てたくない」

赤《あか》ニャンが大《おお》きなため息《いき》をつく。

『分《わ》かってるぜ、花菜《はな》はそういうヤツだ。でもなにかあったら逃《に》げられるよう準備《じゅんび》だけはしておけよ』

「……うん。いま、開《あ》けるね」

覚悟《かくご》を決《き》めて珠《たま》の力《ちから》を使《つか》ってそっと扉《とびら》を開《あ》けると人影《ひとかげ》が飛《と》び込《こ》んできた。莉乃《りの》だ。お面《めん》もつけていない。

「もうホント怖《こわ》かった！　撮影《さつえい》があって遅《おく》れて登校《とうこう》したらみんなカチコチで……って、花《は》菜《な》ちゃん！　無事《ぶじ》だったのね！」

「りのちゃんこそ、良《よ》かった。ほんもので」

「ほんものって？」

「うん。お面《めん》をつけた鬼《おに》の子分《こぶん》だったらどうしようと思《おも》ってた」

かくかくしかじか事情《じじょう》を説明《せつめい》する。アキトが『おんみょうじ』であることは言《い》わなかったが、莉乃《りの》はイザナミの一件《いっけん》で世《よ》の中《なか》には怪奇現象《かいきげんしょう》があることを理《り》解《かい》していた。だからみんなが石《いし》になってしまったと話《はな》してもすんなりと納得《なっとく》してくれた。

「町内《ちょうない》の様子《ようす》もなんだかおかしかったわ。マネージャーさんの車《くるま》で隣町《となりまち》から来《き》たけど道路《どうろ》の真《ま》ん中《なか》に車《くるま》が停《と》まっているし、不自然《ふしぜん》に人《ひと》が止《と》まってて、町全体《まちぜんたい》がやけに静《しず》かなの」

莉乃《りの》の話《はなし》を聞《き》いていた赤《あか》ニャンがぼそっと呟《つぶや》いた。

『石鬼《いしおに》の力《ちから》がじわじわと広《ひろ》がっているんだろう。そう遠《とお》くないうちに町全体《まちぜんたい》が石化《せきか》するかもしれねぇ』

（お母《かあ》さん、お兄《にい》ちゃん……）

二人《ふたり》の顔《かお》を思《おも》い出《だ》した花菜《はな》はぎゅっと珠《たま》を握《にぎ》りしめた。

（アキトくんはずっとこんな気持《きも》ちだったんだ）

石《いし》になってしまった家族《かぞく》や友《とも》だちを残《のこ》して咲倉町《さくらまち》にやってきた。どれだけ心細《こころぼそ》くて苦《くる》しかっただろう。

暗《くら》い表情《ひょうじょう》でうつむく花菜《はな》の手《て》を莉乃《りの》がそっと握《にぎ》りしめた。

「教《おし》えてくれてありがとう。でも花菜《はな》ちゃんすごいね、そんな怖《こわ》いものに立《た》ち向《む》かえるなんて」

「わたしは全然《ぜんぜん》だよ。アキトくんがいたから」

「でも、りのを助《たす》けてくれたじゃない。それはアキトくんに言《い》われたからじゃなくて、花《は》菜《な》ちゃんが自分《じぶん》で決《き》めたこと。でしょう？」

「う、うん……」

「すごい、尊敬《そんけい》する！」

パチパチと手《て》を叩《たた》かれて恥《は》ずかしい気持《きも》ちになった。

心《こころ》の中《なか》がポッと温《あたた》かくなる。

こんな自分《じぶん》でも人《ひと》の役《やく》に立《た》てるのだと。

『ハナ、そろそろ行《い》くぞ』

「うん、分《わ》かった。じゃありのちゃん、ここから動《うご》かないでね。もし子分《こぶん》が来《き》たらベッドの下《した》に隠《かく》れて」

「あ、待《ま》って花菜《はな》ちゃん！」

莉乃《りの》が服《ふく》を引《ひ》っ張《ぱ》った。なんだかひどく申《もう》し訳《わけ》なさそうに眉《まゆ》を下《さ》げている。

「さっき、鬼《おに》の子分《こぶん》はお面《めん》をつけているって言《い》ったよね？」

「うん。そうだよ」

「りの、ここに来《く》る前《まえ》に理《り》科《か》室《しつ》の方《ほう》でお面《めん》をした子《こ》と遭遇《そうぐう》したの。とっさに動《うご》かないふりしたから素通《すどお》りされたけど、その子《こ》の後《うし》ろ姿《すがた》……アキトくんにそっくりだったの」

「え……」

「見間違《みまちが》いだと思《おも》いたいけどね」

アキトが鬼《おに》の子分《こぶん》に？　もしそれが事実《じじつ》だとしたら……

ふいに辺《あた》りが暗《くら》くなった。

『こーこーかー？』

石鬼《いしおに》だ。

「花菜《はな》ちゃん逃《に》げて！」

莉乃《りの》が花菜《はな》をかばうように手《て》を広《ひろ》げた。石鬼《いしおに》の目《め》がぎらっと光《ひか》ったかと思《おも》うと、たちまち石《いし》になってしまう。

『ハナ逃《に》げるぞ――ハナ!!』

「あっ……りのちゃん……ごめんなさい」

花菜《はな》は夢中《むちゅう》で保健室《ほけんしつ》を飛《と》び出《だ》した。莉乃《りの》を残《のこ》して。

（りのちゃん……アキトくん……）

ひたすらに走《はし》り回《まわ》り、気《き》がつくと体育館裏《たいいくかんうら》の倉庫《そうこ》にたどり着《つ》いていた。

外《そと》に出《で》て分《わ》かった。空《そら》は灰色《はいいろ》の雲《くも》に覆《おお》われたまま、鳥《とり》たちは翼《つばさ》を広《ひろ》げて浮《う》いたまま、車《くるま》はウインカーをつけて停《と》まったまま、信号《しんごう》は赤《あか》のまま、通行人《つうこうにん》たちは道路《どうろ》の上《うえ》でぴくりとも動《うご》かない。

学校《がっこう》だけでなく咲倉町《さくらまち》のすべてが石《いし》になっている。もうこの町《まち》で動《うご》いているのは花菜《はな》だけかもしれない。

(アキトくんが石鬼《いしおに》に操《あやつ》られちゃったら、もう、無理《むり》だよ)

絶望的《ぜつぼうてき》だ。花菜《はな》ひとりでは勝《か》ち目《め》がない。

『心配《しんぱい》するな、ハナ。アキトならきっとだいじょうぶだ』

でも、と言《い》いかけたところで花菜《はな》は赤《あか》ニャンが自分《じぶん》を心配《しんぱい》してくれていることに気《き》づいた。腕《うで》を伸《の》ばしてぎゅっと抱《だ》きしめる。

(そうだよ。アキトくんは『おんみょうじ』だもん。きっとだいじょうぶ……だよね)

どうか莉乃《りの》の見間違《みまちが》いであってほしい。

落《お》ち込《こ》んでいる花菜《はな》にツルも寄《よ》り添《そ》っている。

「ねぇツルさん、アキトくんがいまどこにいるのか分《わ》かる?」

ツルは大《おお》きく飛《と》び上《あ》がって学校《がっこう》の上《うえ》をぐるぐると回《まわ》って戻《もど》ってきた。

『ふむ。どうやらアキトは相当移動《そうとういどう》しているみたいだな。ツルも困《こま》ってる』

「でも動《うご》いているってことは無事《ぶじ》なんだよね」

『……』

赤《あか》ニャンは黙《だま》っている。不安《ふあん》で心配《しんぱい》なのは自分《じぶん》だけではないのだ。

「早《はや》くアキトくんに会《あ》いたいね。でもあんなに大《おお》きな鬼《おに》どうやったら退治《たいじ》できるんだろう。いままでみたいに呪文《じゅもん》をとなえれば消《き》えてくれるのかな」

『あの鬼《おに》はめちゃくちゃ強《つよ》い。だからアキトはこの町《まち》に逃《に》げてくるしかなかった。いまのアキトとハナが束《たば》になってもダメだろう。石《いし》にされて終《お》わりだ』

これまでなんとかピンチを切《き》り抜《ぬ》けてきたけど、今回《こんかい》はあまりに手強《てごわ》いらしい。

（アキトくんはどうするつもりなんだろう。会《あ》いたいな、早《はや》く会《あ》いたい。でももし鬼《おに》の子《こ》分《ぶん》になっていたら――やだ、考《かんが》えたくない）

ぼふっ、と赤《あか》ニャンの体《からだ》に顔《かお》をうずめた。

（そういえば、石鬼《いしおに》はなんでこの町《まち》に来《き》たんだろう）

今朝《けさ》アキトは「自分《じぶん》を追《お》いかけてきた」と言《い》っていた。先《さき》ほどの鬼《おに》もだれかを探《さが》している様子《ようす》だった。

「ねえ、鬼《おに》が探《さが》していた人《ひと》って、アキトくん？」

赤《あか》ニャンのヒゲがピンと立《た》った。アタリ、という顔《かお》だ。

「どうしてアキトくんなんだろう。ひとりだけモモクリマチを脱出《だっしゅつ》したから？」

遠《とお》いモモクリマチから、わざわざ追《お》いかけてきた。なにか理由《りゆう》があるのかもしれない。

『……アキトと石鬼《いしおに》は知《し》り合《あ》いなんだ。あんな恐《おそ》ろしい石鬼《いしおに》だが、元々《もともと》はみんなから大切《たいせつ》にされる存在《そんざい》だった』

赤《あか》ニャンが押《お》し殺《ころ》したような声《こえ》でつぶやいた。

「石鬼《いしおに》の本体《ほんたい》って……いたっ」

突然《とつぜん》ツルが鼻《はな》にぶつかってきた。

「なに、どうしたの……」

花菜《はな》は慌《あわ》てて口《くち》を押《お》さえた。足下《あしもと》に大《おお》きな影《かげ》がかかっている。

『においするー。どーこーだぁー』

地面《じめん》が震《ふる》えるような低《ひく》い声《こえ》、吐《は》きだす息《いき》が強《つよ》いせいで体《からだ》が少《すこ》し浮《う》く。

(どうしよう。まうえに、いる)

どきん。どきん。どきん。

心臓《しんぞう》の音《おと》がうるさい。いまだけは止《と》まってほしい。

『にーおーいすーるー』

どしーん。

真横《まよこ》に落《お》ちたのは巨大《きょだい》な手《て》のひらだ。大《おお》きな指《ゆび》が花菜《はな》に向《む》かってくる。

（もうだめ。アキトくん……！）

動《うご》けない。

『こんにゃろー！』

腕《うで》の中《なか》から赤《あか》ニャンが飛《と》び出《だ》した。鬼《おに》の指《ゆび》にがぶりと噛《か》みつき、必死《ひっし》に反撃《はんげき》する。

「赤《あか》ニャン！」

『はやく逃《に》げろー!!』

赤《あか》ニャンは花菜《はな》が逃《に》げる時間《じかん》を作《つく》ろうとしている。

『じゃーまー』

でもハエでも追《お》い払《はら》うようにあっさりと振《ふ》り落《お》とされてしまった。地面《じめん》に叩《たた》きつけられた赤《あか》ニャンはすぐさま起《お》き上《あ》がったが、石鬼《いしおに》の目《め》が鋭《するど》く光《ひか》る。

赤《あか》ニャンが動《うご》かなくなった。石《いし》にされてしまったのだ。

「あ、ああっ……」

石鬼《いしおに》が花菜《はな》に目《め》を向《む》ける。がくがくと足《あし》が震《ふる》えて石《いし》みたいに動《うご》かない。

――トンッと背中《せなか》を押《お》された。

アキトが来《き》てくれたのかと思《おも》ったが目《め》の前《まえ》を通《とお》り過《す》ぎたのはツルだった。

(ツルさん)

花菜《はな》のまわりを旋回《せんかい》したツルは石鬼《いしおに》に向《む》かって飛《と》んでいく。しかし大《おお》きな手《て》に払《はら》いのけられてしまう。

(そうだ。わたし、アキトくんに会《あ》わないと。赤《あか》ニャンはそのために助《たす》けてくれたんだ)

ここで石《いし》にされたら赤《あか》ニャンに怒《おこ》られてしまう。

青《あお》い珠《たま》を握《にぎ》りしめ、花菜《はな》は震《ふる》える足《あし》で走《はし》り出《だ》した。

『まーてー』

ズシン、ズシン、と響《ひび》く足音《あしおと》から耳《みみ》をふさぎ、体育館《たいいくかん》を走《はし》り抜《ぬ》けて廊下《ろうか》を駆《か》け、通《かよ》い慣《な》れた図書室《としょしつ》を目指《めざ》す。

(みえた、あそこ)

図書室《としょしつ》の扉《とびら》が見《み》えてほっとした刹那《せつな》、目《め》の前《まえ》で扉《とびら》が開《ひら》いた。鬼《おに》のお面《めん》をつけた子分《こぶん》が室《しつ》内《ない》から飛《と》び出《だ》してくる。

「――っ！」

悲鳴《ひめい》を上《あ》げる間《ま》もなく口《くち》をふさがれて中《なか》へ引《ひ》きずり込《こ》まれた。

「はな」

だれかが呼《よ》んでいる。

「はな……はな、しっかりしろ、花菜《はな》」

ぱちりと目《め》を開《あ》ける。鬼《おに》のお面《めん》が視界《しかい》に飛《と》び込《こ》んできて「いやっ」と突《つ》き飛《と》ばしてしまった。めちゃくちゃにパンチする。

「って、いてて、花菜《はな》、おれだ。落《お》ち着《つ》け」

聞《き》きおぼえのある声《こえ》に改《あらた》めて子分《こぶん》を見《み》ると、鬼《おに》のお面《めん》の下《した》からアキトが顔《かお》を出《だ》した。

「アキトく――」

人差《ひとさ》し指《ゆび》で口《くち》を押《お》さえられる。

「しずかにしろ。気《き》づかれる」

花菜《はな》はこくんとうなずき、しずかに息《いき》を吐《は》いた。

「赤《あか》ニャンが、わたしを助《たす》けようとして……ツルさんも……りのちゃんも」

アキトの顔《かお》を見《み》て安心《あんしん》したせいか、いまごろになってぼろぼろと涙《なみだ》があふれてきた。

「こわかったよな」

やさしく頭《あたま》を撫《な》でてくれる。

「おれは子分《こぶん》のふりをして石鬼《いしおに》の様子《ようす》をうかがっていたんだ。花菜《はな》たちが探《さが》しているとは思《おも》わなかった。ごめん、もっと早《はや》く合流《ごうりゅう》できれば」

「だって、この珠《たま》を渡《わた》したくて」

ずっと握《にぎ》りしめていた右手《みぎて》をひらく。アキトは手《て》の中《なか》の珠《たま》と花菜《はな》の顔《かお》を交互《こうご》に見《み》てから首《くび》を横《よこ》に振《ふ》った。

「いらない。それは花菜《はな》にやったものだ」

「どうしてわたしに？」

「あの鬼《おに》はおれを探《さが》している。おれを見《み》つけて食《た》べるつもりなんだ」

「食《た》べる？　なんで？」

「鬼《おに》も人間《にんげん》と同《おな》じように腹《はら》が減《へ》るんだよ。これまで花菜《はな》が出遭《であ》った鬼《おに》たちも他《た》のものを襲《おそ》っていただろう。捕食《ほしょく》しないと自分《じぶん》の力《ちから》を維持《いじ》できないんだ」

思《おも》い返《かえ》せば、桜《さくら》の木《き》の鬼《おに》は花菜《はな》を、友美《ともみ》に取《と》り憑《つ》いた本《ほん》の鬼《おに》はニワトリを、蛇《へび》の鬼《おに》も鳥《とり》たちを狙《ねら》っていた。

「あの巨大《きょだい》な石鬼《いしおに》にとって、強《つよ》い呪力《じゅりょく》を持《も》つおれみたいな『おんみょうじ』はさぞかし美《う》味《ま》そうに見《み》えるだろう。だからおれをつけ狙《ねら》っている」

「そんなのって……」

アキトがいなくなるのも、このままみんなが石《いし》になっているのもイヤだ。

泣《な》きじゃくる花菜《はな》の頭《あたま》に、ぽん、とやさしく手《て》が置《お》かれた。

「でも、それだけじゃないかも知《し》れない。あの石鬼《いしおに》の本体《ほんたい》は——おれの友《とも》だちだったんだ」

「友《とも》だち？」

「そう。大切《たいせつ》な存在《そんざい》だった」

アキトはさみしそうに笑《わら》う。

「昔《むかし》、モモクリマチにはたくさんの『おんみょうじ』がいたんだけど、いまではおれを含《ふく》めて数人《すうにん》しかいないんだ。小学生《しょうがくせい》はおれだけ。人数《にんずう》が少《すく》ないから特別扱《とくべつあつか》いされて、神事《しんじ》とかがあるとガキのおれも呼《よ》ばれていた。周《まわ》りの友《とも》だちはドッジボールやサッカーで遊《あそ》んでいるのになんで自分《じぶん》ばっかりって不満《ふまん》だったし、『おんみょうじ』の修行《しゅぎょう》は面倒《めんどう》くさくて嫌《きら》いだった。あの頃《ころ》は赤《あか》ニャンともケンカしてばかりで、ひとりで行動《こうどう》することが多《おお》かった。——ある雪《ゆき》の日《ひ》、すごくムシャクシャしてて、だれも来《こ》ない森《もり》の奥《おく》に行《い》って叫《さけ》んだんだ、『おんみょうじ』なんか大《だい》っ嫌《きら》いだーって。そこで古《ふる》い桃《もも》ノ木《き》に会《あ》った」

花菜《はな》は目《め》を閉《と》じて、モモクリマチの森《もり》の奥《おく》で泣《な》き叫《さけ》んでいるアキトの姿《すがた》を想像《そうぞう》した。そこで出会《であ》ったという古《ふる》い桃《もも》ノ木《き》の姿《すがた》が浮《う》かび上《あ》がる。

「桃《もも》ノ木《き》なんて珍《めずら》しいものじゃなかったけど、だれも見《み》てないところで必死《ひっし》に花《はな》を咲《さ》かせているのがなんだか健気《けなげ》で、親近感《しんきんかん》がわいた。それからなにかある度《たび》にそこに行《い》って色《いろ》んな話《はなし》をした。桃《もも》ノ木《き》はだまって聞《き》いていてくれた。年《とし》の離《はな》れた友《とも》だちみたいな存在《そんざい》だったんだ」

「なんとなく、分《わ》かるかも」

花菜《はな》は亡《な》くなったお祖母《ばあ》ちゃんのことを思《おも》い出《だ》していた。

『変《へん》なもの』を見《み》たときは勿論《もちろん》、テストで悪《わる》い点数《てんすう》をとってしまったり、お兄《にい》ちゃんとケンカしたりしたときもお祖母《ばあ》ちゃんのところへ行《い》って話《はなし》を聞《き》いてもらった。友美《ともみ》やお母《かあ》さんに言《い》えないこともお祖母《ばあ》ちゃんにだけは言《い》えた。

お祖母《ばあ》ちゃんはいつも温《あたた》かくて、話《はなし》をしていると心《こころ》のモヤモヤが晴《は》れる気《き》がした。アキトにとって桃《もも》ノ木《き》はそんな存在《そんざい》だったのだ。

「数《かず》か月前《げつまえ》、急《きゅう》な神事《しんじ》のせいで楽《たの》しみにしていた遠足《えんそく》に行《い》けなかったんだ。すげぇショックで桃《もも》ノ木《き》に八《や》つ当《あ》たりした。『なんでおればっかり』って、蹴《け》ったり、叩《たた》いたり、怒鳴《どな》ったりした。いけないって分《わ》かっていたけど止《と》まらなくて。たぶんそのせいで桃《もも》ノ木《き》に悪《わる》い気《き》が溜《た》まって石鬼《いしおに》が生《う》まれてしまったんだと思《おも》う。全部《ぜんぶ》おれのせいなんだ。だから、おれがどうにかする」

「だったら、わたしも」

わたしも手伝《てつだ》う、と喉元《のどもと》まで出《で》てきた言葉《ことば》を思《おも》わず飲《の》みこんでしまった。

あの石鬼《いしおに》はこれまで退治《たいじ》してきた鬼《おに》とは比《くら》べものにならない。赤《あか》ニャンも言《い》っていたように、とても太刀打《たちう》ちできると思《おも》えない。

「だいじょうぶ。おれが囮《おとり》になるから花菜《はな》は隠《かく》れていてくれ。ひとりでなんとかするから、だいじょうぶだ」

自分《じぶん》に言《い》い聞《き》かせるようにして胸元《むなもと》のお守《まも》り袋《ぶくろ》を握《にぎ》りしめるアキト。いままでになく顔《かお》がこわばっている。

(怖《こわ》いんだね。アキトくんも)

花菜《はな》は身守《みまも》り石《いし》をぎゅっと握《にぎ》りしめる。そうすると自分《じぶん》の手《て》の震《ふる》えが少《すこ》しだけ収《おさ》まる気《き》がしたのだ。

(わたしだって怖《こわ》い、怖《こわ》いけど、でも)

自分《じぶん》はどうすればいい。アキトが退治《たいじ》してくれるのを待《ま》つだけでいいのか。

「花菜《はな》に頼《たの》みがある」

肩《かた》にそっと手《て》を置《お》かれた。

「おれは鬼《おに》を退治《たいじ》するつもりだけど成功《せいこう》するか分《わ》からない。でもアイツはおれを食《た》べたら満腹《まんぷく》になって立《た》ち去《さ》ると思《おも》うんだ。その後《あと》で花菜《はな》が咲倉町《さくらまち》の人《ひと》たちを元《もと》に戻《もど》してほしい」

「そんなの、できないよ」

「できる。よくみてみろよ。花菜《はな》に渡《わた》した身守《みまも》り石《いし》を」

手《て》のひらで珠《たま》を転《ころ》がすと小《ちい》さく割《わ》れ目《め》が入《はい》っていることに気《き》がついた。

「じつはこれ、モモクリマチに生《は》えている桃ノ木《ももき》の実《み》を特殊《とくしゅ》な術《じゅつ》で加工《かこう》したものなんだ。桃《もも》は昔《むかし》から魔除《まよ》けの力《ちから》があると言《い》われていて、大事《だいじ》にされている」

「で、でも、ヒビが入《はい》っちゃったよ？　わたしが強《つよ》く握《にぎ》りすぎたから？」

心配《しんぱい》そうな花菜《はな》を見《み》てアキトが小《ちい》さく笑《わら》った。

「たぶん花菜《はな》の呪力《じゅりょく》と強《つよ》い気持《きも》ちが影響《えいきょう》して発芽《はつが》しかけているんだと思《おも》う。もっと強《つよ》く祈《いの》ればいずれ芽《め》を出《だ》して大《おお》きな木《き》になるはずだ。濃《こ》いピンク色《いろ》のきれいな花《はな》が咲《さ》いて、石化《せきか》した人《ひと》たちを元《もと》に戻《もど》してくれる」

「いずれっていつ？」

「一時間《いちじかん》か、一日《いちにち》か、一週間《いっしゅうかん》か……花菜《はな》の心《こころ》の強《つよ》さによる」

心《こころ》の強《つよ》さ。そんなこと言《い》われても。

「花菜《はな》、お願《ねが》いだ」

不安《ふあん》いっぱいの花菜《はな》の手《て》をアキトが包《つつ》み込《こ》む。

「こんなこと、花菜《はな》にしか頼《たの》めない。でも花菜《はな》ならできるって信《しん》じてる。これまでもずっとそうだったから」

「わたし……は」

アキトが言《い》うのならできる気《き》がする。

ひとりじゃなければ、きっと。

(――うん、きめた)

決《き》めた。たったいま、決《き》めた。

「わたしもアキトくんと一緒《いっしょ》に石鬼《いしおに》とたたかう!」

「えっ」

アキトの顔色《かおいろ》が変《か》わる。驚《おどろ》いたような、困《こま》ったような、それでいてちょっぴりうれしそうな。

「ダメだ!」

やっというふうに首《くび》を振《ふ》ったけど花菜《はな》は負《ま》けじと顔《かお》を突《つ》き出《だ》した。

「どうして。これまで一緒《いっしょ》に鬼退治《おにたいじ》してきたじゃん」

「相手《あいて》が悪《わる》すぎる！　足手《あしで》まといだ！」

「頼《たよ》りにしているって言《い》われたから、わたしだって一緒《いっしょ》にがんばりたいの！」

「あれは言葉《ことば》のあやっていうか……つまり邪魔《じゃま》だって言《い》ってんだよ。この分《わ》からずや！」

アキトが叫《さけ》ぶ。だから花菜《はな》も叫《さけ》んだ。

「そっちこそ分《わ》からずや！」

お互《たが》い歯《は》をむき出《だ》しにしてにらみあった。どっちも譲《ゆず》れない。

『どーこーだぁー』

窓《まど》の外《そと》から声《こえ》が聞《き》こえたので机《つくえ》の下《した》に身《み》を隠《かく》した。どうやら気《き》づかれなかったらしく、鬼《おに》の足音《あしおと》が遠《とお》ざかる。

「……どうなっても知《し》らないからな」

アキトはすねたように唇《くちびる》を尖《とが》らせていた。うれしくなった花菜《はな》は強《つよ》くうなずく。

「ありがとう。がんばるね」

「じゃあ作戦会議《さくせんかいぎ》だ。マヌケな花菜《はな》が大《おお》マヌケして石《いし》にされないように」

「うん。桃太郎《ももたろう》の鬼退治《おにたいじ》みたいだね」

目《め》が合《あ》ったアキトがにやりと笑《わら》う。だから花菜《はな》も笑顔《えがお》になった。

「ちなみにおれが桃太郎《ももたろう》で花菜《はな》はお供《とも》のサルだ」

「ひどいー」

鬼《おに》から隠《かく》れている最中《さいちゅう》だというのに顔《かお》を見合《みあ》わせて笑《わら》いあった。


「鬼《おに》さんこちら、手《て》のなる方《ほう》へ！」

花菜《はな》はグラウンドのまんなかで手《て》を叩《たた》いた。中腰《ちゅうごし》になって体育館《たいいくかん》を覗《のぞ》き込《こ》んでいた石鬼《いしおに》がゆっくり振《ふ》り向《む》く。

三《みっ》つの目《め》ににらまれて内心《ないしん》ヒヤッとした。けど、花菜《はな》は精《せい》いっぱい叫《さけ》ぶ。

「アキトくんに会《あ》いたいんでしょう。わたしが案内《あんない》してあげる。ついてきて！」

両手《りょうて》を振《ふ》って合図《あいず》してからダッと走《はし》り出《だ》した。

『まーてー』

ズシン、ズシンと足音《あしおと》が響《ひび》いてくる。

(待《ま》ちません！)

怖《こわ》いのでなるべく後《うし》ろを見《み》ないようにしながら走《はし》った。手《て》には青《あお》い珠《たま》。そしてポケットには三枚《さんまい》のお札《ふだ》。アキトがくれたものだ。

「――これまで集《あつ》めた『鬼《おに》の手形《てがた》』を花菜《はな》に託《たく》す。これを使《つか》って石鬼《いしおに》を裏《うら》の山《やま》までおびきだしてくれ、おれは先《さき》に行《い》って準備《じゅんび》する。ただし絶対《ぜったい》にムチャするなよ」

自分《じぶん》にできるかどうかなんて関係《かんけい》ない。やるしかないのだ。

もうすぐ校門《こうもん》にたどり着《つ》く、という寸前《すんぜん》で花菜《はな》の行《ゆ》く手《て》に石鬼《いしおに》の手《て》が伸《の》びてきた。逃《に》げ道《みち》をふさぐつもりだ。

(おねがい、力《ちから》を貸《か》して)

ポケットから最初《さいしょ》の札《ふだ》を引《ひ》っ張《ぱ》り出《だ》す。木《き》の根《ね》のような手形《てがた》が捺《お》された札《ふだ》だ。

(これ……わたしを食《た》べようとした桜《さくら》の木《き》の)

札《ふだ》を挟《はさ》むように二回《にかい》手《て》を叩《たた》き、アキトから教《おそ》わった呪文《じゅもん》をとなえる。

「一《いち》の鬼《おに》、石鬼《いしおに》の動《うご》きを止《と》めて。かしこみかしこみもうす」

札《ふだ》が光《ひか》り輝《かがや》く。

花菜《はな》の手《て》をすり抜《ぬ》けて地面《じめん》に降《お》り立《た》ったかと思《おも》うと、突然《とつぜん》、地面《じめん》が揺《ゆ》れた。

「きゃっ」

ぼよんっ、ぼよんっ。

まるでトランポリンの上《うえ》に立《た》っているときみたいに地面《じめん》がうねる。

どっすーん！　大《おお》きな石鬼《いしおに》はバランスを崩《くず》して派手《はで》に尻餅《しりもち》をついた。

（いまのうちに！）

花菜《はな》はぴょんぴょん跳《と》びながら校門《こうもん》を抜《ぬ》ける。すると札《ふだ》の効力《こうりょく》がきれたのか波立《なみた》っていた地面《じめん》が元《もと》に戻《もど》った。石鬼《いしおに》はなにが起《お》こったのか分《わ》からない様子《ようす》で、まだ立《た》ち上《あ》がれない。

花菜《はな》は先《さき》を急《いそ》ぐ。まだ足元《あしもと》がふわふわしているような気《き》がして気持《きも》ち悪《わる》いけど、貴重《きちょう》な時間《じかん》をムダにできない。

たたた、と商店街《しょうてんがい》の大通《おおどお》りを走《はし》る。

咲倉町《さくらまち》は静寂《せいじゃく》に包《つつ》まれていた。人《ひと》も車《くるま》も電車《でんしゃ》もぜんぶ石《いし》になっている。

（石鬼《いしおに》に踏《ふ》まれたら大変《たいへん》だから、なるべく人《ひと》がいないところを通《とお》らないと）

普段《ふだん》なら絶対《ぜったい》に怒《おこ》られるけど生垣《いけがき》の上《うえ》を歩《ある》いたり、他人《たにん》の家《いえ》の庭《にわ》を抜《ぬ》けたりする。閉《し》まっている踏切《ふみきり》をくぐりぬけて線路《せんろ》の中《なか》に入《はい》った。

『まーてー』

「え、もう来《き》たの!?」

木や電柱《でんちゅう》を薙《な》ぎ倒《たお》し、石鬼《いしおに》がもうすぐそこまで迫《せま》って来《き》ている。目《め》の前《まえ》には踏切《ふみきり》が開《ひら》くのを待《ま》っている大勢《おおぜい》の人《ひと》。

（えぇい、こうなったら）

花菜《はな》は心《こころ》の中《なか》で「ごめんなさい」と謝《あやま》って線路《せんろ》の上《うえ》を走《はし》り出《だ》した。いまは緊急事態《きんきゅうじたい》だ。

「あっ、トンネル！」

真《ま》っ暗《くら》なトンネルが口《くち》を開《ひら》いて待《ま》ち構《かま》えていた。えいっと中《なか》に飛《と》び込《こ》む。足元《あしもと》は暗《くら》いが壁際《かべぎわ》に埋《う》め込《こ》まれた明《あ》かりでかろうじて見《み》えた。

『まーてー』

鬼《おに》は狭《せま》いトンネルの中《なか》を四《よ》つん這《ば》いで追《お》いかけてくる。これなら時間稼《じかんかせ》ぎができる、そう思《おも》った花菜《はな》だったが正面《しょうめん》の明《あ》かりに気《き》づいて急《きゅう》ブレーキをかけた。

「電車《でんしゃ》だ……」

すぐそこが出口《でぐち》なのに、石《いし》になった電車一両《でんしゃいちりょう》が出口《でぐち》をふさぐように停《と》まっている。

「どうしよう。このままじゃ石鬼《いしおに》がきて電車《でんしゃ》をつぶしちゃう。そうしたら中《なか》の人《ひと》たちが」

ここで電車《でんしゃ》を見捨《みす》てたらアキトは悲《かな》しむだろう。花菜《はな》も悲《かな》しい。この町《まち》が大好《だいす》きで、だれも犠牲《ぎせい》になってほしくない。

（決《き》めた！）

花菜《はな》は二枚目《にまいめ》のお札《ふだ》を取《と》り出《だ》した。黒《くろ》い手形《てがた》が捺《お》されている。

（これは、なんの鬼《おに》だろう）

首《くび》を傾《かし》げながら手《て》を叩《たた》く。

「二《に》の鬼《おに》、電車《でんしゃ》を押《お》して。かしこみかしこみもうす」

札《ふだ》が光《ひか》った。

しかし、なにも起《お》きない。

（どうして？　やり方間違《かたまちが》えた!?）

焦《あせ》る花菜《はな》の鼻先《はなさき》をひらりと白《しろ》いものが横切《よこぎ》った。

（虫《むし》？　鳥《とり》？　ううん、この白《しろ》さは――）

バサササ……空気《くうき》が震《ふる》える。

トンネルの出口側《でぐちがわ》に現《あらわ》れたのは、おびただしい群《む》れ。

紙《かみ》だ。本《ほん》のページだ。何千《なんぜん》、何万《なんまん》という本《ほん》のページが鳥《とり》のように羽《は》ばたいて電車《でんしゃ》の後《うし》ろに群《むら》がる。

（友《とも》だち本《ほん》の『鬼《おに》の手形《てがた》』だったんだ！　これだけいれば動《うご》くかも）

石化《せきか》を弱《よわ》められる青《あお》い珠《たま》を握《にぎ》りしめて花菜《はな》も電車《でんしゃ》の後部《こうぶ》に手《て》をついた。

「せーのぉ」

ありったけの力《ちから》をこめる。が、まったく動《うご》かない。鉄《てつ》の塊《かたまり》なのだから当然《とうぜん》。

「もう一回《いっかい》いくよ。せーのぉっ」

今度《こんど》はもっと力《ちから》を込《こ》める。びくともしない。手《て》がじんじんしてきた。

『まーてー』

「まずい、きちゃった!!」

石鬼《いしおに》がすぐそこまで来《き》ている。地面《じめん》に手《て》をつく度《たび》にレールが割《わ》れた。もしあの怪力《かいりき》で電《でん》車《しゃ》を踏《ふ》みつぶしたらと思《おも》うと……

(もう無理《むり》なの？　わたし、助《たす》けられない？)

絶望的《ぜつぼうてき》な気持《きも》ちになる。どんなに努力《どりょく》しても無理《むり》なものは無理《むり》なのだ。ちっぽけな力《ちから》では、だれも助《たす》けられない。

(もうだめ……)

ぎゅっと目《め》をつぶったとき、

『あきらめるな！』

耳元《みみもと》で声《こえ》がした。ハッとして目《め》を開《あ》けるとアキトの姿《すがた》がある。どうして。

『思念《しねん》を飛《と》ばした。幻覚《げんかく》みたいなものだな。ここまで頑張《がんば》ったんだ、諦《あきら》めるのはまだ早《はや》い。おれも手伝《てつだ》う』

「……うん！」

アキトの幻《まぼろし》は両手《りょうて》を伸《の》ばして車輪《しゃりん》に意識《いしき》を集中《しゅうちゅう》する。

『おれは車輪《しゃりん》に力《ちから》を込《こ》める。花菜《はな》はタイミングを合《あ》わせて押《お》すんだ。せーのでいくぞ。――せーの!!』

これまでにないくらいの力《ちから》を込《こ》めた。

花菜《はな》、アキト、紙《かみ》たちの力《ちから》が合《あ》わさり……がたん、と電車《でんしゃ》が動《うご》き出《だ》す。

「やった」

『このまま押《お》し出《だ》す。外《そと》に出《で》たらすぐ左手《ひだりて》に走《はし》るんだ』

「うん！」

力《ちから》をあわせてトンネルの外《そと》に電車《でんしゃ》を出《だ》す。

『まーてー』

後《うし》ろから伸《の》びてきた石鬼《いしおに》の手《て》を間一髪《かんいっぱつ》、しゃがんで避《さ》ける。花菜《はな》は言《い》われたとおり左側《ひだりがわ》の土手《どて》を駆《か》け上《あ》がった。

目指《めざ》す山《やま》はすぐそこだ。土手《どて》を上《あ》がった花菜《はな》は迷《まよ》いなく三枚目《さんまいめ》の札《ふだ》を取《と》り出《だ》した。鉤爪《かぎづめ》のような手形《てがた》が捺《お》されている。

(アキトくんのところへ連《つ》れて行《い》って)

パンパン、高《たか》らかに手《て》を叩《たた》く。

「三《さん》の鬼《おに》、わたしに翼《つばさ》をちょうだい。かしこみかしこみもうす」

札《ふだ》がまばゆく光《ひか》った。花菜《はな》の背中《せなか》に天使《てんし》のような羽《はね》が広《ひろ》がる。地面《じめん》をぽんと蹴《け》るとふわりと浮《う》き上《あ》がった。風《かぜ》に乗《の》り、あっという間《ま》に山《やま》のてっぺんに到達《とうたつ》する。

「花菜《はな》、ここだ」

見下《みお》ろすと森《もり》を切《き》り開《ひら》いたゴルフ場《じょう》にアキトが立《た》っている。周《まわ》りには石《いし》で五芒星《ごぼうせい》が描《えが》かれていた。

「アキトくんわたしやったよ！」

「よく頑張《がんば》ったな。あとはおれの仕事《しごと》だ。早《はや》く降《お》りてこい」

「うん」

両手《りょうて》を広《ひろ》げてアキトの元《もと》に降《お》りる——つもりだった。

『つかまえた』

真横《まよこ》から伸《の》びてきた手《て》が花菜《はな》の体《からだ》をつかむ。石鬼《いしおに》だ。

「てめぇ！　花菜《はな》を放《はな》せ！」

胴体《どうたい》をつかまれた花菜《はな》は声《こえ》を出《だ》すことができない。痛《いた》いのと苦《くる》しいのとで意識《いしき》が薄《うす》れていく中《なか》で、アキトの必死《ひっし》な声《こえ》がこだました。

「やめろ、おれを食《た》べればいいだろ。煮《に》るなり焼《や》くなり好《す》きにしろ。そのかわり花菜《はな》を解《かい》放《ほう》してくれ。頼《たの》むから」

（そんなの、ダメ、だよ……）

ここまできてアキトが負《ま》けるなんて絶対《ぜったい》にダメだ。石鬼《いしおに》を倒《たお》して町《まち》を救《すく》わなくちゃいけない。この町《まち》も、モモクリマチも。みんなを。

（おねがい、わたしのことは、いいから……おねがい）

アキトと目《め》が合《あ》った。花菜《はな》は必死《ひっし》に首《くび》を振《ふ》る。自分《じぶん》のことはいいから、と。

「ちがうんだ、花菜《はな》。ちがうんだよ。おれ、自分《じぶん》のことを『おんみょうじ』だって、ずっと偉《えら》そうにしていたけど、修行《しゅぎょう》をサボっていたからレベルとしては下《げ》の下《げ》で……バカで、弱虫《よわむし》で、役立《やくだ》たずなんだよ。本当《ほんとう》は花菜《はな》が思《おも》っているような凄《すご》いヤツじゃないんだ」

苦《くる》しそうに下《した》を向《む》くアキト。その頬《ほお》を涙《なみだ》が伝《つた》う。

「でもずっと後悔《こうかい》してた。モモクリマチのみんなを置《お》いてひとりだけ逃《に》げてきたこと――もうあんな思《おも》いをするのはイヤだ。花菜《はな》が石《いし》になるなら、おれだって、もう、だめだ。ひとりじゃだめなんだ……うっ」

アキトは大粒《おおつぶ》の涙《なみだ》を流《なが》していた。

いままでどんな鬼《おに》に遭《あ》っても泣《な》いたりしなかったアキトが。はじめて。

(役立《やくだ》たずなんかじゃない。わたしはあなたに助《たす》けてもらったの。ほかの『おんみょうじ』がどんなに凄《すご》くても、わたしの『おんみょうじ』はアキトくんだけだよ。だから……)

花菜《はな》の流《なが》した涙《なみだ》が、ぴちゃん、と手《て》に落《お》ちた。

――光《ひかり》。まばゆい光《ひかり》が生《う》まれた。

『ウァッ』

驚《おどろ》いた石鬼《いしおに》が花菜《はな》を解放《かいほう》して後《あと》ずさりする。ゆっくり落下《らっか》した花菜《はな》はアキトによって抱《だ》きとめられた。

「……アキトくん、この光《ひかり》は?」

手《て》の中《なか》をみると青《あお》い珠《たま》――身守《みまも》り石《いし》が神々《こうごう》しい光《ひかり》を放《はな》っている。ピシピシと音《おと》を立《た》て

て殻《から》が破《やぶ》れ、緑色《みどりいろ》の芽《め》が飛《と》びだした。

「ええっ」

びっくりして手《て》を離《はな》すと地面《じめん》に落《お》ちた。身守《みまも》り石《いし》はみるみるうちに成長《せいちょう》して巨大《きょだい》な桃《もも》ノ木《き》に早変《はやが》わりする。

「すげぇ、花菜《はな》の心《こころ》の強《つよ》さが桃《もも》ノ木《き》を目覚《めざ》めさせたんだ」

桃《もも》ノ木《き》に濃《こ》いピンク色《いろ》の花《はな》が咲《さ》いた。どこからか吹《ふ》いてきた風《かぜ》に花《はな》びらが舞《ま》い上《あ》がり、空《そら》を覆《おお》っていた雲《くも》がばらばらに散《ち》っていく。雲《くも》の隙間《すきま》から差《さ》し込《こ》んだ太陽《たいよう》の光《ひかり》に目《め》がくらんだ石鬼《いしおに》が地面《じめん》に手《て》をついた。

「花菜《はな》、いけるか」

「ばっちり」

互《たが》いに目《め》を合《あ》わせて微笑《ほほえ》む。

『青巻紙赤巻紙黄巻紙《あおまきがみあかまきがみきまきがみ》　東京特許許可局《とうきょうとっきょきょかきょく》　武具馬具武具馬具三武具馬具《ぶぐばぐぶぐばぐみぶぐばぐ》あわせて武具馬具六武具馬具《ぶぐばぐむぶぐばぐ》　桜咲《さくらさ》く桜《さくら》の山《やま》の桜花咲《おうかさ》く桜《さくら》あり散《ち》る桜《さくら》あり　六根清浄《ろっこんしょうじょう》　急急如律令《きゅうきゅうにょりつりょう》』

ふたりの声《こえ》がぴったり重《かさ》なる。

五芒星《ごぼうせい》が輝《かがや》き、石鬼《いしおに》の全身《ぜんしん》を包《つつ》み込《こ》んだ。

『オ……オォ……』

巨大《きょだい》な体《からだ》が土煙《つちけむり》を上《あ》げながら砂《すな》のように崩《くず》れ落《お》ちていく。

「ここにいろ」

アキトは花菜《はな》を残《のこ》して石鬼《いしおに》のもとに歩《あゆ》み寄《よ》った。

『ア、キ、ト』

ボロボロになりながらアキトに手《て》を伸《の》ばす石鬼《いしおに》。その体《からだ》はどんどん小《ちい》さくなり、アキトと同《おな》じくらいになった。

『ア……キト。もう、さみしく、ない？』

「え？」

アキトはびっくりして目《め》を見開《みひら》いた。

(友《とも》だち、だったんだよね)

花菜《はな》は目《め》を閉《と》じて想像《そうぞう》する。石鬼《いしおに》の気持《きも》ちを。

だれも来《こ》ない森《もり》の奥《おく》でひっそりと咲《さ》いていた桃《もも》ノ木《き》。そこにやってきた『おんみょうじ』のアキト。きっと長《なが》い時間《じかん》を一緒《いっしょ》に過《す》ごしたのだろう。アキトは年《とし》の離《はな》れた友《とも》だちと言《い》っていたけれど、桃《もも》ノ木《き》にとっては孫《まご》みたいな存在《そんざい》だったのかもしれない。

――「ねぇ、お祖母《ばあ》ちゃんはどうしていつもやさしいの？」

あるとき、お祖母《ばあ》ちゃんに聞《き》いてみたことがある。お母《かあ》さんに叱《しか》られて泣《な》いていた花菜《はな》を、お祖母《ばあ》ちゃんは温《あたた》かく抱《だ》きしめてくれた。

――「だって、お祖母《ばあ》ちゃんは花菜《はな》ちゃんのことが大好《だいす》きだもの」

そう言《い》って頭《あたま》を撫《な》でてくれた皺《しわ》だらけの手《て》の感触《かんしょく》、忘《わす》れるはずがない。

『ア、キト。いいこ、いいこ』

ぎこちなく伸《の》ばした手《て》でアキトを撫《な》でようとする石鬼《いしおに》。

でもその手《て》がアキトに触《ふ》れる寸前《すんぜん》で一回《いちまわ》り小《ちい》さくなった。そのまま地面《じめん》に倒《たお》れ込《こ》みそうになったところを、アキトが抱《だ》きとめる。

「……おれはバカだ、ずっと勘違《かんちが》いしてた」

ランドセルくらいに小《ちい》さくなった石鬼《いしおに》をやさしく抱《だ》く。目《め》をうるませながら。

「みんな遠足《えんそく》に行《い》って、ひとりで取《と》り残《のこ》されたおれが悔《くや》しがっていたから、どこにもいかないよう石《いし》に変《か》えたんだな。おれ、なにも分《わ》かってなかった……ごめん、ごめんな」

ぽろぽろとこぼれる涙《なみだ》を石鬼《いしおに》の手《て》が撫《な》でる。

『アキト、なかないで、わらって』

「――うん、うん」

アキトは必死《ひっし》に目蓋《まぶた》をこすると精《せい》いっぱいの笑顔《えがお》を浮《う》かべた。

「ありがとう。もうだいじょうぶだ」

『よかっ、た』

石鬼《いしおに》が笑《わら》う。とても幸《しあわ》せそうに。体《からだ》の輪郭《りんかく》がぼやけて薄《うす》れていく。

「さよなら。――またいつか会《あ》おうな」

次《つぎ》の瞬間《しゅんかん》、石鬼《いしおに》は完全《かんぜん》に形《かたち》を失《うしな》い、花《はな》びらになって空《そら》へ流《なが》れていった。

アキトは涙《なみだ》を拭《ぬぐ》うこともせず、石鬼《いしおに》が消《き》えた青空《あおぞら》を見《み》つめている。花菜《はな》はそっと横《よこ》に並《なら》んだ。

「いっちゃった、ね」

「……ああ」

悲《かな》しい別《わか》れのはずなのに、アキトの表情《ひょうじょう》はなんだか明《あか》るい。

「さっき頭《あたま》の中《なか》で映像《えいぞう》が見《み》えたんだ。石鬼《いしおに》の本体《ほんたい》だった桃《もも》ノ木《き》がゆっくりと倒《たお》れる光景《こうけい》が。かなり古《ふる》い木《き》だったから寿命《じゅみょう》が尽《つ》きたんだろう。……でも不思議《ふしぎ》と悲《かな》しくないんだ。だって、ここにいるから」

手《て》のひらを開《ひら》いて見《み》せてくれたのは茶色《ちゃいろ》い種《たね》だった。いつか時期《じき》がくれば桃《もも》ノ木《き》として再生《さいせい》するのだ。

「また、友《とも》だちになれればいいね」

「――なるさ、きっとまた」

アキトは力強《ちからづよ》くうなずいた。

『アキト～、ハナ～』

彼方《かなた》から呼《よ》ぶ声《こえ》がして、鳥《とり》の姿《すがた》の赤《あか》ニャンが飛《と》んできた。

「赤《あか》ニャン。よかった、元《もと》に戻《もど》ったんだね」

花菜《はな》は両腕《りょううで》で受《う》け止《と》める。

『あったりまえだ。どこかの半人前《はんにんまえ》のせいで大変《たいへん》な目《め》にあったぜ』

猫《ねこ》の姿《すがた》に戻《もど》った赤《あか》ニャンがぱたぱたと尻尾《しっぽ》を揺《ゆ》らす。アキトもどこかうれしそうに赤《あか》ニャンの頭《あたま》を撫《な》でた。

「悪《わる》かったな、半人前《はんにんまえ》で」

『およ？　いつもなら怒《おこ》るのに、やけに素直《すなお》だな』

「うるせぇ」

照《て》れくさそうなアキトがなんだか可愛《かわい》く見《み》える。

『まぁいいか。ハナも大変《たいへん》だったろう。よくがんばったな』

「ううん。赤《あか》ニャンと、ツルさんと、りのちゃん。アキトくんのおかげだよ」

みんながいなければ、こんなにがんばれなかった。ひとりでは絶対《ぜったい》に無理《むり》だった。

「それにね、赤《あか》ニャン、アキトくんは半人前《はんにんまえ》なんかじゃないよ」

花菜《はな》は赤《あか》ニャンのおでこをつつく。

「とても強《つよ》くて立派《りっぱ》な『おんみょうじ』だよ。わたし知《し》ってるもん」

『おによ？』

赤《あか》ニャンは目《め》を丸《まる》くしていたが、『ほほぅ』と目《め》を細《ほそ》くした。

『にゃーるほど。そういうことか』

赤《あか》ニャンの二本《にほん》の尻尾《しっぽ》がハート型《がた》を作《つく》る。

（ちょっと、やめて！）

花菜《はな》は慌《あわ》てて赤《あか》ニャンを抱《だ》きしめた。アキトは不思議《ふしぎ》そうだ。

「どうした、花菜《はな》」

「なんでもないよアキトくん。あははは……もぅ、赤《あか》ニャン」

顔《かお》から火《ひ》が噴《ふ》きそうな熱《あつ》さだ。パタパタと手《て》であおぐ花菜《はな》の前《まえ》に、アキトが近《ちか》づいてきた。いつになく真剣《しんけん》な眼差《まなざ》しで。

「話《はな》しておきたいことがあるんだけど、いいか?」

花菜《はな》はどきっとした。

「な、なに、急《きゅう》に改《あらた》まって」

落《お》ち着《つ》いていたはずの心臓《しんぞう》が早鐘《はやがね》を打《う》つ。

アキトは一体《いったい》なにを言《い》うつもりだろう。

緊張《きんちょう》して次《つぎ》の言葉《ことば》を待《ま》っていると、

「おれ、近《ちか》いうちにモモクリマチに帰《かえ》るよ」

「え――……」

ぐるっ、と世界《せかい》がひっくり返《かえ》るような気《き》がした。

「石鬼《いしおに》がいなくなったことでマチのみんなも元《もと》に戻《もど》ったはずだ。母《かあ》ちゃんやアリサ、みんなのことが気《き》になるし、落《お》ち着《つ》いたらモモクリマチに戻《もど》ることにする」

モモクリマチに戻《もど》る。転校《てんこう》して、会《あ》えなくなるという意味《いみ》だ。

「そ……うだよね、心配《しんぱい》だもんね」

言葉《ことば》が出《で》てこない。良《よ》かったね、とも、また来《き》てね、とも。行《い》かないで……とも。

「いままでありがとう。花菜《はな》がいなかったらどうなってたか。本当《ほんとう》に助《たす》かった」

「ううん、わたしこそ……」

顔《かお》をちゃんと見《み》られない。

アキトが遠《とお》くへ行《い》ってしまう。

「たまに電話《でんわ》するし、手紙《てがみ》も出《だ》す。ばあちゃんのところに来《き》たときは会《あ》いに行《い》く。だから、おれのこと忘《わす》れるなよ」

「わすれるわけ、ないじゃん」

泣《な》いたらダメだ。そう思《おも》うのに顔《かお》を上《あ》げられない。アキトの目《め》を見《み》られない。

とんとん、と肩《かた》を叩《たた》かれた。

「ツルさん」

折《お》り紙《がみ》のツルが花菜《はな》の肩《かた》に乗《の》っている。まるで「伝《つた》えたいことがあるんだろう」と言《い》わんばかりに。

そうだ。勇気《ゆうき》を出《だ》すのだ。

「アキトくん。わたしも……ずっと、言《い》いたかったことがあるの」

自分《じぶん》の気持《きも》ちを伝《つた》えたかった。アキトのことが好《す》きだと。

「あの……わたし……」

アキトは真剣《しんけん》な面持《おもも》ちで花菜《はな》を見《み》つめている。

体《からだ》が熱《あつ》い。石鬼《いしおに》に追《お》いかけられたときでさえこんなにドキドキしなかったのに。

(ええい、もう言《い》っちゃえ)

覚悟《かくご》を決《き》めて口《くち》を開《ひら》いた。

「わたし――『かんじゅせい』ってどういう意味《いみ》なのかずっと気《き》になってたの!!」

あぁもうバカ。花菜《はな》は激《はげ》しく後悔《こうかい》した。

アキトも赤《あか》ニャンもツルもぽかんとしている。

「待《ま》って、違《ちが》うの、ほんとは」

「……ぷっ、あははははっ」

アキトはお腹《なか》をかかえて笑《わら》い出《だ》した。今度《こんど》は花菜《はな》がぽかんとする番《ばん》だ。

「そ、そんなに笑《わら》わなくても、いいじゃん……」

あまりに恥《は》ずかしくて、穴《あな》があったら入《はい》りたい。

「いや、ずっと気《き》にしていたのかって思《おも》うとおかしくて。あははっ」

「ひ、ひどいよ」

「ごめんごめん。『感受性《かんじゅせい》』な、実《じつ》はよく知《し》らないんだ。大人《おとな》の受《う》け売《う》り。なんかカッコイイ響《ひび》きだろう」

得意《とくい》げな顔《かお》をするくせに、意味《いみ》は分《わ》からないらしい。

「なんだ、気《き》にして損《そん》した！」

結局《けっきょく》『かんじゅせい』の意味《いみ》は分《わ》からなかったけれど、でも、こんなに大笑《おおわら》いするアキトが珍《めずら》しくて面白《おもしろ》かった。

「ああ腹痛《はらいた》い、こんなちっぽけなことを気《き》にするなんて花菜《はな》も未熟《みじゅく》だな」

『おまえが言《い》うにゃ、半人前《はんにんまえ》』

「なんだよ。式鬼《しき》が主人《しゅじん》に逆《さか》らうのか？」

『おう、やってやろうじゃねぇか。下剋上《げこくじょう》だ』

バチバチにらみ合《あ》うアキトと赤《あか》ニャンがいつも通《どお》り過《す》ぎて、花菜《はな》もたまらず笑《わら》い声《ごえ》を上《あ》げた。

「もう、ケンカしないでよ」

桃《もも》ノ木《き》が葉《は》っぱを揺《ゆ》らしている。まるで一緒《いっしょ》に笑《わら》うように。

エピローグ　おかえりなさい。

――季節《きせつ》はすぎて、夏《なつ》。ミンミンゼミの大合唱《だいがっしょう》がにぎやかだ。

「友美《ともみ》ちゃん、りのちゃん、行《い》くよ」

「えっ、花菜《はな》ちゃん速《はや》いよぉ」

「なんだか先生《せんせい》みたいね」

花菜《はな》たちはいつもの通学路《つうがくろ》を速足《はやあし》で歩《ある》いていた。

横断歩道《おうだんほどう》に差《さ》しかかり、走《はし》りたくてウズウズしている友美《ともみ》が小声《こごえ》で誘《さそ》ってくる。

「ねぇダッシュしない？」

「だーめ。信号《しんごう》が点滅《てんめつ》しているから次《つぎ》まで待《ま》とう」

花菜《はな》に制《せい》されて友美《ともみ》はしぶしぶ足《あし》を止《と》める。

「なんか花菜《はな》ちゃん急《きゅう》にオトナになったね」

「だって来年六年生《らいねんろくねんせい》になるんだもん。児童会《じどうかい》の活動《かつどう》もはじまるし、ちゃんとしなくちゃ」

「ふふ、大人《おとな》ねぇ」

莉乃《りの》にからかわれても花菜《はな》は涼《すず》しい顔《かお》で笑《わら》った。

――あの日《ひ》。石化《せきか》が解《と》けたあと、咲倉町《さくらまち》はいつも通《どお》りの日常《にちじょう》を取《と》り戻《もど》した。

花菜《はな》とアキトは無断《むだん》で学校《がっこう》を抜《ぬ》け出《だ》したことを先生《せんせい》に怒《おこ》られたが『秘密《ひみつ》』がまたひとつ増《ふ》えたみたいでうれしかった。

面白《おもしろ》かったのはあの日《ひ》、花菜《はな》が身守《みまも》り石《いし》から生《は》やした桃《もも》ノ木《き》だ。

山《やま》のゴルフ場《じょう》に突然《とつぜん》生《は》えた桃《もも》ノ木《き》は、突然変異《とつぜんへんい》、天変地異《てんぺんちい》、超常現象《ちょうじょうげんしょう》、宇宙人《うちゅうじん》からのメッセージなど様々《さまざま》な憶測《おくそく》が広《ひろ》がり、連日《れんじつ》テレビや動画《どうが》サイトで取《と》り上《あ》げられるほどだった。

咲倉町《さくらまち》の新《あら》たな観光名所《かんこうめいしょ》にする計画《けいかく》が持《も》ち上《あ》がっていることから、いまは立《た》ち入《い》り禁止《きんし》の柵《さく》が立《た》てられている。どうやら切《き》り倒《たお》される心配《しんぱい》はなさそうだ。

「それにしても暑《あつ》いわね」

紫外線《しがいせん》よけの帽子《ぼうし》をかぶっていた莉乃《りの》が汗《あせ》を拭《ぬぐ》った。

刺《さ》すような日差《ひざ》しが信号待《しんごうま》ちをしている三人《さんにん》に襲《おそ》いかかる。アスファルトの照《て》り返《かえ》しが眩《まぶ》しくてアイスクリームみたいに溶《と》けてしまいそうだ。

「もうすぐ夏休《なつやす》みね。りのは撮影《さつえい》で沖縄《おきなわ》に行《い》くけど、ふたりはどうするの？」

「あたしは毎日《まいにち》プールに行《い》くよ。まっくろに日焼《ひや》けして夏休《なつやす》み明《あ》けみんなをびっくりさせるんだ」

「ううっ、りのには考《かんが》えられないわ」

ドン引《び》きしていた莉乃《りの》は反対側《はんたいがわ》に視線《しせん》を向《む》ける。

「花菜《はな》ちゃんは？　アキトくんのところに遊《あそ》びに行《い》くの？」

「……うん、行《い》けたらいいね」

花菜《はな》は浮《う》かない表情《ひょうじょう》だ。

あのあと、石鬼《いしおに》の事件《じけん》から一週間《いっしゅうかん》も経《た》たないうちにアキトは転校《てんこう》してしまった。

『おうちの事情《じじょう》で急《きゅう》に戻《もど》ることになったそうです。皆《みな》さんに挨拶《あいさつ》できずとても残念《ざんねん》そうでした』

アキトの転校《てんこう》を阿部先生《あべせんせい》から知《し》らされた生徒《せいと》たちは大騒《おおさわ》ぎ。

花菜《はな》は世界《せかい》の終《お》わりのような気持《きも》ちになった。

帰《かえ》るとは言《い》っていたけどこんなに早《はや》いなんて。

サヨナラも言《い》えなかった花菜《はな》がぼんやりしながら家《いえ》に帰《かえ》ると、【森崎花菜《もりさきはな》さま】と書《か》かれた切手《きって》のない手紙《てがみ》がポストに入《はい》っていた。

どきどきしながら封《ふう》を開《あ》けると、桜色《さくらいろ》のキレイな便箋《びんせん》に、たった一行《いちぎょう》。

『花菜《はな》、ありがとう。またな。――おんみょうじより』

素《そ》っ気《け》ない言葉《ことば》が綴《つづ》られていた。

「アキトくん……」

涙《なみだ》があふれた。短《みじか》い言葉《ことば》の中《なか》にアキトの気持《きも》ちが全部《ぜんぶ》こもっていたからだ。

手紙《てがみ》の中身《なかみ》はそれだけで、住所《じゅうしょ》も電話番号《でんわばんごう》もない。これでは連絡《れんらく》のしようがない。

どうしても気《き》になった花菜《はな》は授業《じゅぎょう》でつかう地図帳《ちずちょう》を開《ひら》いて「モモクリマチ」を探《さが》したが見《み》つからなかった。

お母《かあ》さんや先生《せんせい》に聞《き》いても知《し》らないという。サナエおばあちゃんに聞《き》いてみようと何度《など》か家《いえ》の前《まえ》まで行《い》ったがずっと留守《るす》で、会《あ》えていない。

ツルはキーホルダーにしてランドセルに結《むす》んでいるが「アキトくんのところに連《つ》れて行《い》って」とお願《ねが》いしても反応《はんのう》しない。もう力《ちから》を失《うしな》ってしまったのだろうか。

(さみしいな)

今日《きょう》は髪《かみ》の毛《け》を結《むす》ばずに来《き》た。

お母《かあ》さんも友美《ともみ》も莉乃《りの》も、意地悪《いじわる》なお兄《にい》ちゃんですら「似合《にあ》ってる」と褒《ほ》めてくれたのに心《こころ》の中《なか》にぽっかりと穴《あな》が空《あ》いているみたいだ。

（アキトくん、いまごろ、なにしているのかな）

こつん、と足元《あしもと》の小石《こいし》を蹴《け》った。

（電話《でんわ》するって言《い》ったじゃん。手紙《てがみ》も書《か》くって言《い》ったじゃん。アキトくんのバカ）

家《いえ》の電話《でんわ》が鳴《な》ったり、郵便屋《ゆうびんや》さんが手紙《てがみ》を持《も》ってきたりする度《たび》に、花菜《はな》はどきどきしているのに。

（忙《いそが》しいなら、前《まえ》に見《み》せてくれた思念《しねん》……だっけ、あれで顔《かお》を見《み》せに来《き》てくれるだけでもいいのに。それだけでいいのに。――それとも、忘《わす》れちゃったのかな、わたしのこと）

胸《むね》の奥《おく》がぎゅっと痛《いた》くなる。

「花菜《はな》ちゃん、信号変《しんごうか》わったよ」

友美《ともみ》に肩《かた》を叩《たた》かれた。莉乃《りの》も前《まえ》を指《さ》し示《しめ》す。

「ほら行《い》きましょう！」

「あ、うん」

横断歩道《おうだんほどう》を歩《ある》きはじめる。あと少《すこ》しというところで友美《ともみ》がダッと走《はし》り出《だ》した。

「こら、友美《ともみ》ちゃん！」

「近道《ちかみち》するだけだって〜」

さっと公園《こうえん》の中《なか》に入《はい》ってしまったので仕方《しかた》なく追《お》いかけた。

「あっ、猫発見《ねこはっけん》！」

赤茶色《あかちゃいろ》の猫《ねこ》が草《くさ》むらに飛《と》び込《こ》んでいく。動《うご》きが速《はや》くて赤《あか》ニャンかどうか分《わ》からない。

「猫《ねこ》ちゃん待《ま》ってー」

友美《ともみ》は瞬《またた》く間《ま》に駆《か》けていく。

「まったく、お子《こ》ちゃまなんだから」

莉乃《りの》が呆《あき》れたように後《あと》を追《お》い、花菜《はな》はひとりで取《と》り残《のこ》されてしまった。

(……ここには、来《き》たくなかったのに)

アキトと初《はじ》めて出会《であ》った公園《こうえん》。

ここに来《く》ると余計《よけい》に悲《かな》しくなるから近《ちか》づかないようにしていたのに。

『――はな』

ふいに名前《なまえ》を呼《よ》ばれた気《き》がした。

「アキトくん!?」

どきっとして振《ふ》り向《む》くが、風《かぜ》に木《こ》の葉《は》が舞《ま》っているだけだった。

だれもいない。

周《まわ》りはとても静《しず》かで、ひとりぼっちなのだと実感《じっかん》する。

(気《き》のせい、だよね。そうだよね)

残念《ざんねん》な気持《きも》ちで足元《あしもと》を見《み》つめているとアキトの声《こえ》が次々《つぎつぎ》とよみがえってきた。

——『おい。へいきか』

そう、初《はじ》めて会《あ》ったときは、ぶっきらぼうで、なんだか怖《こわ》い感《かん》じがした。でも花《は》菜《な》を助《たす》けてくれたのだ。

(懐《なつ》かしいなぁ。ほんの少《すこ》し前《まえ》なのにすごく昔《むかし》みたいな気《き》がしてくる)

花《は》菜《な》はゆっくりと歩《ある》き出《だ》した。桜並木《さくらなみき》はすっかり緑《みどり》に模様《もよう》替《が》えしていて、セミや鳥《とり》の声《こえ》が賑《にぎ》やかだ。

(出会《であ》ってから色々《いろいろ》あったなぁ。怖《こわ》いことも、楽《たの》しいことも、たくさん)

アキトと過《す》ごした短《みじか》い時間《じかん》がくっきりと脳裏《のうり》に焼《や》きついている。

——『あんまり手間《てま》かけさせるな、バーカ』

——『おまえは余計《よけい》なことするなよ』

最初《さいしょ》のころはすごく冷《つめ》たかった。

でも。

——『おれだけじゃ力《ちから》が足《た》りないんだよ。早《はや》く！　花菜《はな》！』

初《はじ》めて鬼退治《おにたいじ》したときはすごくドキドキした。いま思《おも》い出《だ》しても胸《むね》が熱《あつ》くなるくらいだ。

そう、お泊《と》まりしたときも。

——『いいじゃん、似合《にあ》ってて。たまにはその髪型《かみがた》で学校《がっこう》来《こ》いよ』

あの言葉《ことば》がすごくうれしかったから髪《かみ》の毛《け》をおろしているのに、本当《ほんとう》に褒《ほ》めて欲《ほ》しい人《ひと》がいないんじゃ意味《いみ》がない。

——『頼《たよ》りにしてるんだぜ、これでも』

——『もし花菜《はな》がいなくなったら、おれ、すごく困《こま》る』

アキトと一緒《いっしょ》にたくさんの鬼《おに》を退治《たいじ》してきた。花菜《はな》ひとりだったらなにもできずに震《ふる》えているだけだっただろう。

——『おれ、近《ちか》いうちにモモクリマチに帰《かえ》るよ』

あのセリフには、心臓《しんぞう》が止《と》まりそうになった。

石鬼《いしおに》を倒《たお》したことでモモクリマチの人《ひと》たちが元《もと》に戻《もど》ったのだ。すぐに会《あ》いたい気持《きも》ちは分《わ》かる。

花菜《はな》だってあの日家《ひいえ》に帰《かえ》ってお母《かあ》さんとお兄《にい》ちゃんを見《み》たときは思《おも》わず涙《なみだ》ぐんでしまったくらいだ。

(久《ひさ》しぶりに家族《かぞく》や友《とも》だちに会《あ》えたんだからうれしいよね、うん、分《わ》かるよ。……でも、わたしのことは?)

アキトは平気《へいき》なのかな、自分《じぶん》がいなくても。

自分《じぶん》のことなんかすっかり忘《わす》れて、モモクリマチで楽《たの》しく過《す》ごしているのかな。

――『だから、おれのこと忘《わす》れるなよ』

――『花菜《はな》、ありがとう。またな。――おんみょうじより』

花菜《はな》は立《た》ち止《ど》まる。

「あいたいよ、アキトくん」

ぽつりとこぼれた言葉《ことば》。

「さみしいよ、アキトくん」

あふれだした想《おも》い。

止《と》まらない気持《きも》ち。

もう一歩《いっぽ》も動《うご》けない。

(ああ、わたし、こんなに……)

こんなにも会《あ》いたいのに。

会《あ》いたくて、会《あ》いたくて。

さみしくて、かなしくて。

「なんで……こんなに会《あ》いたいのに、なんで、会《あ》えないの……」

こらえきれず、花菜《はな》は大声《おおごえ》で泣《な》きだした。

さみしい気持《きも》ちが募《つの》ると鬼《おに》が生《う》まれてしまう。

あんな恐《おそ》ろしい存在《そんざい》が自分《じぶん》から生《う》まれるなんてイヤだ。

……でも、もし鬼《おに》が出《で》てきたらアキトが退治《たいじ》しにきてくれるだろうか……

「やだよぉ、このままじゃ鬼《おに》が出《で》てきちゃうよ……。会《あ》いに来《き》てよ、いますぐ来《き》てよ……

会《あ》いたいよアキトくん、アキトくん……！」

風《ふう》に向《む》かって叫《さけ》ぶ。

ありったけの思《おも》いを。

だれにも届《とど》くはずのない願《ねが》いを。

そのとき、さぁぁ、と乱暴《らんぼう》な風《かぜ》が吹《ふ》いて、ランドセルにつけていたツルがカタカタと鳴《な》った。

「——ずいぶんとワガママだな」

深《ふか》い緑《みどり》の向《む》こうから声《こえ》がした。

ハッと息《いき》を呑《の》む。

「ど……うして？」

近《ちか》づいてきたランドセルの男《おとこ》の子《こ》は花《は》菜《な》の前《まえ》で立《た》ち止《ど》まると、そっぽを向《む》いて、ぼそぼそと口《くち》を動《うご》かす。

「昨日《きのう》の夜遅《よるおそ》くに戻《もど》ってきた。その、母《かあ》ちゃんがもう少《すこ》し修行《しゅぎょう》してこいって言《い》うから」

『よく言《い》うぜ。咲倉町《さくらまち》に戻《もど》りたいって毎日《まいにち》泣《な》いてたくせに』

いつの間《ま》にか花《は》菜《な》の足元《あしもと》で赤《あか》ニャンが丸《まる》くなっていた。

「だまれ！」

彼《かれ》は顔《かお》を赤《あか》くして怒《ど》鳴《な》っている。

(戻《もど》ってきてくれた。戻《もど》ってきてくれたんだ……)

胸《むね》がツンと痛《いた》くなる。

「うっく……っ」

手《て》で顔《かお》を覆《おお》った。泣《な》き顔《がお》を見《み》られたくない。

慌《あわ》てたのは向《む》こうの方《ほう》で、心配《しんぱい》そうに顔《かお》を覗《のぞ》き込《こ》んでくる。

「どうした、腹《はら》でも痛《いた》いのか？」

「ち、がう」

花菜《はな》は頭《あたま》を左右《さゆう》に振《ふ》る。言葉《ことば》がつかえてうまく出《で》てこない。

「わたし、もう会《あ》えないと思《おも》って、さみしくて、鬼《おに》が生《う》まれちゃうんじゃないかって、だって手紙《てがみ》には住所《じゅうしょ》も電話番号《でんわばんごう》も書《か》いてなかったから、連絡《れんらく》したくても、できなくて」

「ごめん。うっかりしてた」

はにかんだような笑顔《えがお》。

この笑顔《えがお》に、ずっと、会《あ》いたかった。

不思議《ふしぎ》だ。ぽっかりと空《あ》いた穴《あな》がみるみるうちに埋《う》まっていく。

やさしい気持《きも》ちで、みたされる。

「ただいま、花菜《はな》。またよろしくな」

花菜《はな》はごしごしと目《め》をこすり、顔《かお》を上《あ》げ、のどをふるわせて、叫《さけ》んだ。

「――おかえりなさい、アキトくん！」

おしまい

あとがき

はじめまして、咲間咲良《さくまさくら》です。このお話《はなし》を書《か》いた作者《さくしゃ》です。

「転校生《てんこうせい》はおんみょうじ！」を手《て》に取《と》っていただきありがとうございます。花菜《はな》ちゃんとアキト、そして赤《あか》ニャンの活躍《かつやく》を楽《たの》しんでいただけましたか？

ここで簡単《かんたん》に内容《ないよう》をおさらいしますね。「転校生《てんこうせい》はおんみょうじ！」は、変《へん》なものが見《み》えてしまう小学五年生《しょうがくごねんせい》の花菜《はな》ちゃんが、転校生《てんこうせい》のアキトくんと赤《あか》ニャンに出会《であ》い、さまざまな怪事件《かいじけん》を解決《かいけつ》していく物語《ものがたり》です。

もしも、大切《たいせつ》な友《とも》だちの様子《ようす》がおかしかったら……

もしも、授業中《じゅぎょうちゅう》にふわふわと飛《と》んでしまったら……

もしも、アキトくんが消《き》えてしまったら……

もしも、自分以外《じぶんいがい》の人《ひと》たちが石《いし》になってしまったら……

いろんな怖《こわ》さをぎゅっと詰《つ》め込《こ》んでみました。

「ここが面白《おもしろ》かった！」「このシーンでドキドキした！」「この子《こ》が好《す》き！」などの感想《かんそう》や好《す》きなキャラクターのイラストを送《おく》ってもらえると、とっても嬉《うれ》しいです。

さて、みなさんには「夢《ゆめ》」がありますか？

私《わたし》には「自分《じぶん》が書《か》いた物語《ものがたり》を本《ほん》にしたい」という夢《ゆめ》がありました。この本《ほん》が出版《しゅっぱん》されたことで夢《ゆめ》を叶《かな》えることができましたが、自分《じぶん》ひとりでは絶対《ぜったい》に叶《かな》えられなかったんです。

私《わたし》が書《か》いた「転校生《てんこうせい》はおんみょうじ！」を見《み》つけてくれた編集部《へんしゅうぶ》の皆様《みなさま》、たくさんのアドバイスをくれた編集者様《へんしゅうしゃさま》、すばらしいイラストを描《か》いてくれたｒｉｒｉ様《さま》をはじめとして、デザイナーさんや校正《こうせい》さん、印刷会社《いんさつがいしゃ》さんや本屋《ほんや》さん、家族《かぞく》や友達《ともだち》、同《おな》じ夢《ゆめ》を持《も》つ仲間《なかま》たち——そして、こうして本《ほん》を読《よ》んでくれている『あなた』。たくさんの人《ひと》の協力《きょうりょく》で夢《ゆめ》を叶《かな》えることができました。本《ほん》当《とう》にありがとうございます。

夢《ゆめ》を叶《かな》えるのはとても大変《たいへん》なことですが諦《あきら》めなければきっと叶《かな》います。この本《ほん》と出会《であ》い、ここまで読《よ》んでくれた『あなた』の夢《ゆめ》も叶《かな》いますようにと、心《こころ》から願《ねが》っています。

咲間咲良《さしまさくら》

アルファポリスきずな文庫

ドキドキ MAX《マックス》の学園生活《がくえんせいかつ》!?

みえちゃうなんて、ヒミツです。　イケメン男子《だんし》と学園鑑定団《がくえんかんていだん》
作：陽炎氷柱《かげろうつづら》　絵：雪丸《ゆきまる》ぬん

私《わたし》、七瀬雪乃《ななせゆきの》には付喪神《つくもがみ》をみることができるという秘密《ひみつ》のチカラがある。この秘密《ひみつ》を守《まも》るため、中学校《ちゅうがっこう》では目立《めだ》たないようにしようと思《おも》ったのに……とある事件《じけん》にまきこまれちゃった！　その上《うえ》、イケメン男子《だんし》たちと一緒《いっしょ》に探《さが》しものをすることになって……!?

アルファポリスきずな文庫

怪談《かいだん》をはったりで解決《かいけつ》!?
新感覚《しんかんかく》ホラー×ミステリー!

鎌倉猫ヶ丘小《かまくらねこがおかしょう》ミステリー倶楽部《クラブ》

作:澤田慎梧《さわだしんご》　絵:のえる

小学《しょうがく》5年生《ねんせい》の綾里心《あやさとこころ》はある日《ひ》、「トイレの花子《はなこ》さん」と目《め》を合《あ》わせてしまった!?　困《こま》って神社《じんじゃ》に行《い》ったら、美形《びけい》な双子《ふたご》として有名《ゆうめい》なひばりちゃんに出会《であ》って——?　お化《ば》けを祓《はら》う巫女《みこ》の妹《いもうと》と、ヘリクツ探《たん》偵《てい》の兄《あに》と一緒《いっしょ》に、鎌倉猫ヶ丘小《かまくらねこがおかしょう》ミステリー倶楽部《クラブ》の活動《かつどう》が始《はじ》まる!

アルファポリスきずな文庫

最推《さいお》しアイドルに
推《お》されちゃってます!?

うた×バト1　歌《うた》で紡《つむ》ぐ恋《こい》と友情《ゆうじょう》！
作：緋村燐《ひむらりん》　絵：ももこっこ

とある事情《じじょう》のせいで、みんなの前《まえ》で歌《うた》うのが怖《こわ》くなってしまった流《る》歌《か》。でも、やっぱり歌《うた》うことはやめたくない！　そう思《おも》って、歌《うた》を使ったe《イー》スポーツ、『シング・バトル』ができる学校《がっこう》に入ったら最推《さいお》しアイドルがまさかの隣《となり》の席《せき》!?　反則《はんそく》レベルの学園《がくえん》ラブ、スタート！！！

アルファポリスきずな文庫

咲間咲良《さくまさくら》／作《さく》

長野県在住。冬生まれ。きずな文庫「転校生はおんみょうじ！」でデビュー。寒い日にこたつで食べるアイスが大好き。

riri《りり》／絵《え》

今回のイラスト作業は、私もアキトと花菜と一緒に冒険をした気分で楽しく描きました！　この可愛い子たちを永遠に応援したいな……！　こんなに面白い物語のイラストをお任せいただきありがとうございます！　みなさんもぜひ最後まで楽しんでください！

本書は、アルファポリス(https://www.alphapolis.co.jp/)に掲載されていたものを、
改稿、加筆の上、書籍化したものです。

転校生はおんみょうじ！

作《さく》　咲間咲良《さくまさくら》
絵《え》　riri《りり》

2024年 11月 15日 初版発行

編集　飯野ひなた
編集長　倉持真理
発行者　梶本雄介
発行所　株式会社アルファポリス
〒150-6019 東京都渋谷区恵比寿4-20-3 恵比寿ガーデンプレイスタワー 19F
TEL 03-6277-1601（営業）03-6277-1602（編集）
URL https://www.alphapolis.co.jp/
発売元　株式会社星雲社（共同出版社・流通責任出版社）
〒112-0005 東京都文京区水道1-3-30
TEL 03-3868-3275
デザイン　北國ヤヨイ(ucai)
（レーベルフォーマットデザイン／アチワデザイン室）
印刷　中央精版印刷株式会社

ISBN978-4-434-34472-5 C8293

ファンレターのあて先

〒150-6019 東京都渋谷区恵比寿4-20-3 恵比寿ガーデンプレイスタワー 19F
(株)アルファポリス　書籍編集部気付

咲間咲良先生

いただいたお便りは編集部から先生におわたしいたします。